U0900578

国家社科基金重大项目

英国文学的命运共同体表征与审美研究 文献卷

The Representation and Aesthetics of Community in English Literature Literary Criticism

总主编：李维屏 / 主编：查明建 张和龙

# 重访共同体

# LA COMMUNAUTÉ REVISITÉE

雷米·阿斯特吕克 主编

骜龙 译

上海外语教育出版社

外教社 SHANGHAI FOREIGN LANGUAGE EDUCATION PRESS

图书在版编目(CIP)数据

重访共同体 /(法)雷米·阿斯特吕克主编;骜龙译. -- 上海:上海外语教育出版社,2025. --(英国文学的命运共同体表征与审美研究 / 李维屏总主编).
ISBN 978-7-5446-8402-6

Ⅰ. I0-05

中国国家版本馆CIP数据核字第2025Z6F485号

出版发行:上海外语教育出版社
(上海外国语大学内) 邮编:200083
电 话:021-65425300 (总机)
电子邮箱:bookinfo@sflep.com.cn
网 址:http://www.sflep.com
责任编辑:任倬群

印 刷:上海中华商务联合印刷有限公司
开 本:890×1240 1/32 印张 7.125 字数 176 千字
版 次:2025 年 5 月第 1 版 2025 年 5 月第 1 次印刷

书 号:ISBN 978-7-5446-8402-6
定 价:59.00 元

本版图书如有印装质量问题,可向本社调换
质量服务热线:4008-213-263

# 《英国文学的命运共同体表征与审美研究》编委会

**总主编：** 李维屏

**《理论卷》主编：** 周　敏

徐德林　何卫华　翟乃海

**《诗歌卷》主编：** 张和龙　陈广兴

王改娣　陈　雷　梁晓冬　宋建福　杨国静　付昌玲

**《小说卷》主编：** 李维屏

王腊宝　徐　彬　戴鸿斌　梅　丽　王影君　程汇涓

**《戏剧卷》主编：** 王卫新

王　岚　夏延华　程　心　郑　婕

**《文献卷》主编：** 查明建　张和龙

王光林　谢建文　曹丹红　曾桂娥　陈广兴

程汇涓　曹思宇　骞　龙

# 总论

英国文学典籍浩瀚、源远流长，自盎格鲁-撒克逊时期的开山之作《贝奥武甫》(*Beowulf*, 700–750)问世起，经历了1 200余年漫长而丰富的历程。其间，思潮起伏，流派纷呈，文豪辈出，杰作林立。作为世界文学之林中的一大景观，英国文学不仅留下了极为丰富的文学资源，而且也引发了我们的种种思考与探索。近半个世纪以来，我国学者对英国文学的研究取得了长足进步，并不断呈现出专业化和多元化的发展态势。时至今日，中国学者一如既往地以敏锐的目光审视着英国文学的演进，对其文学想象、题材更迭和形式创新方面某些规律性的沿革和与此相关的诸多深层次问题进行深入探索。

值得关注的是，长达千余年的英国文学史折射出一个极为重要的现象：历代英国作家不约而同地将"命运共同体"作为文学想象的重要客体。英国的经典力作大都是作家在不同历史阶段对社会群体和其中个体的境遇和命运的生动写照。许多经典作家在书写人的社会角色、话语权利和精神诉求时体现出强烈的“命运”意识和“共同体”理念。在对英国文学历史做一番哪怕是最粗略的浏览之后，我们不难发现，自开山之作《贝奥武甫》起，英国文学中的命运共同体表征一脉相承，绵亘不绝。例如，杰弗雷·乔叟（Geoffrey Chaucer, 1343－1400）的《坎特伯雷故事集》（*The Canterbury Tales*, 1387－1400）、托马斯·马洛礼（Thomas Malory, 1415－1471）的《亚瑟王之死》（*Le Morte d'Arthur*, 1470）、托马斯·莫尔（Thomas More, 1478－1535）的《乌托邦》（*Utopia*, 1516）、约翰·弥尔顿（John Milton, 1608－1674）的《失乐园》（*Paradise Lost*, 1665）和约翰·班扬（John Bunyan, 1628－1688）的《天路历程》（*The Pilgrim's Progress*, 1678, 1684）等早期经典力作都已不同程度地反映了共同体思想。从某种意义上说，英国文学不仅生动再现了共同体形态和社群结合方式的历史变迁，而且也充分体现了对命运共同体建构与解构的双重特征，因而在本质上是英国意识形态、文化观念和民族身份建构的深度参与者。此外，英国作家对共同体的着力书写也在一定程度上促进了文学批评与审美理论的发展，并引起了人们对共同体机制与悖反的深入思考与探索。显然，英国文学长达千余年的命运共同体表征已经构成了本体论和认识论评价体系。

## 一、“共同体”概念的形成与理论建构

英语中 community（共同体）一词，源自拉丁文 communis，意为“共同的”。从词源学意义上看，“共同体”概念形成于 2 000 多年前的古希腊时期，其思想的起源是对人类群体生存方式的探讨。早在公元前，古希腊哲学家柏拉图（Plato, 427－347 BC）在其《理想国》（*The Republic*, 约 380 BC）中以对话与故事的形式描绘了人类实现正

义和理想国度的途径，并展示了其心目中“真、善、美”融为一体的幸福城邦。柏拉图明确表示，“当前我认为我们的首要任务乃是铸造出一个幸福国家的模型来，但不是支离破碎地铸造一个为了少数人幸福的国家，而是铸造一个整体的幸福国家”[1]。亚里士多德（Aristotle, 384–322 BC）在其《政治学》（*The Politics*, 约 350 BC）中提出了城邦优先于个人与家庭的观点。他认为，个体往往受到其赖以生存的城邦的影响，并从中获得道德感、归属感和自我存在的价值。“我们确认自然生成的城邦先于个人，就因为个人只是城邦的组成部分，每一个隔离的个人都不足以自给其生活，必须共同集合于城邦这个整体才能让大家满足其需要……城邦以正义为原则。由正义衍生的礼法，可凭此判断人间的是非曲直，正义恰正是树立社会秩序的基础。”[2]在亚里士多德看来，城邦不仅是人们生存的必要环境，而且在本质上具有塑造人的重要作用，使人懂得正义和礼法。自柏拉图和亚里士多德以降，现代西方多位重要思想家如洛克、卢梭、黑格尔和马克思等也对个体与城邦的关系、城邦内的人际关系以及社会的公道与正义等问题发表过各自的见解，并且不同程度地对人类共同生存的各种模式进行了探讨。

应当指出，现代意义上的共同体思想主要起源于德国社会学家斐迪南·滕尼斯（Ferdinand Tönnies, 1855–1936）的《共同体与社会》（*Gemeinschaft und Gesellschaft*, 1887）一书。滕尼斯在其著作中采用了二元对立的方式，将“共同体”与“社会”作为互相对立的两极加以阐释，认为前者的本质是真实的、有机的生命，而后者则是抽象的、机械的构造。在他看来，“社会的理论构想出一个人的群体，他

1 柏拉图：《理想国》，郭斌和、张竹明译，商务印书馆，1986 年，第 133 页。
2 亚里士多德：《政治学》，吴寿彭译，商务印书馆，2009 年，第 8–10 页。

们像在共同体里一样，以和平的方式相互共处地生活和居住在一起，但是，基本上不是结合在一起，而是基本上分离的。在共同体里，尽管有种种的分离，仍然保持着结合；在社会里，尽管有种种的结合，仍然保持着分离”[1]。他直言不讳地指出，“共同体是持久的和真正的共同生活，社会只不过是一种暂时的和表面的共同生活。因此，共同体本身应该被理解为一种生机勃勃的有机体，而社会应该被理解为一种机械的聚合和人工制品”[2]。值得关注的是，滕尼斯在《共同体与社会》中从三个层面对“共同体”展开论述：一是从社会学层面描述“共同体”与“社会”作为人类结合关系形态的基本特征；二是从心理学层面解释在“共同体”与“社会”两种形态中生存者的心理机制及其成因；三是从法学与政治学层面阐释这两种人类生存的环境所具有的法律与政治基础。此外，滕尼斯从人类社会发展的基本规律出发，将血缘、地缘和精神关系作为研究共同体的对象，分析了家族、氏族、宗族、乡村社团和行会等共同体形式，并指出这些共同体存在的核心物质条件是土地。而在滕尼斯的参照系中，与共同体相对的“社会”则是切断了有机、自然关联的现代市民社会，维系社会的条件不再是自然、有机的土地，而是出于个人利益更大化需求所缔结的社会契约，其标志性符号则是流动的、可交换的货币。在分析共同体与社会两者内部的个体心理差异时，滕尼斯别开生面地使用了“本质意志”与“抉择意志”两个概念，并认为前者源于有机体，是不断生成的，其情感要素从属于心灵整体，而后者则纯粹是人的思维与意志的产物。从滕尼斯对共同体概念的提出与分析中，不难发现共同体理论内部两个重要的问题域：一是共同体或社会群体的结合机制，二是社会形态

1　斐迪南·滕尼斯：《共同体与社会——纯粹社会学的基本概念》，林荣远译，商务印书馆，1999年，第95页。

2　同上，第54页。

的演变、发展与共同体之间的关联。上述两个问题域成为后来共同体研究与理论建构的重要内容。今天看来,《共同体与社会》一书对共同体思想最大的贡献在于系统地提出了自成一体的共同体理论，其二元框架下的共同体概念对现代西方的共同体研究产生了重要影响。显然，滕尼斯提出的共同体概念具有一定的逻辑性和说服力，不仅为日后共同体研究提供了宏观的理论框架，而且也在研究方法上具有重要的参考价值。

19 世纪下半叶，西方共同体理论建构步伐加快，并折射出丰富的政治内涵。对政治共同体的探索因其在社会生活和历史进程中的重要性占据了政治与哲学思考的核心地位。缔结政治共同体所需的多重条件、复杂过程和理论挑战引起了一些西方思想家的兴趣与探索。法国社会学家埃米尔·涂尔干（Émile Durkheim, 1858–1917）的《社会分工论》(*De la division du travail social*, 1893）便是对共同体思想中“机械团结”与“有机团结”两个问题域的探究，但他与滕尼斯在面对传统与现代社会的态度方面具有明显差异。涂尔干采用“机械团结”和“有机团结”两个名称来解释不同社会结构中群体联系的发生方式。他认为“机械团结”产生于不发达的传统社会结构之中，如古代社会和农村社会。由于传统社会规模小、人口少，其中的个体在宗教观念、价值观念、生产生活方式和情感意识等核心问题上具有高度的一致性。虽然机械团结占主导地位的社会往往具有强烈的集体意识，并且能产生强大的社会约束力，但其中的个体意识主要被集体意识所吸纳。相较之下,“有机团结”产生于较为发达的现代社会，人口数量与密度的大幅提升导致生存竞争不断加剧，迫使个体需要拥有更为专业化的竞争技能和手段以赢取竞争机会。在此过程中，人际关系和社会分工变得更加错综复杂。在专业化程度不断提升的过程中，个体逐渐失去独自在发达社会中应对生存环境的能力，于是对社会的依赖程度反而提升。涂尔干对共同体思想的主要贡献在于他以带有历史纵深和现代关怀的客观视角分析了个人与社会结合所产生的诸多问题。如果说滕尼斯的“共同体”与“社会”二元框架具有整体论的特点，那么涂尔干的社会分工论则强调个体在整体和社会中的角色与功能。

此外，德国社会学家马克斯·韦伯（Max Weber, 1864－1920）也对政治共同体理论进行了有益的探索。他在《经济与社会》（*Wirtschaft und Gesellschaft*, 1922）一书中指出，政治共同体的社会行动之目的在于通过包括武力在内的强制力量，使人服从并参与有序统治的“领土”之中的群体行为。显然，韦伯探讨的是政治共同体运行的必要条件，即领土、强制约束力以及与经济相关的社会行为，其特点是从经济史视角出发，指出政治共同体离不开“领土”的经济支撑，而基于“领土”的税收与分配制度则构成了政治共同体必不可少的经济基础。就总体而言，韦伯阐述了实体或类实体政治共同体的经济基础与运行机制，但并未深入探究构建政治共同体的诸多理论问题及其在实践中突破的可能性。

值得关注的是，卡尔·马克思（Karl Marx, 1818－1883）对人类的政治共同体构想具有革命性的突破。尽管马克思的理论体系中并没有关于共同体的系统表述，但他的共同体思想贯穿于他对社会、政治、经济和文化等一系列问题的论述之中。马克思在引入阶级意识的同时，建构了一种具有未来向度的政治共同体形式。如果说强调民族意识的共同体思想认为人与人之间的联系纽带是建立在共同生存的空间之上的民族意识与精神情感，那么，在 1848 年欧洲革命的大背景下，马克思批判性地思考了此前法国大革命所留下的政治智慧和哲学资源，对社会结构的演变与人类结合方式进行了深刻思考与深入探索，指出阶级意识和共同发展理念是促使人类结合相处的强大而又根本的联系纽带。马克思将人的阶级意识、经济地位以及是否从事劳动视为明显的身份标记，从而为无产阶级政治共同体的建构提供了重要的理论依据。马克思先后提出了“自然的”“虚幻的”“抽象的”和“真正的”共同体的概念，并对人在不同共同体中的地位、权利和发展机会做了深刻的阐释。他认为，只有“真正的”共同体才能为人提供真正自由的发展空间，才是真正理想的、美好的生存环境。“只有在共同体中，个人才能获得全面发展其才能的手段，也就是说，只有在共同体中才可能有个人自由。在过去的种种冒充的共同体中，如在国家等中，个人自由只是对那些在统治阶级范围内发展的个人来说是存在的，他们之所以有个人自由，只是因为他们是这一阶级的个人。从前各个人联合而成的虚假的共同体，总是相对于各个人而独立的；这种共同体是一个阶级反对另一个阶级的联合，因此对于被统治的阶级来说，它不仅是完全虚幻的共同体，而且是新的桎梏。在真正的共同体的条件下，各个人在自己的联合中并通过这种联合获得自己的自由。”[1] 显然，马克思的共同体思想体现了深刻的政治内涵和伟大思想家的远见卓识，对我们深入研究文学中命运共同体的性质与特征具有重要的参考价值。

20 世纪上半叶，国外学界的共同体理论建构呈现出进一步繁衍与多元发展的态势，相关研究成果纷纷出现在哲学、政治学和社会学领域，其中对共同体思想的理论研究最为突出。社会学视阈下的共同体研究突出了其研究方法在考察城市、乡村和社区等社群结集的优势，着重探讨区域基础上组织起来的共同体及其聚合方式。其中，以美国的芝加哥学派在城市共同体方面的研究最具代表性。其研究方法秉承实证研究的传统，利用美国成熟且多样化的城市环境，对城市社

1 马克思、恩格斯：《德意志意识形态》（节选本），中共中央马克思恩格斯列宁斯大林著作编译局编译，人民出版社，2018 年，第 65 页。

区中的家庭、人口、种族、贫民窟等问题展开调查分析，产生了一批带有都市社会学特色的研究成果。例如，威廉·I. 托马斯（William I. Thomas, 1863－1947）和弗洛里安·兹纳涅茨基（Florian Znaniecki, 1882－1958）的《身处欧美的波兰农民》（*The Polish Peasant in Europe and America*, 1918－1920）研究了 19 世纪末至 20 世纪初移居欧美各国的波兰农民群体；罗伯特·E. 帕克（Robert E. Park, 1864－1944）的《城市——有关城市环境中人类行为研究的建议》（*The City: Suggestions for the Study of Human Nature in the Urban Environment*, 1925）将城市视为一个生态系统，并使用生态学方法研究城市内的共同体问题；哈维·沃伦·佐尔博（Harvey Warren Zorbaugh, 1896－1965）的《黄金海岸与贫民窟》（*The Gold Coast and the Slum*, 1929）关注城市内部造成社会与地理区隔的原因和影响。总体而言，芝加哥学派的城市共同体研究关注城市内部的人文区位，研究其中的种族、文化、宗教、劳工、社会和家庭等问题，该学派擅长的生活研究法和精细个案研究是经验社会学方法，为共同体的细部问题研究提供了大量的史料文献，其主要不足在于扁平化的研究范式以及在共同体的理论探索方面表现出的形式主义倾向。

20 世纪下半叶，人类学和政治学视阈下的共同体研究进一步凸显了文化与身份认同在共同体中的作用。当代英国社会学家安东尼·保罗·科恩（Anthony Paul Cohen, 1946－ ）的《共同体的象征性建构》（*The Symbolic Construction of Community*, 1985）一书认为共同体并不是一种社会实践，而是某种象征性的结构。这一观点与此前社会学家的研究具有很大差异，在一定程度上摒弃了空间在共同体中的重要性，将关注的焦点从空间内的社会交往模式转向了作为意义和身份的共同体标志。本尼迪克特·安德森（Benedict Anderson, 1936－2015）的《想象的共同体》（*Imagined Communities*, 1983）探讨了国族身份认同的问题，将共同体视为一种想象性的虚构产物，试图证明共同体是由认知方式及象征结构所形塑的，而不是由具体的生活空间和直接的社会交往模式所决定的。这类观点呈现出20世纪下半叶共同体研究的文化转向，事实上，这一转向本身就是对人类社会在20世纪下半叶所发生的变化，尤其是全球化的一种反映。值得一提的是，近半个世纪以来，一些西方社会学家对资本主义制度能否产生有效的共同体并未达成共识。例如，让-吕克·南希（Jean-Luc Nancy, 1940–2021）和莫里斯·布朗肖（Maurice Blanchot, 1907–2003）两位法国哲学家分别在《不运作的共同体》（*La Communauté désœuvrée*, 1986）和《不可言明的共同体》（*La Communauté inavouable*, 1983）中强调了人的自由与“独体”概念，不仅在理论上对共同体进行解构，而且否定人类深度交流与合作的可能性。南希认为，“现代世界最重大、最痛苦的见证……就是对共同体（又译共通体，communauté）的分裂、错位或动荡的见证”[1]。自20世纪80年代起，不少主张“社群主义”（Communitarianism）的人士在与自由主义的抗辩中进一步探讨了共同体的内涵、功能和价值。他们全然反对自由主义价值观念，认为自由主义在本质上忽略了社群意识对个人身份认同和文化共同体构建的重要性。总之，近半个世纪以来，国外哲学、政治学和社会学界对共同体众说纷纭，学术观点层出不穷，尽管分歧较大，但具有一定的理论建构意义和参考价值。

概括说来，自滕尼斯于19世纪下半叶开始对共同体问题展开深入探讨以来，近一个半世纪的共同体观念演变与理论建构凸显了其内涵中的三个重要方面。一是共同体的空间特征与区域特征。无论在历

1 让-吕克·南希：《无用的共通体》，郭建玲、张建华、夏可君译，河南大学出版社，2015年，第1页。

史纵轴上的社会形态发生何种变化，或者在空间横轴上的共同体范畴是小至村落还是大到国家，基于地域关联而形成的互相合作的共同体是其研究中不可忽视的重要主题。二是个体在共同体中的归属感与身份认同。如果说共同体的空间特征与区域特征研究的是共同体的客观物质环境以及存在于其中的权力组织、社会网络和功能性结构，那么归属感与身份认同研究的是共同体内个体的心理状况以及自我与他者关系这一永恒的哲学命题。三是伴随着经济社会的发展与变化，共同体的性质与特征随之产生的相应变化。从 19 世纪至今的共同体研究几乎都将共同体问题置于特定的时间背景之下进行剖析，这就意味着共同体研究具有历史意义和实践价值。尤其是面对高度分化的现代社会，如何挖掘共同体内个体的整合模式是未来的共同体研究需要解决的问题。如果说，100 多年来西方思想家对共同体的探讨和理论建构已经涉及共同体问题的诸多核心层面，那么，在当今学科分类日益精细、研究方法逐渐增多的大背景之下，不同学科与领域的共同体研究开始呈现出不断繁衍、分化和互涉的发展态势。

应当指出，近半个世纪以来，命运共同体在西方文学批评界同时引起了马克思主义文学批评家和解构主义批评家的高度关注。作为历史最久、书写最多的文学题材之一，共同体备受文学批评界的重视无疑在情理之中。英国马克思主义文学理论家雷蒙德·威廉斯（Raymond Williams, 1921－1988）在其《漫长的革命》（*The Long Revolution*, 1961）一书中对社会、阶级和共同体的性质与特征做了深刻阐述。他认为工人阶级是处于社会底层的贫困群体，“在许多人看来，工人阶级的名称仅仅是对贫穷的记忆”[1]。威廉斯明确指出，很多

1 Raymond Williams, *The Long Revolution*, Beijing, Foreign Language Teaching and Research Press, 2019, p.381.

人并未真正理解共同体的性质，“如果我们不能采取现实主义的态度看待共同体，我们真实的生活水平将继续被扭曲”[1]。而法国著名解构主义批评家雅克·德里达（Jacques Derrida, 1930–2004）则认为，“共同体若要生存就必须培育其自身免疫性（autoimmunity），即一种甘愿破坏自我保护原则的自我毁灭机制”[2]。值得注意的是，威廉斯和德里达这两位在当代西方文学批评界举足轻重的学者对待共同体的态度存在明显差异，前者倡导“无阶级共同体”（classless community）的和谐共存，而后者则认为“每个共同体中都存在一种他称之为‘自身免疫性’的自杀倾向”[3]。显然，20 世纪下半叶西方批评家们对共同体态度的分歧正在不断加大。正如美国著名批评家 J. 希利斯·米勒（J. Hillis Miller, 1928–2021）所说，“这些概念互相矛盾，他们无法综合或调和”[4]。从某种意义上说，现代共同体思想在西方文学批评界的分化与 20 世纪西方社会动荡不安和现代主义及后现代主义文学对共同体的怀疑和解构密切相关。

综上所述，100 多年来，共同体研究在理论建构方面取得了长足的发展，为当今的文学批评提供了重要的理论依据和研究思路。毋庸置疑，对文学的命运共同体表征与审美展开深入系统的研究是对历史上共同体理论建构的补充与拓展。以中国学者的视角全面考察和深刻阐释英国文学的命运共同体表征与审美接受不仅具有实践意义和学术价值，而且在理论上也必然存在较大的创造空间。

---

1 Raymond Williams, *The Long Revolution*, Beijing, Foreign Language Teaching and Research Press, 2019, p.343.

2 Qtd. Jacques Derrida, *Communities in Fiction*, J. Hillis Miller, Beijing, Foreign Language Teaching and Research Press, 2019, p.17.

3 *Ibid.*

4 J. Hillis Miller, *Communities in Fiction*, Beijing, Foreign Language Teaching and Research Press, 2019, p.17.

## 二、英国的共同体思想与文学想象

英国长达千余年的文学历史表明，共同体思想与文学想象如影随形，密切相关。如果说英国文学充分反映了社会主体的境遇和命运，那么其丰富的文学想象始终受到历代共同体思想的影响。值得关注的是，英国作家对共同体的想象与探索几乎贯穿其社会与文学发展的全过程。早在公元前，当英伦三岛尚处于氏族社会阶段时，凯尔特族人由于血缘、土地、生产和宗教等因素生活在相互割据的部落或城邦之中。这种早期在恶劣环境中生存的氏族部落在一定程度上反映出人们互相依赖、合力生存的群体意识。雷蒙德·威廉斯认为，这种建立在血缘、家族、土地和精神关系上的"共同体相对较小，并具有一种直接感和地缘感"[1]。这便是英国共同体思想的源头。公元前 55 年，罗马人在尤利乌斯·恺撒（Julius Caesar, 100–44 BC）的率领下开始入侵不列颠，并于公元 43 年征服凯尔特人，这种原始的共同体意识也随之发展。在罗马人长达五个世纪的统治期间，不列颠人纷纷建要塞、修堡垒、筑道路、围城墙，以防异域族群和凶猛野兽的攻击，从而进一步确立了"抱团驱寒"的必要性，其实质是马克思所说的人类早期在劳动谋生过程中形成的"自然共同体"。公元 5 世纪中叶，居住在丹麦西部和德国西北部的盎格鲁–撒克逊人入侵不列颠，并最终成为新的统治者。从此，英国开启了历史上最早以盎格鲁–撒克逊氏族社会与文化为基础的古英语文学时代。

英国"共同体"思想在盎格鲁–撒克逊时期的社会分隔与治理

1 Qtd. Raymond Williams, *Communities in Fiction*, J. Hillis Miller, Beijing, Foreign Language Teaching and Research Press, 2019, p.1.

中得到了进一步发展。在盎格鲁-撒克逊人的统治下，不列颠的大片土地上出现了许多大小不一的氏族部落。异邦的骚扰和侵犯不仅使部落族群常年处于焦虑和紧张气氛之中，而且还不时引发氏族部落之间的征战和倾轧。无休止的相互威胁和弱肉强食成为盎格鲁-撒克逊时期的氏族共同体挥之不去的噩梦，使其长期笼罩在命运危机的阴影之中。盎格鲁-撒克逊时期数百年的冲突轮回最终产生了七个军事实力较强、领土面积较大的王国，其中位于北方的诺森伯兰和南方的威塞克斯在政治、经济和文化方面最为发达，后者的繁荣与发展在很大程度上归功于其国王阿尔弗雷德大帝（Alfred the Great, 849–899）。经过联合、吞并和重建之后，不列颠剩下的这些部落和王国成为建立在文化、方言、习俗和生产关系之上的“氏族共同体”（tribal community），其结合机制、生产方式和价值观念与此前罗马人统治的“自然共同体”不尽相同。引人瞩目的是，自罗马人入侵到阿尔弗雷德大帝登基长达近千年的历史中，英国始终处于混乱无序、动荡不安之中。持续不断的异国入侵和部落冲突几乎贯穿了英国早期历史的全过程，从而强化了不列颠人的“命运危机”意识和加盟“共同体”的欲望。雷蒙德·威廉斯认为，历史上各类“共同体”大都具有“一种共同的身份与特征，一些相互交织的直接关系”[1]。从某种意义上说，盎格鲁-撒克逊时期的“氏族共同体”依然体现了个人需要联合他人，以集体的力量来弥补独立生存与自卫能力不足的社会特征。应当指出，作为人们互相依赖、合作谋生的社会组织，盎格鲁-撒克逊时期的“氏族共同体”在政治制度、生产方式和社会管理方面都比罗马人统治时期的部落城邦更加先进，并在一定程度上体现了人的社会

1 Qtd. Raymond Williams, *Communities in Fiction*, J. Hillis Miller, Beijing, Foreign Language Teaching and Research Press, 2019, p.1.

性与阶级性特征。更重要的是，虽然盎格鲁-撒克逊人生活在诸多分散独立的氏族部落中，但他们似乎拥有某些共同的价值观念。除了具有相同的习俗和生产方式，他们似乎都向往大自然，崇拜英雄人物，赞美武士的勇敢和牺牲精神。由于盎格鲁-撒克逊时期的共同体人口有限、规模不大，其中的个体在宗教思想、价值观念、生产方式和精神诉求方面体现了威廉斯所说的“共同的身份与特征”。显然，部落族群的共同身份与共情能力为古英语诗歌的诞生奠定了重要基础。

在盎格鲁-撒克逊时期留下的文学遗产中，最重要、最有价值的无疑是英国文学的开山之作——《贝奥武甫》。这部令英国人引以为豪的民族史诗以古代氏族共同体为文学想象的客体，通过描写主人公为捍卫部落族群的生命财产奋力抵抗超自然恶魔的英勇事迹，深刻反映了古代族群的共同体理念，不仅为英国文学的命运共同体表征开了先河，也为历代英国作家提供了一个绵亘不绝的创作题材。“这部史诗的统领性主题是‘共同体’，包括它的性质、偶然的解体和维系它的必要条件。”[1] 不仅如此，以现代目光来看，这部史诗的价值与其说在于成功描写了一个惊险离奇的神话故事和令人崇敬的英雄人物，倒不如说在于反映了氏族共同体的时代困境与顽瘴痼疾：旷日持久的冲突轮回和命运危机。“这部史诗中的一个核心主题是社会秩序所遭受的威胁，包括侵犯、复仇和战争，这些都是这种英雄社会固有的且不可避免的问题，却严重地威胁着社会的生存。”[2] 如果说，《贝奥武甫》生动反映了盎格鲁-撒克逊时期氏族共同体的衰亡，那么，作为人类集结相处、合力生存的场域，命运共同体从此便成为英国作家文学想象的重要题材。

---

1 Craig Williamson, *Beowulf and Other Old English Poems*, Philadelphia, University of Pennsylvania Press, 2011, p.29.

2 *Ibid.*, p.28.

在英国历史上，“诺曼征服”（Norman Conquest, 1066）标志着盎格鲁–撒克逊时代的终结和氏族共同体的衰亡，同时也引发了中世纪英国社会与文化的深刻变迁。“诺曼征服”不但开启了英国的封建时代，而且形成了新的社会制度、生产关系和意识形态，并进一步加剧了阶级矛盾和社会分裂。在近500年的中世纪封建体制中，英国社会逐渐划分出贵族、僧侣、骑士和平民等主要阶层，每个社会阶层都有一定的诉求，并企图维护各自的利益。封建贵族为了巩固自身的权力和统治地位，纷纷建立各自的武装和堡垒，外防侵略，内防动乱，经常为争权夺利而与异邦发生征战。构成中世纪英国封建社会统治阶级的另一股势力是各级教会。以大主教和主教为首的僧侣阶层不仅拥有大量的土地和财产，而且还得到了罗马教皇的大力支持，在法律和意识形态等重大问题上具有绝对的话语权。作为社会第三股势力的骑士阶层是一个虽依附贵族与教会却惯于我行我素的侠义群体。他们是封建制度的产物，崇尚道义、精通武术、行侠仗义，热衷于追求个人的荣誉和尊严。而处于社会最底层的是占人口绝大多数的被压迫和被剥削的平民阶层（包括相当数量的农奴）。因难以维持生计，平民百姓对统治阶级强烈不满，经常聚众反抗。始于1337年的英法百年战争和肆虐于1349–1350年的黑死病更是令平民百姓不堪其苦，从而引发了1381年以瓦特·泰勒（Wat Tyler, 1341–1381）为首领的大规模农民起义。总体而言，中世纪英国社会的主要特征表现为由封建主和大主教组成的统治阶级与广大平民阶级之间的矛盾。在新的历史条件下，英国人的共同体意识得到了进一步强化。封建贵族、教会僧侣、游侠骑士和劳苦大众似乎都出于维护自身利益的需要在思想上归属于各自的阶级，抱团取暖，互相协作，从而使英国社会呈现出地位悬殊、权利迥异、贫富不均和观念冲突的多元共同体结构。

“诺曼征服”导致的英国社群格局的蜕变对共同体思想的分化和文学创作的发展产生了直接的影响。从某种意义上说，“诺曼征服”这一事件本身并不重要，重要的是它为英国此后两三百年的意识形态、文化生活、文学创作和民族身份建构所带来的一系列变化。如果说此前异邦的多次入侵加剧了英伦三岛的战乱与割据，那么，“诺曼征服”不仅结束了英国反复遭受侵略的局面，逐步形成了由贵族、僧侣、骑士和平民构成的四大社会阶层，而且也为这片国土带来了法国习俗和欧洲文化，并使其逐渐成为欧洲文明的一部分。引人注目的是，当时英伦三岛的语言分隔对共同体思想的分化产生了显著的影响。在诺曼贵族的庄园、宫廷、法院和学校中，人们基本使用法语，教会牧师更多地使用拉丁语，而广大平民百姓则使用本土英语。三种语言并存的现象不仅加剧了社会分裂，而且不可避免地筑起了社会与文化壁垒，并导致英国各阶层共同体思想的进一步分化。当然，长达两百年之久的语言分隔现象也为文学的创作、翻译和传播提供了千载难逢的机遇。

在中世纪英国文学的发展过程中，社会各阶层的共同体思想分别在罗曼司（romance）、宗教文学（religious literature）和民间文学（folk literature）中得到了一定的反映。“中世纪英语文学以多种声音表达，并采用不同风格、语气和样式描写了广泛的题材”[1]，与此同时，中世纪法国文学、意大利文学以及欧洲其他国家的文学也相继在英国传播，尤其是但丁·阿利吉耶里（Dante Alighieri, 1265–1321）、弗兰齐斯科·彼特拉克（Francesco Petrarch, 1304–1374）和乔万尼·薄伽丘（Giovanni Boccaccio, 1313–1375）三位意大利人文主义作家的作品对

1 M. H. Abrams, *The Norton Anthology of English Literature*, Fourth edition, Vol. 1, New York, W. W. Norton & Company, 1979, pp.6–7.

中世纪英国文学中的人文主义和共同体思想的表征产生了积极的影响。

值得关注的是，罗曼司在反映中世纪骑士共同体方面发挥了难以替代的作用。作为以描写游侠骑士的传奇经历为主的文学体裁，罗曼司无疑是封建制度和骑士文化的产物。作品中的骑士大都出自贵族阶层，他们崇尚骑士精神（chivalry），即一种无条件地服从勇敢、荣誉、尊严、忠君和护教等信条的道德原则。骑士像贵族一样，属于中世纪英国封建社会中利益相关且拥有共同情感的上流社会群体。与盎格鲁-撒克逊时期的英雄史诗《贝奥武甫》不同的是，罗曼司中的主人公不再为民族或部落族群的利益赴汤蹈火，而是用所谓的“爱”和武器来捍卫封建制度和个人荣誉，并以此体现自身的美德和尊严。应当指出，中世纪罗曼司所反映的骑士群体既是英国历史上的“过客”，也是封建制度产生的“怪胎”，其社会角色在本质上只能算是统治阶级的附庸。事实上，罗曼司所描写的浪漫故事与传奇经历并不是骑士生活的真实写照，而是对英国骑士共同体的一种理想化虚构。

在描写骑士共同体的罗曼司中，马洛礼的散文体小说《亚瑟王之死》无疑是最具代表性和影响力的作品。《亚瑟王之死》生动塑造了英国小说的第一代人物，并开了小说中共同体书写的先河。这部作品以挽歌的情调描述了封建制度全面衰落之际骑士共同体的道德困境。整部作品在围绕亚瑟王的传奇经历、丰功伟绩和最终死亡展开叙述的同时，详尽描述了亚瑟王与以“圆桌”为象征的骑士共同体中其他成员之间的复杂关系和情感纠葛。骑士共同体中的兰斯洛特、特里斯川、高文、加兰德、帕斯威尔和佳瑞斯等人的形象与性格也描写得栩栩如生，他们的冒险、偷情和决斗等传奇经历给读者留下了深刻印象。书中既有共同体成员之间的争风吃醋和残酷杀戮的场面，也有男女之间花前月下的绵绵情意。在诗歌一枝独秀的时代，马洛礼别开生面地采用散文体来塑造封建骑士形象，获得了良好的艺术效果。应当指出，作者笔下的人物属于一个由少数游侠骑士组成的共同体。他们崇尚的行为准则和生活方式使其成为中世纪英国社会的“另类”，与普通百姓没有丝毫关系。显然，骑士共同体既是英国封建制度的代表，也是中世纪骑士文化的象征，对封建时代的上流社会具有明显的美化作用。然而，《亚瑟王之死》虽然试图歌颂骑士精神，却在字里行间暴露出诸多传奇人物的行为与骑士精神不相符合的事实。在作品中，人物原本以“忠君”或“护教”为宗旨，后来却滥杀无辜；原本主张保护女士，后来却因与他人争风吃醋而进行决斗；原本看似正直，后来却荒淫无度。此类例子可谓不胜枚举，其中不乏讽刺意义。显然，《亚瑟王之死》深刻揭示了中世纪英国骑士共同体的性质与特征，对当代读者全面了解英国历史上这一特殊社会群体具有参考价值。

同时，中世纪英国宗教文学也在社会中广为流传，为宗教共同体的形成与发展起到了推波助澜的作用。在“诺曼征服”之后的三四百年中，在地方教会和僧侣的鼓动与支持下，用法语、英语和拉丁语撰写的宗教文学作品大量出现，源源不断地进入人们的日常生活。这些作品基本摆脱了盎格鲁-撒克逊时期宗教诗歌中的多神教成分、英雄事迹和冒险题材，而是沦为教会和僧侣用以灌输宗教思想、宣扬原罪意识和禁欲主义以及教诲劝善的工具。中世纪英国的宗教文学作品种类繁多，包括神话故事、圣人传记、道德寓言、说教作品、布道、忏悔书和牧师手稿等。宗教文学在很大程度上强化了人们的赎罪意识和向往天堂的心理，助长了基督徒精神上的归属感。从某种意义上说，中世纪英国宗教文学不仅有助于巩固教会与僧侣的权威、传播基督教正统教义，而且也是各地教区大小宗教共同体（religious communities）形成与发展的催化剂。以现代目光来看，中世纪绝大多数宗教作品并无多少文学价值可言，只有《论赎罪》（*Handlyng*

*Synne*, 1303－1338?）、《良心的责备》（*Pricke of Conscience*, 1340?）和《珍珠》（*Pearl*, 1370?）等少数几部作品保留了下来。应当指出，虽然有组织或自发形成的各类宗教共同体唤起了人们创作和阅读宗教文学的兴趣，但中世纪英国文学的整体发展却受到了极大的限制，以至于批评界往往将英国文学的这段历史称为“停滞时代”（the age of arrest）[1]。由于人们的创作和阅读空间被铺天盖地的宗教作品所占据，英国其他文学品种的创作水平与传播范围受到限制。“读者会感受到这种停滞现象，15 世纪创作的罗曼司和 13 世纪的几乎毫无区别，两者往往分享类似的情节。”[2] 就此而言，中世纪宗教文学虽然在劝导教徒弃恶从善和激发他们的精神归属感方面起到了一定的作用，但明显缺乏原创性和美学价值。“中古英语缺乏原创性的部分原因是许多宗教和非宗教作家试图在其作品中反映中世纪基督教教义的僵化原则。”[3] 显然，中世纪宗教文学虽然在建构思想保守、观念僵化的基督教共同体过程中发挥了一定作用，但也在一定程度上影响了英国文学的创新发展。

乔叟的《坎特伯雷故事集》是中世纪英国文学的丰碑和宗教共同体书写最成功的案例。在这部故事集中，作者生动塑造了中世纪英国社会各阶层的人物形象，并巧妙地将形形色色的朝圣者描写成同时代的一个宗教共同体，充分反映了 14 世纪英法战争、黑死病和农民起义背景下的宗教气息和英国教徒的精神诉求。这部诗体故事集不仅展示了极为广阔的社会画卷，而且深刻揭示了英国封建社会宗教共同体的基本特征。在诗歌中出现的包括乔叟本人在内的 31 位前往坎特

1 William J. Long, *English Literature*, Boston, Ginn & Company, 1919, p.97.
2 M. H. Abrams, *The Norton Anthology of English Literature*, Fourth edition, Vol. 1, New York, W. W. Norton & Company, 1979, pp.7－8.
3 *Ibid.*, p.7.

伯雷的朝圣者几乎代表了中世纪英国社会的所有阶层和职业，包括武士、乡绅、修女、牧师、商人、学者、律师、医生、水手、木匠、管家、磨坊主、自由农、手工业者、法庭差役和酒店老板等。《坎特伯雷故事集》在展示朝圣者的欢声笑语和打情骂俏情景的同时，反映了中世纪英国教会的腐败和堕落，并不时对共同体中某些神职人员的贪婪和荒淫予以鞭挞和讽刺。概括地说，《坎特伯雷故事集》在描写宗教共同体方面体现了两个显著的特征。一是人物形象的多样性。此前，英国文学作品中从未出现过如此丰富多彩的人物形象。高低贵贱、文武雅俗的人一起涌入作品，而且人人都讲故事，这无疑充分展示了中世纪英国宗教共同体形态的多元特征。二是人物形象的现实性。乔叟笔下的宗教共同体成员来自社会各个阶层，在现实生活中扮演着各自的角色。这些具有现实主义色彩的人物形象既是乔叟熟悉的，也是读者喜闻乐见的。这些形形色色的人物是中世纪英国社会的缩影，他们所讲的故事是现实生活的真实写照。总之，作为中世纪英国宗教文学的杰出范例，《坎特伯雷故事集》不仅生动描写了当时英国的宗教氛围和教徒的心理世界，而且反映了宗教共同体的结集形式与精神面貌，向读者展示了与罗曼司迥然不同的文学视角和社会场域。

此外，以社会底层尤其是被压迫农民为主的平民共同体也在中世纪英国文学中得到了一定的反映。普通大众的日常生活和精神诉求往往成为民谣和民间抒情诗等通俗文学作品的重要题材。从某种意义上说，英国平民共同体的发展与14世纪下半叶的社会动荡密切相关。日趋沉重的封建压迫、百年英法战争和肆虐横行的黑死病导致民不聊生，社会矛盾激化，从而引发了以瓦特·泰勒为首的大规模农民起义。在英国各地农民起义的影响下，平民共同体的队伍持续壮大，从而形成了英国历史上同感共情、人数最多的平民共同体。抗议封建压迫、反对残酷剥削和争取自由平等的思想情绪在当时的民谣、抒情诗和讽刺诗等通俗文学作品中得到了充分的展示。在反映平民共同体心声的作品中，有些已经步入了经典行列，其中包括约翰·高尔（John Gower, 1330?－1408）的《呼号者之声》（*Vox Clamantis*, 1382?）和民间诗人创作的《罗宾汉民谣集》（*The Ballads of Robin Hood*, 1495?）等作品。前者体现了贵族诗人高尔对农民起义军奋勇反抗封建统治的复杂态度，而后者则是匿名诗人根据历史事件采用简朴语体写成的歌谣，表达了普通百姓对农民起义的同情与支持。在反映中世纪平民共同体的生存状态和普通人的心声方面最成功的作品莫过于威廉·兰格伦（William Langland, 1332?－1400?）的《农夫皮尔斯》（*The Vision of Piers Plowman*, 1360?）。尽管这部作品因包含了说教成分而具有明显的历史局限性，但它抨击奢靡浪费和腐化堕落的行为，并倡导上帝面前人人平等和勤奋劳动最为高尚等理念，对英国中世纪以降的平民百姓具有一定的启迪作用。从某种意义上说，主人公皮尔斯既是真理的化身，也是平民共同体的代言人。由于平民共同体构成了中世纪英国通俗文学的主要读者群体，民歌、民谣和抒情诗的社会影响力也随之得到了提升。

英国文学的命运共同体表征在文艺复兴运动的催化下发生了深刻的变化。当欧洲人文主义思潮席卷英伦三岛时，各社会阶层和群体都不同程度地经受了一次思想与文化洗礼。毋庸置疑，文艺复兴是引导英国走出漫长黑暗中世纪时代的思想运动和文化变革，同时对人文主义共同体和新兴资产阶级共同体的形成起到了推波助澜的作用。随着新兴资产阶级社会地位的不断提升，绝对君主作为共同体中心的思想受到了挑战。在新的社会经济格局中，英国市民阶层逐渐形成了新的共同体伦理观念，人性中的真、善、美作为共同体道德原则的理念基本确立。应当指出，英国文学在文艺复兴时期空前繁荣在很大程度上得益于共同体思想的激励。在文艺复兴时期的共同体中，对文学想象影响最大的当属人文主义共同体。人文主义者不仅否认以“神”为中心的理念，反对封建主义、蒙昧主义和苦行禁欲思想，而且弘扬以“人”为本的世界观，充分肯定个人追求自由、财富、爱情和幸福等权利，并积极倡导个性解放和人的全面发展。威廉·莎士比亚（William Shakespeare, 1564–1616）、莫尔、汤姆斯·魏阿特（Thomas Wyatt, 1503–1542）、埃德蒙·斯宾塞（Edmund Spenser, 1552–1599）、菲利普·锡德尼（Philip Sidney, 1554–1586）和弗兰西斯·培根（Francis Bacon, 1561–1626）等人文主义作家以复兴辉煌的古希腊罗马文化为契机，采取现实主义视角观察世界，采用民族语言描写了广阔的社会图景和浓郁的生活气息。他们的作品代表了英国文艺复兴时期辉煌灿烂的文学成就，成为人文主义思想的重要载体。

英国文艺复兴时期的人文主义作家在作品中全面书写了人性的真谛，呼吁传统伦理价值与道德观念的回归，颂扬博爱精神，充分反映了人们对理想世界和美好生活的向往。显然，人文主义者的这种文学想象对促进人类社会进步具有积极作用。在莎士比亚等人的戏剧与诗歌中，对友谊、爱情、平等、自由等公认价值的肯定以及对美好未来的追求不仅体现了人文主义共同体的基本理念，而且成为日后作家大都认同和弘扬的主题思想。莎士比亚无疑是文艺复兴时期共同体表征的先行者。他在《威尼斯商人》（*The Merchant of Venice*, 1596）、《亨利四世》（*Henry IV*, 1598）、《终成眷属》（*All's Well That Ends Well*, 1602）、《李尔王》（*King Lear*, 1605）、《安东尼与克莉奥佩特拉》（*Antony and Cleopatra*, 1606）以及《科里奥兰纳斯》（*Coriolanus*, 1607）等一系列历史剧、喜剧和悲剧中不同程度地反映了共同体理念，并且生动地塑造了“王族共同体”（the community of royal families）、“封建勋爵共同体”（the community of feudal lords）、“贵族夫人共同体”（the community of aristocratic ladies）、“小丑弄人共同体”（the community of fools and clowns）和以福斯塔夫（Falstaff）为代表的“流氓无赖共同体”（the community of scoundrels）等舞台形象。如果说，莎士比亚加盟的“环球剧场”（Globe Theatre）的盛极一时和各种人文主义戏剧的轮番上演有助于共同体思想的传播，那么莫尔的《乌托邦》则是文艺复兴时期人文主义作家对未来命运共同体最具吸引力的美学再现。“《乌托邦》是莫尔对当时的社会问题认真思考的结果……其思想的核心是关于财产共同体的观念。他从柏拉图和僧侣规则中找到了先例，只要还存在私有财产，就不可能进行彻底的社会改良。”[1] 从某种意义上说，文艺复兴时期的人文主义作家在生动描写错综复杂且不断变化的现实世界的同时，对命运共同体给予了充分的审美观照和丰富的文学想象。

英国文艺复兴时期另一个重要的社会群体是新兴资产阶级共同体。如果说人文主义是英国工业革命前夕资产阶级上升时期反封建、反教会的思想武器，那么新兴资产阶级就是人文主义的捍卫者和践行者。16 世纪英国宗教改革期间顽强崛起的新兴资产阶级共同体对社会发展做出了积极贡献，其思想和行动在当时具有一定的进步意义。以城市商人、店主、工厂主和手工业者为代表的新兴资产阶级在与教会展开斗争的同时，在政治和经济上支持都铎王朝，不断壮大其队伍和力量。“支持都铎王朝并从中受惠的‘新人’（the new men）比 15 世纪贵族家庭的生存者们更容易适应变化了的社会。”[2] 生活在英国封建社会全面解体之际的新兴资产阶级共同体崇尚勤奋工作、发家致富的理念，旨在通过资本的原始积累逐渐发展事业，提升其经济实力和政治地位，并扩大其社会影响。这无疑构成了新兴资产阶级共同体

1 M. H. Abrams, *The Norton Anthology of English Literature*, Fourth edition, Vol. 1, New York, W. W. Norton & Company, 1979, p.436.

2 *Ibid.*, p.418.

思想的基本特征。在反映新兴资产阶级共同体的价值观念和社会作用方面，英国早期现实主义小说家们可谓功不可没。他们致力于描写当时的社会现实，将创作视线集中在以商人、工厂主和手工业者为代表的新兴资产阶级身上，其别具一格的现实主义小说题材与人物形象颠覆了传统诗人和罗曼司作家的文学想象和创作题材，在同时代的读者中引起了很大的反响。在反映新兴资产阶级共同体的作家中，最具代表性的当属托马斯·迪罗尼（Thomas Deloney, 1543?–1600?）。他创作的《纽伯雷的杰克》（*Jack of Newbury*, 1597）等小说不仅生动描写了这一社会群体的工作热情、致富心理和冒险精神，而且还真实揭示了原始资本的积累过程和资本家捞取剩余价值的手段与途径。“托马斯·迪罗尼为标志着英国纪实现实主义小说的诞生做出了贡献。”[1]应该说，文艺复兴时期日益壮大的新兴资产阶级共同体对包括“大学才子”（the university wits）在内的一部分作家的创作思想产生了积极影响，为英国现实主义小说的诞生奠定了重要基础。

17世纪是英国的多事之秋，也是共同体思想深刻变化的时代。封建专制不断激化社会矛盾，极大地限制了资本主义的发展。资产阶级同封建王朝和天主教之间的斗争日趋激烈，导致国家陷入了残酷内战、“王政复辟”和“光荣革命”的混乱境地。与此同时，文艺复兴时期普遍认同的人文主义思想和莎士比亚等作家奠定的文学传统在动荡不安的时代面临危机。然而，引人瞩目的是，在伊丽莎白时代“快乐的英格兰”随风而逝、怡然自得之风荡然无存之际，出现了以托马斯·霍布斯（Thomas Hobbes, 1588–1679）和约翰·洛克（John Locke, 1632–1704）为代表的哲学家和思想家。他们继承人文主义传统，推进了英国哲学、社会科学研究和共同体思想的发

1 S. Diana Neill, *A Short History of English Novel*, London, Jarrolds Publishers, 1951, p.25.

展。霍布斯肯定人的本性与诉求，强调理性与道德的作用，要求人们遵守共同的生活规则。他对英国共同体思想的最大贡献当属他的“社会契约论”（Social Contract Theory）。他以人性的视角探究国家的本质，通过逻辑推理揭示国家与个人的关系。他认为，若要社会保持和平与稳定，人们就应严格履行社会契约。如果说霍布斯的“社会契约论”为英国共同体思想提供了理论依据，那么他的美学理论也在一定程度上反映了共同体审美观念的差异性。在霍布斯看来，文学中的史诗、喜剧和歌谣三大体裁具有不同的美学价值和读者对象，分别适合宫廷贵族、城市居民和乡村百姓的审美情趣。显然，霍布斯不仅以人性的目光观察社会中的共同体，而且还借鉴理性与经验阐释人们履行社会契约的必要性，对文学作品与共同体审美接受之间的关系做了有益的探索。对 17 世纪英国共同体思想和文学想象产生积极影响的另一位重要哲学家是约翰·洛克。作为一名经验论和认识论哲学家，洛克在政治、经济、宗教和教育等领域都有所建树，发表过不少独特见解。像霍布斯一样，洛克在本质上也是资产阶级共同体的代言人。尽管他并不看好政治共同体在个体生活中的作用，但他批判“君权神授”观念，反对专制统治，主张有限政府，强调实行自由民主制度和社会契约的必要性。他认为，公民社会的责任是为其成员的生命、自由和财产提供保护，因为这类私人权利只能通过个人与共同体中其他成员的结合才能获得安全与保障。显然，霍布斯和洛克均强调公民的契约精神以及个人与社会的合作关系。这两位重要哲学家的出现表明，17 世纪是英国共同体思想理论体系形成与发展的重要时期。

17 世纪英国的社会动荡与危机激发了作家对新形势下共同体的文学想象。当时英国社会的主要矛盾表现为主张保王的国教与激进的清教之间的斗争。英国的宗教斗争错综复杂，且往往与政治斗争密切相关，因此催生了具有明显政治倾向的清教徒共同体。事实上，清教徒共同体是当时反对封建主义和宗教腐败的重要社会力量，其倡导的清教主义在一定程度上成为新兴资产阶级为自己的社会实践进行辩护的思想武器。然而，由于其思想观念的保守性和历史局限性，清教徒共同体的宗教主张与社会立场体现出两面性与矛盾性。一方面，清教运动要求清除天主教残余势力，摒弃宗教烦琐仪式，反对贵族和教会的骄奢淫逸。另一方面，清教徒宣扬原罪意识，奉行勤俭清苦的生活方式，倡导严格的禁欲主义道德，竭力反对世俗文化和娱乐活动。显然，清教主义是英国处于封建制度解体和宗教势力面临严重危机之际的产物。然而值得肯定的是，清教徒共同体对文艺复兴后期英国文学的发展具有积极的推动作用，清教主义作家对创作题材、艺术形式和人物塑造进行了有益的探索，取得了卓越的文学成就。从某种意义上说，弥尔顿和班扬两位重要作家的出现使17世纪英国文学的命运共同体书写跨上了一个新的台阶。

在倡导清教主义的作家中，弥尔顿无疑是最杰出的代表。面对英国政教勾结、宗教腐败和社会动荡的局势，作为文艺复兴人文主义的继承者，弥尔顿撰写了多篇言辞激昂的文章，强烈反对政教专制与腐败，极力主张政教分离和宗教改革，一再为英国百姓的权益以及离婚和出版自由等权利进行辩护。在史诗《失乐园》中，弥尔顿以言此而及彼、欲抑而实扬的笔触成功塑造了“宁在地狱称王，不在天堂为臣”的叛逆者撒旦的形象。在《失乐园》中，撒旦无疑是世界上一切反对专制、挑战权威、追求平等的共同体的代言人。弥尔顿着力塑造了一位因高举自己、反叛上帝而沦为“堕落天使”的人物，在一定程度上折射出他内心的矛盾以及他对受封建专制压迫的清教徒命运的关切与忧虑。

清教徒共同体的另一位杰出代言人是“17世纪后半叶最伟大的

散文作家”[1]班扬。在他创作的遐迩闻名的宗教寓言小说《天路历程》中，班扬假托富于象征意义的宗教故事和拟人的手法向同时代的人表明恪守道德与教规的重要性。从某种意义上说，《天路历程》的主人公基督徒是清教徒共同体的喉舌，其形象折射出两个值得关注的现象。其一，主人公在去天国寻求救赎的过程中遇到了艰难险阻，并遭受了种种磨难。这一现象表明，班扬不仅继承了英国文学中共同体困境描写的传统，而且使共同体困境主题在宗教领域得以有效地发展和繁衍。其二，与文艺复兴时期罗曼司中一味崇尚贵族风范、追求荣誉和尊严的“另类”骑士相比，《天路历程》的主人公基督徒似乎更加贴近社会现实。他虽缺乏非凡的“英雄气概”，但他关注的却是英国清教徒共同体面临的现实问题。面对当时的宗教腐败、信仰危机和人们因原罪意识而产生的烦恼与焦虑，他试图寻求解决问题的答案。毋庸置疑，作为17世纪最受英国读者欢迎的作品之一，《天路历程》对清教徒共同体思想的发展产生了重要影响。

在18世纪社会与经济快速发展的背景下，英国的共同体思想经历了深刻的变化。随着封建制度的全面解体，英国工业革命和资本主义经济步入上升期，中产阶级队伍日益壮大，海外殖民不断扩张。伏尔泰（Voltaire, 1694－1778）、孟德斯鸠（Charles-Louis de Secondat, baron de La Brède et de Montesquieu, 1689－1755）和让－雅克·卢梭（Jean-Jacques Rousseau, 1712－1778）等法国哲学家的启蒙主义思想席卷整个欧洲，也使英国民众深受启迪。与此同时，18世纪英国经济学家亚当·斯密（Adam Smith, 1723－1790）的《国富论》（*The Wealth of Nations*, 1776）奠定了资本主义经济的理论基础，为“重商

---

1 阿尼克斯特：《英国文学史纲》，戴镏龄等译，人民文学出版社，1980年，第68页。

主义”（Mercantilism）的崛起鸣锣开道。哲学家和经济学家的理论对英国共同体思想产生了重要影响，催生了启蒙主义和重商主义两大共同体。如果说英国此前的各种共同体与英雄主义、封建主义、人文主义或清教主义相联系，那么18世纪的启蒙主义共同体则以“理性”为原则，对自然、秩序以及宇宙与人的关系进行探究，其基本上是一个由追求真理、思想开放的文人学者组成的社会群体。尽管当时英国本身并未出现世界级或具有重要社会影响力的启蒙主义思想家，但他们与法国启蒙主义运动遥相呼应，倡导理性主义和民主精神，成为英国社会反封建、反教会的先行者。英国启蒙主义共同体是一个松散的且思想与主张不尽相同的社会阵营，其成员包括无神论者、唯理主义者、空想社会主义者以及启蒙主义温和派和激进派等不同派别（其本身也是大小不一的共同体）。然而，他们都不约而同地批判封建制度的全部上层建筑，宣扬民主思想，其共同目标是唤醒民众、推进社会改革以及建立资产阶级民主国家。与启蒙主义共同体形影相随的是重商主义共同体。这是一个主要以资本家、公司经理、投机商人、工厂老板和手工业者为主的社会群体，其主张的是一种基于工商业本位并以发展生产与贸易为目标的经济理念。重商主义共同体是受工业革命和启蒙思想共同影响的产物。作为当时英国流行的经济个人主义的践行者，重商主义者相信人们可以在各类经济活动中获取最大的个人利益，从而达到增进国民财富与公共利益的目的。总体而言，18世纪的启蒙主义者和重商主义者是英国工业革命时期中产阶级人生观与价值观的代言人，两者不仅同属于中产阶级群体，而且对英国当时势力庞大且地位不断上升的中产阶级共同体的整体发展起到了推动作用。

18世纪英国启蒙主义和重商主义思想的流行以及中产阶级队伍的日益壮大进一步激发了作家对共同体的文学想象。在诗歌领域，亚历山大·蒲柏（Alexander Pope, 1688－1744）和塞缪尔·约翰逊

（Samuel Johnson, 1709－1784）等人遵循理性原则，在诗歌创作中追求平衡、稳定、有序和端庄的审美表达，与启蒙主义价值观念彼此呼应、互为建构，传达出一种带有古典主义风格的乌托邦共同体想象。尽管以理性为基础的共同体想象在诗歌中占据主导地位，但文学固有的情感特质并未消失。恰恰相反，诗人对情感始终不离不弃，情感主义的暗流一直在当时的诗歌中涌动，并最终在后来的浪漫主义诗歌中达到了登峰造极的地步。

引人注目的是，启蒙主义和重商主义的流行使小说的共同体书写迎来了黄金时代。英国小说家不约而同地运用现实主义手法积极推进共同体书写。正如英国著名文学批评家伊恩·瓦特（Ian Watt, 1917－1999）所说，“人们已经将‘现实主义’作为区分 18 世纪初小说家的作品与以往作品的基本标准”[1]。毋庸置疑，18 世纪顽强崛起的小说成为英国共同体思想十分恰当和有效的载体。与诗歌和戏剧相比，小说不仅为人们在急剧变化的现实世界中的境遇和命运的美学再现提供了更大的空间，而且对各类共同体的社会地位和精神诉求给予了更加全面的观照。18 世纪英国小说的共同体书写之所以取得了长足的发展，除了文学作品需要及时反映现实生活的变化及其自身肌理演进的规律之外，至少有以下两个重要原因。一是文坛人才辈出，名家云集，涌现了丹尼尔·笛福（Daniel Defoe, 1660－1731）、乔纳森·斯威夫特（Jonathan Swift, 1667－1745）、塞缪尔·理查逊（Samuel Richardson, 1689－1761）、亨利·菲尔丁（Henry Fielding, 1707－1754）和劳伦斯·斯特恩（Laurence Sterne, 1713－1768）等一批热衷于书写社会主体的境遇和命运的小说家。英国文学史上首次拥有如此强大的小说家阵营，而他们几乎都把崇尚启蒙主义和重商主义的中产阶级人物作为

1 Ian Watt, *The Rise of the Novel*, London, Chatto & Windus, 1967, p.10.

描写对象。笛福的小说凸显了重商主义与资产阶级道德对共同体想象的塑造，斯威夫特小说中的刻薄叙事对英国社会中共同体所面临的文明弊端和人性缺陷予以辛辣的讽刺，而菲尔丁、理查逊和斯特恩的万象喜剧小说和感伤主义小说则构建了市民阶层的情感世界。18 世纪小说家通过淡化小说与现实的界限并时而与读者直接对话的表达形式，已经将读者视为对话共同体的一部分。由于当时英国社会中十分活跃的共同体及其个体的境遇和命运在小说中得到了生动的反映，小说的兴起与流行便在情理之中。导致英国小说的共同体书写步伐加快的另一个原因是英国中产阶级读者群的迅速扩大。由于 18 世纪上半叶从事各行各业的中产阶级人数激增，教育更加普及，中产阶级的文化素养显著提高，小说在中产阶级读者群中的需求不断上升，而这恰恰激发了小说家对启蒙主义和重商主义共同体的文学想象。“在诸多导致小说在英国比在其他地方更早及更彻底地突破的原因中，18 世纪阅读群体的变化无疑是至关重要的。”[1] 显然，上述两个原因不仅与中产阶级队伍的发展壮大密切相关，而且对小说中共同体的表现形式和审美接受也产生了一定的影响。总之，在 18 世纪启蒙主义和重商主义思想的影响下，英国的共同体形塑在日益走红的长篇小说中得到了充分的展示，作家对共同体的文学想象也随之达到了相当自信与成熟的境地。

19 世纪，英国共同体思想在浪漫主义思潮、文化批评、宪章运动和民族身份重塑的背景下呈现出多元发展的态势。随着工业革命和资本主义经济的快速发展和海外殖民的不断扩张，英国哲学家、批评家和文学家们对资本主义社会的本质展开了新的探索。正如我们不能对 19 世纪的英国社会简单明确地下一个定义那样，我们也不能将当

1 Ian Watt, *The Rise of the Novel*, London, Chatto & Windus, 1967, p.35.

时英国的共同体思想简单地视为一个统一体。19 世纪英国社会各界对共同体的话题表现出浓厚的兴趣，并进行了广泛的讨论。约翰·罗斯金（John Ruskin, 1819－1900）、托马斯·卡莱尔（Thomas Carlyle, 1795－1881）、威廉·莫里斯（William Morris, 1834－1896）和马修·阿诺德（Matthew Arnold, 1822－1888）等著名作家分别从哲学、美学和文化批评视角对共同体做了有益的探索。在他们看来，封建社会留下的等级制度、资本主义社会的财富观念、生活方式以及充满文化因子的公共空间无时不在社会主体中构筑壁垒，从而催生了形形色色的共同体。事实上，19 世纪英国上层建筑和意识形态的变化成为共同体演化的重要推动力，而英国文化观念的变化和差异则使共同体的类型更加细化。人们不难发现，维多利亚时代人们识别共同体的标签无处不在，例如家庭、职业、社交圈、生活方式、衣着打扮或兴趣爱好，甚至品什么酒、喝什么咖啡、读什么报纸或听什么音乐等，所有这些都可能成为识别个人共同体属性的标签。显然，英国社会的文化多元、价值多元和利益多元的态势不仅推动了共同体思想的现代化与多元化进程，而且也在一定程度上加快了民族文化身份的建构，使各种共同体的“英国性”（Englishness）特征日趋明显。在经济发展、文化流变和观念更新的大背景下，经过诸多具有洞见卓识的文人学者从哲学、文学和文化层面的探索与论证，19 世纪英国共同体思想建构的步伐日益加快。

19 世纪也是英国共同体的文学想象和美学表征空前活跃的时代。在文坛上，威廉·华兹华斯（William Wordsworth, 1770－1850）和乔治·戈登·拜伦（George Gordon Byron, 1788－1824）、珀西·比希·雪莱（Percy Bysshe Shelley, 1792－1822）和约翰·济慈（John Keats, 1795－1821）等浪漫主义诗人以及简·奥斯汀（Jane Austen, 1775－1817）、查尔斯·狄更斯（Charles Dickens, 1812－1870）、夏洛

蒂·勃朗特（Charlotte Brontë, 1816–1855）、乔治·爱略特（George Eliot, 1819–1880）和托马斯·哈代（Thomas Hardy, 1840–1928）等现实主义小说家都对共同体进行了生动的美学再现。尽管这些作家的社会立场与价值观念不尽相同，其创作经历与审美取向更是千差万别，但他们都对社会主体的境遇和命运表现出深切的忧虑，不约而同地将形形色色和大小不一的共同体作为文学表征的对象。从表面上看，维多利亚时代处于工业与经济发展的繁荣期，但隐藏在社会内部的阶级冲突与结构性矛盾使传统秩序和文化观念遭受巨大挑战。英国作家对现实社会大都体现出矛盾心理。“也许最具代表性的是阿尔弗雷德·丁尼生（Alfred Tennyson, 1809–1892），他偶尔表现出赞扬工业社会变化的能力，但更多的时候他觉得在工商业方面的领先发展是以人类的幸福为巨大代价的。”[1] 而莫里斯对英国的社会现状更是心怀不满：“他对死气沉沉的现代工业世界越来越感到不满，到晚年时他确信需要开展一次政治革命，使人类恢复到工作值得欣赏的状态，在他看来工人受剥削在维多利亚时代的英国十分普遍。”[2] 此外，维多利亚时代晚期至爱德华时代的奥斯卡·王尔德（Oscar Wilde, 1854–1900）和萧伯纳（George Bernard Shaw, 1856–1950）等剧作家也向观众展示了工业化空前发展和城市消费文化日益流行的社会中的阶级矛盾和传统价值观念的消解。就总体而言，19 世纪英国文学不仅反映了各种社会问题，而且表达了深刻的共同体焦虑，其描写的重点是乡村共同体、阶级共同体、女性共同体和帝国命运共同体等。总之，19 世纪是英国共同体思想分化的时代，也是共同体书写空前活跃的时代。

---

1 M. H. Abrams, *The Norton Anthology of English Literature*, Third edition, Vol. 2, New York, W. W. Norton & Company, 1974, p.876.

2 *Ibid.*, p.1501.

19 世纪初英国浪漫主义思潮的风起云涌成为诗人在大自然的怀抱中探索人类命运共同体的催化剂。作为一种反对古典主义和唯理主义、崇尚自然与生态、强调人的主观精神与个性自由的文学思潮，浪漫主义诗学无疑在抒发情感、追求理想境界方面与人们向往命运共同体的情结不谋而合。无论是以讴歌湖光山色为主的“湖畔派”诗人，还是朝气蓬勃、富有反叛精神的年轻一代诗人，都对工业社会中社会主体的困境表现出高度的关注，并对理想的世界注入了丰富的情感与艺术灵感。华兹华斯在一首题为《这个世界令人难以容忍》（“The World Is Too Much with Us”，1807）的十四行诗中明确表示，英国社会已经混乱无序，腐败不堪。在他看来，精神家园与自然景观的和谐共存是建构理想共同体的重要基础，人的出路就是到大自然中去寻找乐趣与安宁。在遐迩闻名的《抒情歌谣集》（*Lyrical Ballads*, 1798）中，华兹华斯以英国乡村的风土人情和家园生活为背景，从耕夫、村姑和牧羊人等农民身上摄取创作素材，采用自然淳朴的语言揭示了资本主义社会中最欠缺的勤劳、真诚、朴实以及人道主义和博爱精神，充分反映了诗人对乡村共同体的褒扬。无独有偶，同样崇尚大自然的拜伦、雪莱和济慈等年轻一代浪漫主义诗人也在诗歌中不同程度地表达了对命运共同体的文学想象。他们崇尚民主思想与个性自由，支持法国革命和民族解放运动，通过诗歌美学形塑了一系列令人向往的理想共同体。拜伦的不少诗歌谴责政府专制与腐败，赞扬为争取工作权利反对机器取代工人的“卢德运动”（Luddite Movement），起到了批判资本主义、针砭时事、声援无产阶级共同体的积极作用。同样，拜伦的好友雪莱也在《麦布女王》（*Queen Mab*, 1813）、《伊斯兰的反叛》（*The Revolt of Islam*, 1818）和《阿童尼》（*Adonais*, 1821）等著名诗歌中对反资本主义制度的空想社会主义者、革命者和诗人等不同类型的共同体进行了深入探索，充分反映了其文学想象力与社会责任感。而三位诗人中最年轻的济慈则通过生动的美学再现，将田园风光与自然力量提升至崇高的精神境界，为其注入丰富的神话意蕴与文化内涵，以此激发读者的民族身份认同感，建构不列颠民族共同体。显然，与“湖畔派”诗人相比，浪漫主义年轻一代诗人无疑表现出更加积极的人生态度和远大的人类理想。

如果说 19 世纪浪漫主义诗人大都将美妙的自然景观作为共同体想象的重要基础，那么现实主义小说家则将社会生活中摄取的素材视为其共同体形塑的可靠资源。自 19 世纪 30 年代起，英国资本主义工业家基本取代了土地贵族的统治地位，而资产阶级的胜利则使其成为国家经济和政治的核心力量。随着贫富差距的不断扩大，社会阶层进一步分化，阶级矛盾日趋尖锐。英国各阶层的社会身份与地位的差别很大，其民族文化心理与精神诉求更是大相径庭，因此英国小说家的共同体思想往往蕴含了对平民百姓强烈的同情心，体现出明显的批判现实主义倾向。尽管从奥斯汀到哈代的 19 世纪英国小说家们的共同体思想不能被简单地视为一个统一体，但其小说体现出日趋强烈的命运意识和共同体理念却是一个不争的事实。奥斯汀通过描写一个村庄几个家庭的人际关系、财富观念以及对婚姻与爱情的态度揭示了社会转型期乡村共同体在传统道德观念与世俗偏见影响下对幸福问题的困惑。狄更斯“以极其生动的笔触记录了变化中的英国”[1]，对英国城市中的社会问题和底层市民共同体的关注超过了同时代的几乎所有作家。勃朗特深刻反映了 19 世纪英国女性的不良境遇、觉醒意识和对自由平等的热切追求，成为书写女性命运共同体的杰出典范。爱略特通过对家庭和家乡生活的描写揭示了呵护血缘关系和亲情对乡村共同体的重要性，其笔下人物的心理困惑与悲惨命运在一定程度上反映了

---

1　F. R. Leavis, *Lectures in America*, London, Chatto & Windus, 1969, p.8.

作者对外部世界的无序性和对共同体前途的忧虑。如果说这种忧虑在狄更斯等人的小说中也是显而易见的，那么在哈代的小说中则完全成为浓郁的悲剧底色了。

20 世纪咄咄逼人的机械文明和惨绝人寰的两次世界大战使整个西方社会陷入极度混乱的境地，英国共同体思想建构也随之步入困境。在政治、哲学、宗教和道德等领域的秩序全面解体之际，笼罩着整个西方世界的绝望感和末世感在英国文坛产生了共鸣，从而使共同体思想不仅面临了前所未有的质疑，而且不时遭遇解构主义的冲击。在西方文化与道德面临严重危机的大背景下，19 世纪诗歌中曾经流露出的共同体焦虑在 20 世纪的诗歌中得到更加充分的展示，其表征形式更为激进，更具颠覆性。事实上，在西方文明全面衰落的大背景下，英国的诗歌、小说和戏剧中的共同体表征体现出空前绝后、异乎寻常的形式革新。叶芝（W. B. Yeats, 1865–1939）的民族主义诗歌、意象派的实验主义诗歌以及爱略特的碎片化象征主义诗歌均不同程度地反映了诗人对现代西方社会共同体的忧思、解构或嘲讽。在小说领域，亨利·詹姆斯（Henry James，1843–1916）和约瑟夫·康拉德（Joseph Conrad, 1857–1924）通过描写人物在海外的坎坷经历展示了笼罩着共同体的西方文明与道德衰落的阴影。在现代主义思潮风起云涌之际，崇尚“美学英雄主义”（Aesthetic Heroism）的詹姆斯·乔伊斯（James Joyce, 1882–1941）、弗吉尼亚·伍尔夫（Virginia Woolf, 1882–1941）和 D. H. 劳伦斯（D. H. Lawrence，1885–1930）等小说家义无反顾地反映现代人的精神危机，深刻揭示个体心灵孤独的本质，追求表现病态自我，从而进一步加深了个体与共同体之间的鸿沟。然而，现代主义作家并未放弃对共同体的观照。如果说乔伊斯在《尤利西斯》（*Ulysses*, 1922）中深刻反映了笼罩在“道德瘫痪”（moral paralysis）阴影下的都柏林中产阶级共同体的道德困境，那么伍尔夫在《海浪》( *The Waves*, 1931 ) 中成功描写了青年群体在混乱无序的人生海洋中的悲观意识和身份认同危机。总之，现代派作家不约而同地致力于异化时代“反英雄”共同体的书写，深刻反映了第一次世界大战以后英国的社会动荡和精神危机。20 世纪下半叶，塞缪尔·贝克特（Samuel Beckett, 1906–1989）的荒诞派戏剧充分展示了现代人的精神孤独，深刻揭示了个体的绝望和共同体的消解。同时，哈罗德·品特（Harold Pinter, 1930–2008）等剧作家也纷纷揭示了战后英国的阶级矛盾和日趋严重的共同体困境。20 世纪末，在后现代主义的喧嚣之后，融合了各种文学思潮的新现实主义作品以其特有的艺术形式对共同体展开了新的探索。与此同时，V. S. 奈保尔（V. S. Naipaul, 1932–2018）等英联邦移民作家纷纷对族裔共同体、民族共同体和世界主义共同体给予了丰富的文学想象。就总体而言，受到战争爆发、机械文明压抑和传统价值观念崩塌等因素的影响，20 世纪的英国文学不仅体现了浓郁的悲观主义色彩，而且在美学形式上对各类共同体进行了不同程度的质疑与解构。

21 世纪初，英国文学的共同体想象虽然在全球化、逆全球化和多元文化主义进程中拥有了更加广阔的空间，但其题材和形式却不时受到全球百年未有之大变局的影响。一方面，恐怖主义、新殖民主义、民粹主义、英国脱欧、环境污染、气候变化和资本霸权等问题的叠加干扰了作家对共同体的认知和审美。另一方面，新媒体、高科技、元宇宙和人工智能在连接现实世界与虚拟世界的同时，映射出全新的数字空间与人际关系，从而进一步拓展了文学对共同体的想象空间。以石黑一雄（Kazuo Ishiguro, 1954– ）为代表的作家着力表现了克隆人共同体、人机共同体、身体命运共同体和“乌托邦”精神家园等题材，深刻反映了当下日新月异的高科技、人工智能和数字生活给人类伦理观念与未来社会带来的变化与挑战。此外，21 世纪的英国文学往往超越现实主义与实验主义之间的对立，不仅关注本国共同体的境遇和嬗变，而且也着眼于全球文明与生态面临的挑战，反映全球化语境中的共同体困境。总之，21 世纪英国文学反映的前所未有的题材与主题对深入探讨人类命运共同体的构建具有重要参考价值。

综上所述，自盎格鲁-撒克逊时代起，英国的共同体思想与文学想象形影相随，关系密切，对英国文学的历史沿革起到了重要的推动作用。在英国的千年文学史上，共同体思想持续演进，其内涵不断深化，影响了历代作家的创作理念和美学选择，催生了一次次文学浪潮和一部部传世佳作。无论是在工业化、城市化和现代化步伐日益加快的进程中，还是在全球化、信息化、智能化和数字化突飞猛进的时代里，英国文学的命运共同体表征不仅一以贯之、绵亘不绝，而且呈现出类型不断繁衍、内涵日益丰富和书写方式日趋多元的发展态势。时至今日，英国作家对命运共同体美学再现的作品与日俱增，生动反映了大到世界、国家和民族，小到村镇、街区、社团和家族等社会群体的境遇和命运。英国共同体思想的演进及其审美观念的变化将不断为我们深入研究其表征和审美双维度场式的历史、社会与文化成因等深层次问题提供丰富的资源。

## 三、英国文学中命运共同体的审美研究

在全球化（亦有逆全球化）和多元文化主义进程日益加快的世界格局中，以一个具有连贯传统和典型意义的国别文学为研究对象，深入探讨其命运共同体书写是对共同体理论的拓展，也是对文学批评实践性的发扬。今天，英国文学中“命运共同体”的文学想象与审美接受已经成为国内外文学批评界的热门话题。作为英国文学史上繁衍最久、书写最多、内涵最丰富的题材之一，共同体书写备受批评界关注

无疑在情理之中。概括地说，英国文学中命运共同体的审美研究已经成为当今国内外文学批评界的“显学”，其意义主要体现在以下三个方面。

（一）英国是一个在历史、文化、经济和政治等领域都颇具特色和影响力的西方国家，其作家对“命运共同体”1 000多年的书写与其国内的社会现实乃至世界的风云变幻密切相关。就此而言，英国文学为人们提供了一个历史悠久的共同体书写传统。这一传统对发生在英国本土及海外的社会、政治、经济和文化变局以及受其影响的各种共同体做出了及时的反应，产生了大量耐人寻味、发人深省的文学案例，对我们深入了解英国乃至整个西方世界各种命运共同体的兴衰成败具有一定的现实意义和参考价值。

（二）迄今为止，对共同体的研究主要出现在哲学、政治学和社会学领域，其研究对象与参照群体往往并非取自堪称“人学”的文学领域。在当今全球化（亦有逆全球化）和多元文化主义背景下，对文学的命运共同体表征与审美双向互动关系的深入研究无疑有助于拓展以往共同体研究的理论范畴。以宽广的社会语境和人文视野来考察命运共同体书写与审美过程中的一系列重要因素将对过去以哲学、政治学和社会学为主的共同体研究加以补充，对大量文学案例的剖析能引发人们思考在当代日趋复杂的世界格局中构建命运共同体的有效途径。

（三）我国对外国文学中命运共同体表征与审美的研究起步不久，而这种研究在当下“构建人类命运共同体”理念不断深入人心的背景下显得尤为迫切，是对国家发展战略和重大理论问题的有益探索。深入探讨不同时期英国文学中受“命运”意识支配的各种共同体的性质与特征及其美学再现的社会意义，将为我国“构建人类命运共同体”的倡议提供有价值的文学阐释和有针对性的学术视角。

无论是在哲学、政治学、社会学，还是在人类学领域，国外100多年的共同体研究虽然路径和方法大相径庭，但是它们对共同体形成了一套外延不尽相同、而内涵却较为相近的解释。共同体研究兴趣本身便是应世界变化和历史演进而生。工业化、现代化和全球化（亦有逆全球化）所带来的生产力发展和城乡关系的变化，使传统的社会秩序和价值观念不断受到冲击，社会向心力的缺失成为社会学家和作家共同关心的话题，他们试图从各个层面辨析出或大或小、或具体或抽象的共同体形态，试图寻找加强共同体联结纽带的良方。由于共同体的审美研究本质上要面对的是社群的共同情感和集体意识，它天然具有宏观向度，并在历时与共时两个维度都与"命运"这一具有宏观要旨的话题密切相关。

毋庸置疑，源远流长和体量巨大的英国文学为我们全面系统地研究共同体提供了极为丰富的文学资源。对具有世界影响力的英国文学在不同历史语境中的共同体书写展开深入研究，既符合英国文学创作与批评的发展逻辑，也有助于人们从其纷繁复杂的文学案例中探索社会主体的境遇和命运，厘清共同体形塑与崩解的社会成因。应当指出，注重文内与文外的勾连，平衡文本分析与历史考据，在现象研究的基础上建构文学表征视阈下的共同体批评理论与学术范式具有重要的现实意义。"构建人类命运共同体"理念是一种具有原创性的构想，它一方面回应了当下人类社会高度分化但社会责任却无法由传统共同体有效承担的形势，另一方面也是对马克思主义共同体构想的发展。笔者认为，中国学者在开展英国文学中命运共同体的审美研究时应认真做好以下五个方面的工作。

（一）中国学者从事英国文学中命运共同体的审美研究须肩负破题之责。我们不但要对命运共同体做出正确的释义和界定，而且还应阐释命运共同体与英国文学之间的关系，深入探讨英国历史上发生的一系列社会、政治、经济和宗教领域的重大变化以及民族文化心理的共情意识对共同体书写发展的影响，科学分析历代英国作家对共同体做出的种种反思与形塑。同时，我们也应关注英国文学中的共同体在道德伦理的建构、价值观念的塑造和审美范式的生成方面所发挥的重要作用。

（二）中国学者应全面了解共同体知识谱系，积极参与共同体学术体系的建构，充分体现学术自信和理论自信。我们既要正确理解西方文化传统和价值体系中的“命运观”，也要认真把握西方传统文化视阈下“命运观”的内在逻辑。尽管其发展脉络与东方传统中的“命运观”有相似之处，但其词源学上的生发过程蕴含了许多不同的指涉。西方传统中“命运”一词的词源有其具象的指代，它发源于古希腊神话中执掌人类命运的三位女神，其神话指代过程包含了一整套宇宙演化观，凸显了“命运”与必然、本质、责任和前途的关系。西方传统文化视阈下的“命运观”对历代英国作家的共同体文学想象无疑具有渲染作用，因而对英国文学中命运共同体的审美研究具有一定的参考价值。

（三）中国学者在开展英国文学中命运共同体的审美研究时还应仔细考量英国思想传统中的经验主义和保守主义。由于受该思想传统的影响，英国人在较早的历史阶段就因为对普遍利益不抱希望而形成了以反复协商、相互妥协为社会变化主要推动方式的工作机制，更以《大宪章》（*Great Charter*, 1215）和议会的诞生为最显著的标志。在现实的社会生活中，英国人深受保守主义观念的影响，主张在维护传统的主基调上推动渐进式的改变，缓和社会矛盾，以此维护共同体的秩序。显然，英国文学中命运共同体的审美研究既要关注保守主义与经验主义的影响，又要揭示文学的批判功能和伦理建构意图，也要探讨社会现实的美学再现和有关共同体的构想。

（四）英国文学中命运共同体的审美研究应凸显问题意识，我们应该认真思考并解答一系列深层次的问题。例如，英国文学在演进过程中回应和观照了社会中或大或小的共同体所面对的哪些必然因果、重大责任、本质关切和共同前途？文学的命运共同体想象和批判与现实之间具有怎样的联系、差异、张力和悖反？在这一过程中，社会群体所认同的道德伦理是如何建构的？其共情的纽带又落脚于何处？所有这些以及其他各种深层次问题都将纳入其审美研究的范畴。为回应命运共同体所包蕴的必然、本质、责任、前途等重要内涵，审美研究还应围绕“文学-思想传统”“文学-资本主义”“文学-殖民帝国”和“文学-保守主义文化”等在英国历史和文学书写中具有强大影响力和推动力的维度，对英国文学中的命运共同体展开深度理论阐释。

（五）中国学者在开展英国文学中命运共同体的审美研究时需要采取跨学科视角。尽管命运共同体研究如今已成为我国文学批评界的一门“显学”，但其跨学科研究却并未引起学者应有的重视，而高质量的学术成果也相对较少。跨学科研究是文学批评在专业化和多元化进程中的新路径，也是拓展文学批评范畴、深度挖掘文本潜在内容的有效方式。事实上，命运共同体研究可以从其内部和外部两条路径展开。内部路径探讨共同体的性质、特征、诉求、存续方式和美学再现，而外部路径则研究共同体形成的历史背景、社会现实、文化语境以及与其相关的政治、经济、哲学、宗教、医学、伦理学、心理学等社会科学和自然科学因素。跨学科研究的一个重要任务是建立两条路径之间的阐释通道，发掘共同体表征背后的文学意义、历史作用、意识形态和价值取向，成为一种探讨共同体思想、形式和特征的有效路径。跨学科研究能极大程度地发挥文学研究的社会功能，使文学批评在关注“小文本”中共同体形塑的美学价值时，有效地构建促进人类社会发展的“大文学”话语体系。

迄今为止，在英国文学的命运共同体研究领域，国外最重要的相关成果当属英国批评家威廉斯的《漫长的革命》和《乡村与城市》（*The Country and the City*, 1973）以及美国批评家米勒的《小说中的共同体》（*Communities in Fiction*, 2015）。毫无疑问，他们是目前在文学中的命运共同体研究方面最具影响力的批评家。在《漫长的革命》中，威廉斯论述了小说主人公在反映共同体方面的重要作用。他充分肯定了乔伊斯在《尤利西斯》中深刻反映中产阶级共同体精神世界的意识流技巧：“乔伊斯在《尤利西斯》中展示出这种技巧的卓越优势，他不是通过一个人物而是三个人物的视角来反映世界……事实上，这三个世界构成了同一个世界。”[1]在《乡村与城市》中，威廉斯对英国文学中的乡村与城市的共同体形态及其社会困境做了论述。他认为，英国浪漫主义作家笔下田园牧歌般的乡村生活只是一种虚构的、理想化的现代神话，英国的乡村与城市在本质上均是资本主义唯利是图与弱肉强食之地，毫无共同利益与价值可言。米勒也是在文学中命运共同体的研究方面最具影响力的批评家之一。在其《小说中的共同体》一书中，米勒在呼应威廉斯的共同体思想时明确指出，“在威廉斯看来，自18世纪以来英国历史的主要特征是资本主义的逐渐上升及其对乡村共同体生活的破坏”[2]。同时，米勒深入探讨了英国作家安东尼·特罗洛普（Anthony Trollope, 1815－1882）、哈代、康拉德和伍尔夫等作家的小说所蕴含的共同体意识，深刻揭示了他们在共同体表征方面的共性与差异。米勒认为，“如何看待个体性和主体间性的本质，基本

1 Raymond Williams, *The Long Revolution*, Beijing, Foreign Language Teaching and Research Press, 2019, pp.327－328.

2 J. Hillis Miller, *Communities in Fiction*, Beijing, Foreign Language Teaching and Research Press, 2019, p.3.

上决定着一个人对共同体的看法……这部或那部小说是否表现了一个'真正的共同体'构成了这种关于共同体的复杂且经常矛盾的思维传统的前提"[1]。毋庸置疑，威廉斯和米勒等批评家的研究对文学中共同体的审美研究具有重要参考价值。

近十年，随着"构建人类命运共同体"理念的广泛接受与传播，我国学者对外国文学中的共同体研究也产生了浓厚的兴趣。尽管我们对这一话题的研究起步较晚，且涉及的作家与作品较为零散，但还是出现了一些高质量的文章，体现了中国学者的独特见解，其中殷企平教授的研究独具特色。他就维多利亚时代小说和浪漫主义诗歌中的"幸福伦理"与"共同体形塑"等问题撰写了多篇具有独创见地的论文，对多位 19 世纪作家的共同体书写做了深刻剖析。引人注目的是，近几年我国学者对外国文学中共同体书写的学术兴趣倍增，纷纷对世界各国文学作品中的命运共同体展开了全方位、多视角的探析。与此同时，国家、教育部和各省市社科基金立项名单中关于共同体研究的课题屡见不鲜，而研究共同体的学术论著更是层出不穷。种种现象表明，文学中命运共同体的审美研究正在成为我国外国文学批评界的热门话题。然而，我们应该明白，文学中的命运共同体在本质上是某种虚构的文学世界，与现实世界和人类历史进程中的共同体不能混为一谈。它所反映的是在特定历史语境中作家对过去、当下或未来某种共同体的深切关注与文学想象。因此，文学中共同体的审美研究必须深度引入具有各种创作理念、审美取向和价值观念的作家所生活的时代与社会，包括特定的历史语境、意识形态、文化观念以及地理环境等外在于文本的因素，同时还应考量文本中命运共同体的审美接受与各

1 J. Hillis Miller, *Communities in Fiction*, Beijing, Foreign Language Teaching and Research Press, 2019, p.17.

种外在于文本的因素之间的双向互动关系。

综上所述，国内外文学批评界对命运共同体的审美研究取得了长足的发展，为共同体学术话语体系的进一步建构与发展奠定了重要基础。就《英国文学的命运共同体表征与审美研究》这一项目而言，研究对象从以往哲学、政治学、社会学和人类学视阈下的共同体转向了文学作品中命运共同体的书写与审美。这种学术转型要求我们不断加强学习，注重学术创新，不断提升研究能力。笔者希望，在学者们的执着追求与通力合作下，我国对英国文学中命运共同体的审美研究将前所未有地接近国际学术前沿，并且为文学的共同体批评话语建构做出积极贡献。

《英国文学的命运共同体表征与审美研究》是2019年国家社科基金重大项目（编号：19ZDA293），包括《理论卷》《诗歌卷》《小说卷》《戏剧卷》和《文献卷》五个子项目。全国20余所高校和研究机构的30余位专家学者参加了本项目的研究工作。多年来，他们崇尚学术、刻苦钻研，不仅体现了中国学者的独特见解与理论自信，而且表现出令人钦佩的专业素养与合作精神。本项目的研究工作自始至终得到我国外国文学批评界同行的关心与帮助。上海外语教育出版社孙玉社长、谢宇副总编、孙静主任、岳永红主任、刘华初主任以及多位编辑对本套丛书的出版全力支持、尽心尽责，请容笔者在此一并致谢。由于英国文学典籍浩瀚，加之我国的共同体研究起步不久，书中难免存在误解和疏漏之处，敬请学界同仁谅解。

李维屏

于上海外国语大学

2022年10月

# 《文献卷》总序

《英国文学的命运共同体表征与审美研究　文献卷》（下文简称《文献卷》）是一套西方共同体文论与文学批评译丛。这套译丛共有著作七种，主要译自英、美、德、法、西等国学者的共同体著述，是多语种团队协作翻译的成果。本套译丛以文学学科为中心，以其他学科为支撑，重点选择欧美学术界，尤其是文学研究界的共同体著述，通过学术导论或译序的方式对相关著作进行译介与研究。从著作类型来看，其中两种是共同体理论著作，分别是杰拉德·德兰蒂的《共同体》（第三版）与安东尼·保罗·科恩的《共同体的象征性建构》；另外五种是文学学者的共同体批评著作，分别是J. 希利斯·米勒的《小说中的共同体》、赛琳·吉约的《文学能为共同体做什么？》、雷米·阿斯特吕克主编的《重访共同体》、玛戈·布林克与西尔维亚·普里奇主编的《文学中的共同体——文学-政治介入的现实性》、杰拉尔多·罗德里格斯-萨拉斯等人主编的《共同体与现代主义主体新论》。下面对这七种著作及相关背景略做介绍，以便读者对这套丛书有一个基本的了解。

## 一

西方共同体学术传统源远流长，最早可以追溯到亚里士多德（Aristotle, 384－322 BC）。他在《政治学》（*The Politics*, 约 350 BC）一书中所探讨的“城邦”（polis）可以看作共同体思想的雏形。从中世纪奥古斯丁（Saint Aurelius Augustinus, 354－430）的友爱观到 17、18 世纪托马斯·霍布斯（Thomas Hobbes, 1588－1679）、约翰·洛克（John Locke, 1632－1704）、让－雅克·卢梭（Jean-Jacques Rousseau, 1712－1778）等人的社会契约论，其中都包含着一定的共同体意识。此后，19 世纪的卡尔·马克思（Karl Marx, 1818－1883）、伊曼努尔·康德（Immanuel Kant, 1724－1804）、G. W. F. 黑格尔（G. W. F. Hegel, 1770－1831）、埃米尔·涂尔干（Émile Durkheim, 1858－1917）、斐迪南·滕尼斯（Ferdinand Tönnies, 1855－1936）等思想家对共同体均有论述。20 世纪更是不乏专门探讨。国内译介早、引用多的共同体著述是德国社会学家滕尼斯的《共同体与社会》（*Gemeinschaft und Gesellschaft*, 1887）与爱尔兰裔政治学家本尼迪克特·安德森（Benedict Anderson, 1936－2015）的《想象的共同体》（*Imagined Communities*, 1983）。此外，齐格蒙特·鲍曼（Zygmunt Bauman, 1925－2017）的《共同体：在一个不确定的世界中寻找安全》（*Community: Seeking Safety in an Insecure World*, 2001）、让－吕克·南希（Jean-Luc Nancy, 1940－2021）的《不运作的共同体》（*La Communauté désœuvrée*, 1986）、莫里斯·布朗肖（Maurice Blanchot, 1907－2003）的《不可言明的共同体》（*La Communauté inavouable*, 1983）、吉奥

乔·阿甘本（Giorgio Agamben, 1942– ）的《即将到来的共同体》（*La comunità che viene*, 1990）等理论名作也都被翻译成中文，在中国学界引起越来越多的关注。

鉴于上述译介现状，本套译丛选择了尚未被译介的两本英国学者的共同体理论著作：一本是英国社会学家杰拉德·德兰蒂（Gerard Delanty, 1960– ）的《共同体》（第三版）（*Community*, Third Edition, 2018），另一本是英国人类学家安东尼·保罗·科恩（Anthony Paul Cohen, 1946– ）的《共同体的象征性建构》（*The Symbolic Construction of Community*, 1985）。在西方学术传统中，英国学者的共同体思想，从霍布斯和洛克古典哲学中的共同体意识到20世纪社会学家鲍曼与文学批评家威廉斯的共同体理念，一直占有重要的一席之地。因此，将德兰蒂与科恩的共同体著作译为中文，对于了解英国的共同体思想传承、探讨英国文学中的共同体审美表征以及促进当代中英共同体思想交流，无疑具有一定的理论价值与现实意义。

在《共同体》（第三版）中，德兰蒂提出了以归属感和共享感为核心的“沟通共同体”（communication community）思想，代表了英国学术界对共同体理论的最新贡献。德兰蒂考探了“共同体”概念的起源与流变，描绘出共同体思想在西方的发展脉络图，相对完整地梳理了自亚里士多德以来西方理论家们的众多学说，其中所涉及的很多共同体概念和类型，如阈限共同体、关怀共同体、歧见共同体、否定共同体、断裂共同体、邪恶共同体、流散共同体、跨国共同体、邻里共同体等概念和思想尚未引起中国学界的足够重视。德兰蒂按照传统、现代、后现代、21世纪等四个不同的时间段剖析共同体的基本性质，但着重考察的是当代共同体的本质特征。德兰蒂指出，当代共同体的流行可以看作对全球化带来的归属感危机的回应，而当代共同体的构建是一种以新型归属感为核心的沟通共同体。在他看来，共同体理念尽管存在各种争议，但之所以能引起广泛关注，是因为共同体与现代社会不安全的背景下人们对归属感的追寻密切相关。而共同体理念之所以具有永久的魅力，无疑源自人们对归属感、共同感以及地方（place）的强烈渴望。

德兰蒂的共同体思想与英国社会学家鲍曼的共同体思想一脉相承。鲍曼将共同体视作一个温馨的地方，一个温暖而又舒适的场所，一个内部成员之间“能够互相依靠对方”的空间场域。鲍曼认为，当代共同体主义者所追求的共同体即是在一个不安全环境下人们所想象和向往的安全感、和谐感与信任感，从而延续了他在其他著述中对现代性与全球化的反思与批判。追根溯源，鲍曼、威廉斯、德兰蒂等英国学者所继承和认同的是滕尼斯的共同体思想，即充满生机的有机共同体的概念。尽管在后现代或全球化的语境下，他们的理论取向与价值维度各有不同，但是他们的共同体思想无一不是建立在归属感或共同纽带基础之上，并将共同体界定为一种社会现象，因而具有实在性或现实性的存在特征，“场所”“空间”“归属”“身份”“共同性”“沟通”等构成了共同体的核心内涵。正如德兰蒂所说，他强调共同体作为一种话语的沟通本质，是一种关于归属的体验形式……共同体既不是一种社会交融的形式，也不是一种意义形式，而是被理解为一个关于归属的开放式的沟通系统。

科恩的《共同体的象征性建构》进入译介视野，是因为其共同体理念代表了20世纪下半叶西方共同体研究的另一条学术路径。它与安德森《想象的共同体》均出版于20世纪80年代，被视作共同体研究新方法的肇始。19世纪的滕尼斯以及后来众多理论家们大多将共同体看作以共同纽带为基础、具有社会实践性的有机体。与他们不同的是，安德森、科恩等人主要将共同体视为想象、认知或象征性建构的产物。中国学界对安德森的“想象共同体”早已耳熟能详，但是对科恩的“象征性共同体”（symbolic community）仍知之甚少，因此将《共同体的象征性建构》译入，有助于中国学界进一步了解西方共同体理论建构的另一个重要维度。

科恩的学术贡献不在于对归属感或共享感的论述，而在于探讨共同体如何在自我与他者的互动关系中通过边界意识和象征符号建构出来。在科恩看来，共同体不是纯粹的制度性或现实性的存在，而是具有象征性（符号性）和建构性的想象空间。科恩从文化建构主义的角度来看待共同体的界定，试图揭示同一共同体的成员如何以象征符号的方式确立共同体的边界，如何运用象征符号来维系共同的身份、价值、意义以及心理认同。科恩把共同体看作一个文化场域，认为它一方面拥有复杂的象征符号系统，其意义和价值是建构性的，但另一方面对象征符号的认知也是具有差异性的。换言之，不同的成员既有相同或共通的认同感、归属感，但同时也会存在想象性、虚幻性的误区，甚至其认同感与归属感还会出现本质性的差异。科恩指出，与其说符号在表达意义，不如说符号赋予我们创造意义的能力。因此，象征与符号具有消除差异性并促进共同体建构的积极意义。

科恩的象征性共同体不同于滕尼斯的有机共同体，也不同于德兰蒂的沟通共同体。科恩主要受到了英国人类学家维克多·特纳（Victor Turner, 1920－1983）象征人类学理论的影响。科恩与特纳都被批评界视作“象征性共同体”的重要代表人物。特纳将共同体理解为某种“交融”（communitas）状态，强调共同体是存在于一切社会中的特殊社会关系，而不是某种仅仅局限于固定不变、具有明确空间范畴的社会群体。特纳认为，“交融”不仅表达了特定社会的本质，而且还具有认知和象征的作用。而科恩对共同体边界的论述，为“交融”提供了与特纳不同的阐释。科恩共同体思想的优点在于将共同体视作一种开放的文化阐释体系，认为符号是需要阐释的文化形式，从而避免了简化论，但是他过于强调共同体的象征性维度，因此也忽视了共同体建构中的其他重要因素。

德兰蒂与科恩的共同体思想及其社会学、政治哲学、文化人类学等理论视角对于文论研究与文学批评的意义和价值是毋庸置疑的。无论是德兰蒂的归属感、共有感、沟通共同体，还是科恩的象征共同体以及对边界意识与符号认知的重视，不仅可以拓宽国内共同体研究的视野和范围，也可以为共同体的文学表征与审美研究提供新视角、新材料。尽管近年来国内有学者反对“场外征用”，即反对在文学研究中征用其他学科理论，但正如英国批评家特里·伊格尔顿（Terry Eagleton, 1943-）所说，根本不存在一个仅仅来源于文学且只适用于文学的文学理论。换言之，不存在一个“纯粹”的与其他学科知识了无关涉的文学理论，希望“纯粹地进行文学研究”是不可能的。更何况德兰蒂在论述共同体时所探讨的乌托邦性、“美好生活”等概念，科恩所阐述的象征符号、自我与他者关系等，都与文学研究中的很多学术命题直接相关。因此，对于国内共同体文论研究与文学批评而言，这两本著作的汉译显然是有一定的借鉴意义与学术价值的。

## 二

随着当代共同体理论研究的兴起，西方批评界对共同体在文学中的表征与审美研究已取得不少成果，如英国文学批评家雷蒙德·威廉斯（Raymond Williams, 1921-1988）的《乡村与城市》（*The Country and the City*, 1973）、《关键词》（*Keywords*, 1976），美国文学批评家 J. 希利斯·米勒（J. Hillis Miller, 1928-2021）的《共同体的焚毁》（*The Conflagration of Community*, 2011）、《小说中的共同体》（*Communities in Fiction*, 2015）等。威廉斯的共同体思想在中国学界影响较大，他的两部著作都有中译本问世，其中《关键词》已出了第二版。米勒与中国学界交往密切，他的很多名作也已被翻译成中文，包括《共同体的焚毁》。本套译丛选择国内关注不多的《小说中的共同体》，可以让中国学界对米勒的共同体思想以及共同体理论在批评实践中的具体运用窥斑知豹。下面对威廉斯与米勒两位文学批评家的共同体思想做简要梳理。

在《关键词》中，威廉斯继承滕尼斯的共同体思想，认为“共同体”体现了共同的身份与特征，具有共同的习惯、记忆以及共同的生活方式。他还特别强调共同体内部的情感纽带与共同关怀以及共同体成员之间的亲近、合作与和谐关系。威廉斯主要从历史语义学和文化批评的角度对“共同体”概念进行了考辨与分析。《关键词》虽然不是专门的文学批评著作，但是它在国内的引用率与学术影响远超其文学批评著作《乡村与城市》。在《乡村与城市》中，威廉斯探讨了文学中的“共同体”问题，分析了19世纪英国小说对共同体危机的再现，批判了资本主义生产方式对乡村共同体的摧毁。威廉斯在具体的作品分析时提出了“可知共同体”（knowable community）的概念，与早期著作中关于“共同文化”的理想以及对“共同体”的追寻有一脉相承之处。

美国学者米勒也是一位长期关注共同体问题的文学批评家。他一生共出版学术著作30多种，其中《共同体的焚毁》与《小说中的共同体》是两本以“共同体”命名的文学论著。在《共同体的焚毁》中，米勒解读了几部重要的犹太人大屠杀小说，认为“纳粹在欧洲实施大屠杀意在摧毁或极大地削弱当地或更大范围内的犹太人共同体”。在《小说中的共同体》中，米勒则是从共同体的角度研究了西方六部（篇）小说，探讨这些作品所描写的社会群体能否成为共同体，以及沟通能力与叙事手段在共同体形塑过程中的重要性。与威廉斯不同的是，米勒在两种著作中都对西方共同体理论做出了评述和回应，其中论及南希、雅克·德里达（Jacques Derrida, 1930–2004）、布朗肖、威廉斯以及马丁·海德格尔（Martin Heidegger, 1889–1976）等人的共同体思想。例如，在《共同体的焚毁》第一章“共同体理论”中，米勒对比了南希与华莱士·史蒂文斯（Wallace Stevens, 1879–1955）所代表的两种不同的共同体理念：一种是南希提出的现代世界对“共同体崩解、错位和焚毁的见证”，另一种是史蒂文斯在诗歌中对“隔绝的、原生的共同体生活”的颂扬。米勒将共同体哲学与共同体的审美表征并置讨论，但是其主导意图在于借用共同体的理论视角来评析弗兰兹·卡夫卡（Franz Kafka, 1883–1924）、托马斯·肯尼利（Thomas Keneally, 1935– ）、伊恩·麦克尤恩（Ian McEwan, 1948– ）、托妮·莫里森（Toni Morrison，1931–2019）等人的小说。米勒似乎并不完全认同共同体的崩溃或“不运作”的观点，并在对具体作品解读分析时赋予共同体历史性的内涵，认为大屠杀小说中的共同体走向分崩离析，反倒说明共同体历史存在的可能性。这一批评思路比较契合威廉斯的思想，即共同体曾经或依然以一种古老的方式存在着。

如果将滕尼斯、鲍曼、威廉斯一脉的共同体理论称作人文主义思想传统，那么以南希、布朗肖、德里达等法国学者为代表的共同体理论则代表了当代否定主义或解构主义共同体思潮。米勒作为曾经的美式“解构主义四学者”成员，似乎游走在这两类共同体思想之间。在《小说中的共同体》一书中，米勒对比分析了两种针锋相对的共同体立场，一个是威廉斯对共同体及其积极意义的肯定与赞美立场，另一个是海德格尔对共同体的批判立场以及阿甘本、布朗肖、阿方索·林吉斯（Alphonso Lingis, 1933– ）、德里达等当代思想家对共同体的怀疑立场。米勒习惯性地在著作开头对各家共同体观点进行梳理，如海德格尔的“共在”（Mitsein）思想、南希不运作的共同体、阿甘本与林吉斯的杂乱或毫无共同点的共同体、布朗肖不可言明的共同体、德里达自我毁灭的自身免疫共同体，但是对六部（篇）小说的分析并不拘泥于任何一家理论或学说，也没有将文学文本以外的共同体理论生搬硬套在对小说的分析中。米勒的文学批评更多探讨这些小说对不同社会群体的再现以及这些群体能否构成真正的共同体，从而回应当代理论家们关于共同体是否存在或者是否可能的论说，其中浸润着英美批评界源远流长的人文主义思想传统。正如译者陈广兴所言，米勒在本书中研究不同小说中的共同体，而他所说的"共同体"就是常识意义上的共同体，即基本上能够相互理解、和谐共处的人构成的群体。不过，米勒的共同体理念一方面所表达的是他面对当代美国现实的一种个人信念，即对威廉斯"友好亲密"共同体的亲近与信仰，但另一方面，因为受到当代法国共同体理论的影响，他也不无焦虑地流露出对当代共同体的某种隐忧。他表示希望自己能够相信威廉斯无阶级的共同体，但害怕真正的共同体更像德里达描述的具有自我毁灭的自身免疫特性的共同体。

米勒这两种著作的独特之处在于梳理各家共同体理论之后，通过具体作家作品分析，深入探讨了共同体的审美表征或美学再现。因此，从文学批评的角度来看，米勒的共同体研究明显不同于威廉斯的共同体研究。威廉斯在《关键词》中的研究更多着眼于文化层面，是关键词研究方法的典型代表，具有鲜明的文论色彩。《乡村与城市》则探讨了文艺复兴至 20 世纪英国文学中乡村与城市意象的流变及其文化内涵，其中所论述的"可知共同体"与"情感结构"（structure of feeling）在文学研究领域影响深远，但共同体只是这部名作的重要命题之一，而不是主导或核心命题。与之不同的是，米勒的《共同体的焚毁》基于西奥多·阿多诺（Theodor Adorno, 1903－1969）关于奥斯维辛文学表征的伦理困境展开论述，虽然研究的是大屠杀文学（Holocaust Literature），但“共同体”作为主导命题贯穿他对六位作家批评解读的始终。其姊妹篇《小说中的共同体》择取六部（篇）小说，从16世纪米格尔·德·塞万提斯·萨维德拉（Miguel de Cervantes Saavedra, 1547–1616）到现代英国作家安东尼·特罗洛普（Anthony Trollope, 1815–1882）、托马斯·哈代（Thomas Hardy, 1840–1928）、约瑟夫·康拉德（Joseph Conrad, 1857–1924)、弗吉尼亚·伍尔夫（Virginia Woolf, 1882–1941），再到当代美国作家托马斯·品钦（Thomas Pynchon, 1937– ），横贯现实主义、现代主义、后现代主义三个历史时期，但其中所论所评无一不是围绕小说中特定空间场域中的特定社会群体展开。米勒结合理论界对于共同体概念的不同界定与认识，就每一部小说所描写的特定社群以及社群关系提出不同的共同体命题，如特罗洛普笔下的维多利亚共同体、《还乡》（*The Return of the Native*，1878）中的乡村共同体、《诺斯托罗莫》（*Nostromo*, 1904）中的殖民（非）共同体、《海浪》（*The Waves*, 1931）中的同一阶层共同体、品钦和塞万提斯的自身免疫共同体，并探讨不同共同体的内涵特质及其审美表征方式。因此，这六部（篇）小说或许可以称为“共同体小说”。换言之，对于文学研究来说，米勒研究的启示意义不仅在于如何以修辞性阅读方法探讨共同体的文学表征问题，而且也在于文学场域之外的共同体理论如何用于文学批评实践，甚至有可能促使文学研究者思考是否存在“共同体小说”这一文类的可能性。

## 三

《文献卷》第一批五种著作中，除了上述三种英语著作外，还包括法国学者赛琳·吉约（Céline Guillot）的《文学能为共同体做什么？》（*Inventer un peuple qui manque: que peut la littérature pour la communauté?*, 2013）、德国学者玛戈·布林克（Margot Brink）与西尔维亚·普里奇（Sylvia Pritsch）主编的《文学中的共同体——文学-政治介入的现实性》（*Gemeinschaft in der Literatur: Zur Aktualität poetisch-politischer Interventionen*, 2013）。与威廉斯、米勒等人所探讨的共同体审美表征略有不同的是，法、德学者对共同体的研究侧重于文学与共同体的关系。吉约在著作的标题中直接提出其主导命题，即"文学能为共同体做什么"，并探析文学或诗歌对于呈现"缺席的共同体"的诗学意义。两位德国学者在著作的导论中也提出类似问题，即"共同体遇到文学时会发生什么""文学与文学写作如何构建共同体"，并试图探讨文学与共同体的共振和互动关系。

从西方共同体理论的起源与流变来看，文学领域的共同体研究必然是跨学科、跨语种、跨文化的学术探讨。文学研究中的共同体命题既内在于文学作品的审美表征中，也与文学之外的政治学、社会学、哲学、宗教学等学科中的共同体命题息息相关。细读法国学者吉约的论著《文学能为共同体做什么？》，不难发现其文学批评的跨学科性与包容性表现出与威廉斯、米勒等英美学者并不相同的学术气质。这其中的主要原因可能在于法国文学的精神特质毕竟不同于英美文学的精神特质，也在于当代法国学者的共同体理论别具一格，特色鲜明。值得注意的是，英美学界在论述共同体命题时常常倚重以法国为代表的欧洲大陆共同体思想。例如，米勒用德里达自我毁灭的自身免疫共同体来影射当代美国社会，甚至还将南希的"共同体的焚毁"作为书名，法国学者的共同体思想对英美学界的影响可见一斑。

吉约主要依托欧陆思想家乔治·巴塔耶（Georges Bataille, 1897-1962）、布朗肖、南希、阿甘本、汉娜·阿伦特（Hannah Arendt, 1906-1975）等人的共同体理论，极少引用英美学者的共同体著述。吉约在

第一章探讨“内在主义”导致共同体传统模式失败与共同性的本质性缺失时，纵横勾连，不仅对比引述了意大利思想家阿甘本的“即将到来的共同体”模式与德国思想家阿伦特的“公共空间”概念，还从布朗肖的“非实在化”共同体引出法国思想家巴塔耶关于献祭概念与共同体实现之间的跨学科思考。吉约最后以布朗肖的《亚米拿达》(*Aminadab*, 1942)、《至高者》(*Le Très-Haut*, 1949)、《田园牧歌》(*L'Idylle*, 1936)等多部文学作品为论述中心，探讨共同体政治与共同体诗学相互关联但并不重合的复杂关系。

吉约文学研究的跨学科性在第二章四个场景的探讨中体现得更加充分。场景一“无神学”讨论巴塔耶与布朗肖，场景二“世界末日”讨论亨利·米肖（Henri Michaux, 1899–1984）与布朗肖，场景三“任意之人”讨论米肖与阿甘本，场景四“拉斯科”讨论布朗肖和勒内·夏尔（René Char, 1907–1988）。巴塔耶与布朗肖既是著名思想家，又是著名文学家与文学批评家；阿甘本是意大利哲学家与美学教授；布朗肖、米肖、夏尔又都是法国战后文学的杰出代表。吉约的论述纵横驰骋于这些思想家、哲学家与文学家的著作与思想中，尤其是对米肖与夏尔诗歌创作的细致分析，试图从法国式“否定的共同体”角度建构某种“共同体的诗学”，探讨法国文学作品对“共同体的缺席”的艺术思考，从而追寻共同体的根源并深刻思考通过文学重构人类共同体的可能性。正如吉约所说，通过上述四个标志性场景的展示，旨在“呈现文学如何担负否定性以及联结的缺失”，即“如何在一种共同体诗学中担负‘缺席的共同体’”，同时也“展现文学在其与宗教（无神学）、与历史（世界末日）、与个体（任意之人）、与作品（拉斯科）的关系中，如何重拾并追问共同体的根源，并在歪曲的象征与鲜活的形象中，赋予某种‘如一’（comm-un）的事物以形象，来重新组织起共同体”。

在第三章也是本书最后一章“孕育中的共同体”中，吉约以米肖、夏尔两位法国诗人的作品为论述中心，分析主体、他者、友谊、死亡等与共同体密不可分的主题，揭示诗歌对于建构人类共同体的诗学意义。布朗肖曾在文学批评著作《不可言明的共同体》中以法国作家玛格丽特·杜拉斯（Marguerite Duras, 1914–1996）的小说《死亡的疾病》（*La Maladie de la mort*, 1982）为中心，探讨了以伦理和爱为中心的“情人的共同体”概念，而吉约在这一章论述诗学共同体，在一定程度上呼应了布朗肖的论述。尤其是在分析文学写作与共同体关系时，她提出的“共同体诗学”与布朗肖的“书文共同体主义”有异曲同工之效。如果说米勒在《小说中的共同体》中隐含了“共同体小说”的可能性，那么吉约承续了布朗肖、南希、德里达等人的共同体思想衣钵，探讨了20世纪上半叶因为世界大战、极权主义等导致“共同体失落”之后“文学共同体”存在的可能性及其存在方式。中国学界对巴塔耶、布朗肖、南希、德里达等人的共同体思想关注较多，吉约这本书的出版将有助于国内读者进一步了解法国文学批评界的共同体研究动态。

德国学者布林克与普里奇主编的《文学中的共同体——文学-政治介入的现实性》是一部文学批评文集，收录了19篇学术论文与导论文章《文学中的共同体：语境与视角》。这部文集是德国奥斯纳布吕克大学一次跨学科研讨会的成果。德国存在着一个历史悠久的共同体思想传统，尤其是19世纪马克思、黑格尔、康德、滕尼斯等人的共同体思想影响深远。进入20世纪后，由于国家社会主义对共同体的挪用导致共同体社会实践遭遇重大挫折，共同体概念在德语区，尤其是德语文学与文化研究领域一直不受重视，甚至遭到排斥。20世纪80年代，西方学术界对社群主义与自由主义的论辩引发了欧美政治学、哲学、社会学领域内对共同体探讨的热潮，在全球化影响不断加深、传统共同体逐渐解体的背景下，德国批评界举办了这次重要的共同体跨学科研讨会。此次会议旨在从德语和罗曼语族文学、文化研究以及哲学角度探讨文学审美中的共同体命题。此次会议的召开也充分表明德国文学批评界开始对共同体问题给予关注和重视。

在导论中，两位德国学者充分肯定了共同体研究的当下意义与价值。在他们看来，共同体是一个在日常与政治社会话语中具有当下意义的术语。它不是中性的或纯描述性的，而是一个高度异质性、意识形态性、具有规范性与情感负载的概念，也总是体现着政治伦理内涵。他们还借用荷兰学者米克·巴尔（Mieke Bal，1946- ）的观点，将共同体视作一个“旅行概念”，认为它在不同时代、不同学科、不同文化和不同社会环境中不断迁徙。编者以德、英、法三种语言中的“共同体”（Gemeinschaft, community, communauté）概念为基础，试图说明其多向度、跨学科的旅行轨迹，佐证其意义与内涵的差异性和变化性以及共同体主题探讨的多种可能性。两位学者认为，在文化上，[共同体]是在法国、德国、加勒比地区、拉丁美洲和美国的文学与理论间旅行，也是在具有特定跨文化背景作家如加缪、庞特或罗曼语族文化圈作家的创作间旅行；历时地看，是自古代至后现代的文本间的旅行，相关的重点集中在现代性上；在跨学科方面，论集中的共同体概念是在日耳曼学研究、罗曼语族研究、哲学和社会学之间迁徙；在理论上，它已进入与其他概念如团结、革命、颠覆、新部落主义、共同生活知识、集体身份或网络形成的多层面张力和共振关系中。

两位学者还指出，概念与理论的不同迁移运动产生了四个不同的共同体主题范畴，即特殊性与共同体、危机与共同体、媒介共同体以及共同体的文学-政治。文集按照这四个共同体问题范畴，将18篇论文分为四组，按照时间顺序编排，为文学共同体研究中的不同学术命题提供了一个相对清晰的时间结构框架，由此覆盖了 19 世纪浪漫主义文学以及众多现当代德国、法国、拉丁美洲等国家或地区的文学。在每一个主题范畴内，研究者所探讨的学术命题各不相同，如第一组论文涉及 19 世纪德国浪漫主义文学中的个体与共同体关系、同质化的民族共同体、共同体免疫逻辑问题以及法国作家阿尔贝·加缪（Albert Camus, 1913–1960）的"反共同体"观等；第二组论文探讨共同体主义与社会危机之间的联系；第三组论文考察共同体与特定媒介表达之间的相互作用；第四组论文讨论文学共同体建构中的政治与伦理责任。

这部文集中的 18 篇论文以德语文学和法语文学为主要研究对象，在理论上呼应了德国、法国共同体思想传统，并将法语文学及其理论体系中深厚的共同体传统与 20 世纪德国共同体研究受挫的状态进行了对比。两位德国学者在对法国共同体理论家，尤其是后结构主义思想家表达足够敬意的同时，并不排斥英、美、意以及德国本土的共同体理论。文集中的德国学者一方面从后结构主义／后现代主义的角度研究德法文学中的共同体命题，同时也将文学看作文化的存储库，甚至是文化记忆的组成部分，视之为共同体反思与共同体知识建构的核心媒介和重要形式。他们发出呼吁，曾经被德国文学研究界一度忽视的共同体概念或命题"不能简单地束之高阁，被别的术语或新词所替代"。文集中的德国学者对文学共同体命题的探讨，容纳了 20 世纪 90 年代以来西方学术界对集体身份、文化记忆、异质性、延异性、新部落主义、网络、多元性、独一性等相关问题的探讨，揭示了德法文学中的共同体表征与审美形式以及共同体概念从哲学、政治学、社会学等领域迁徙至德国文学批评与美学中的独特面相。

此外，从两位德国学者的批评文集及其所引文献来看，德语区关于共同体的研究并不少见，而是多有建树。然而，除了滕尼斯的《共同体与社会》外，其他共同体著述在国内的译介寥寥无几。例如，赫尔穆特·普莱斯纳（Helmuth Plessner, 1892－1985）于1924年出版的《共同体的边界》（*Grenzen der Gemeinschaft*）立足于哲学人类学视阈，在继承滕尼斯“共同体”思想传统的基础上，探讨了20世纪早期德国激进主义共同体实践运动，赋予了共同体理论图式不同的价值内涵。这本著作迟至2022年8月才被译成汉语。又如，德国学者拉斯·格滕巴赫（Lars Gertenbach）等人的《共同体理论》（*Theorien der Gemeinschaft zur Einführung*, 2010）是文集中不少学者频繁引用的一部当代名作，但中国学界几无关注。这部著作在探讨现代共同体思想时，清晰地勾勒出两条共同体理论发展脉络：一条脉络是早期浪漫派对共同体及其形式的思考与设想，民族国家对共同体理念的推进，早期社会主义和共产主义运动对共同体理念的实践，以及20世纪种族主义/法西斯主义对共同体理念的破坏；另一条线索是当代西方社群主义对共同体理念的维护以及后结构主义/解构主义对共同体概念的消解与重构。因此，这部文集的翻译出版，可以让国内读者在了解英、美、法三国共同体理论与文学批评外，能对德国理论界和批评界的共同体研究有一个简明、直观的认识。

## 四

《文献卷》原计划完成一套包容性强的多语种共同体丛书。然而，列入版权购买计划的俄国学者叶莲娜·彼得罗夫斯卡娅（Елена Петровская）的《匿名的共同体》（*Безымянные сообщества*, 2012）、德国学者罗伯特·明德（Robert Minder）的《德法文学中的共同体本质》（*Das Wesen der Gemeinschaft in der deutschen und in der französischen Literatur*, 1953）、日本学者大冈信的《昭和时代诗歌中的命运共同体》

（昭和詩史：運命共同体を読む，2005）与菅香子的《共同体的形式：意象与人的存在》（共同体のかたち：イメージと人々の存在をめぐって，2017），因为版权联络不畅，最后不得不放弃。第二次版权购买时，拟增补四种共同体文献，但出于同样的原因，仅获得以下两种著作的版权，即雷米·阿斯特吕克（Rémi Astruc）主编的《重访共同体》（*La Communauté revisitée*, 2015）与杰拉尔多·罗德里格斯-萨拉斯（Gerardo Rodríguez-Salas）等人主编的《共同体与现代主义主体新论》（*New Perspectives on Community and the Modernist Subject*, 2018）。目前，前五种文献即将付梓，但后两种文献的翻译工作才刚刚开始。下面对这两本著作做简略介绍。

《重访共同体》是法国塞尔吉-蓬图瓦兹大学法语文学与比较文学教授阿斯特吕克主编的法语论文集，分为共同体理论、共同体的多元实践以及法语共同体三个部分，共收录共同体研究论文 10 篇，以及一篇共同体学术访谈。这本著作的“重访”主要基于法国批评家南希的共同体理念，即共同体问题是我们这个时代的根本问题，与我们的人性密切相关，并试图探讨全球化背景下人类社会的最新状况与共同体之间的复杂关系。第一部分三篇文章，包括阿斯特吕克本人的文章，侧重理论探讨，主要对南希的共同体理论做出回应或反拨。阿斯特吕克并不完全赞同南希的“否定的共同体”思想，认为共同体先于集体，是一股“自然”存在于异质性社会中的积极力量。另外两篇文章分别讨论否定共同体、共同体与忧郁等问题，在法国后结构主义之后对共同体理论做出重新审视。第二部分三篇文章讨论音乐、艺术、网络写作等对共同体的建构作用，揭示当下人类社会多样化的共同体实践所具有的理论价值和意义。第三部分四篇文章探析法语文学和法语作家在形塑“法语共同体”方面所发挥的重要作用，并将非洲法语文学、西印度群岛法语文学纳入考察范围，不仅凸显了文学与写作对于共同体构建的意义，也特别强调同一语言对于共同体的表达与形塑的媒介作用。作为曾经的“世界语言”，法语自20世纪以来不断衰落，法国学者对“法语共同体”的追寻试图重拾法语的荣光，似乎要重回安德森所说的“由神圣语言结合起来的古典的共同体”。他们将法语视作殖民与被殖民历史的共同表征媒介，其中不乏对欧洲殖民主义历史的批判与反思，但也不免残留着对法兰西帝国主义的某种怀旧或留恋。《重访共同体》的译介将有助于国内学界更多地了解法语文学批评中的共同体研究状况，也希望能引起国内学者对全球法语文学共同体研究的兴趣。

与《重访共同体》一样，西班牙学者罗德里格斯-萨拉斯等人主编的《共同体与现代主义主体新论》也是一本学术文集。文集除了导论外，共收录学术论文13篇。文章作者大多是西班牙学者，其中也有美国、法国、克罗地亚学者。这本文集主要从共同体的角度重新审视20世纪英美现代主义小说中的主体性问题，试图揭示现代主义个体与共同体之间的辩证关系。20世纪英美学界普遍认为，“向内转”（inward turn）是现代主义文学创作的根本特征。很多学者借用现代心理学、精神分析学等批评视角，探讨现代主义文学对内在现实（inner reality）或自我内在性（interiority）的表征。近20年兴起的“新现代主义研究”（New Modernist Studies）采用离心式或扩张式的批评方法，从性别、阶级、种族、民族等不同角度探讨现代主义文学，体现了现代主义研究的全球性、跨国性与跨学科的重要转变。然而这本文集则是对当下“新现代主义研究”的反拨，旨在“重新审视传统现代主义认识中的核心概念之一——个体”。但本书研究者并不是向传统现代主义研究倒退，而是立足于西方个人主义与社群主义大论争的学术背景，准确抓住了现代主义文学研究中的核心问题，即个体与社群的关系问题。在他们看来，传统现代主义研究大多只关注共同体解体后的个体状况，经常将自我与现实、自我与社会完全对立起来，却忽视了小说人物对替代性社群纽带的内在追寻。著作者们主要运用当代后结构主义共同体理论视角，就现代主义个体与共同体的关系问题提出了很多独到的见解。

米勒在《小说中的共同体》中说，如何看待个体性和主体间性的本质，基本上决定着一个人对共同体的看法。从这本文集的导论来看，学者们主要依托南希和布朗肖对运作共同体与不运作共同体的区分，探寻现代主义小说叙事中的内在动力，即现代主义作家们一方面在表征内在自我的同时背离了现实主义小说对传统共同体的再现，另一方面也没有完全陷入孤独、自闭、疏离、自我异化等主体性困境，而是以直接或间接的方式探寻其他共同体建构的可能性。在该书编者看来，现代主义叙事大多建立在有机、传统和本质主义共同体与不稳定性、间歇性和非一致性共同体之间的张力之上。该书的副标题“独一性、敞开性、有限性”即来自南希“不运作的共同体”（又译“无用的共同体”）理论中的三个关键词。三位主编以及其他作者借用南希、布朗肖、阿甘本、罗伯托·埃斯波西托（Roberto Esposito, 1950- ）、德里达等当代学者的理论，从后结构主义共同体的批评角度对现代主义主体重新定义，就经典现代主义作家，如亨利·詹姆斯（Henry James, 1843-1916）、康拉德、詹姆斯·乔伊斯（James Joyce, 1882-1941）、伍尔夫、威廉·福克纳（William Faulkner, 1897-1962）等，以及部分现代主义之后的作家，如萨缪尔·贝克特（Samuel Beckett, 1906-1989）、詹姆斯·鲍德温（James Baldwin, 1924-1987）等，进行了新解读，提出了很多新观点。这本文集既是对“新现代主义研究”的纠偏或反拨，也是对传统现代主义研究的补论与深化。这本文集的翻译与出版对于国内现代主义共同体表征研究不无启发意义。

## 五

《文献卷》共有著作七种，其中六种出版于近10年内，而过去10年也是国内文学批评界对共同体问题高度关注的10年。因此，这套译丛的出版对于批评界研究文学中的共同体表征，探讨文学与共同体的双向互动关系，以及文学视阈下的共同体释读与阐发，无疑能起到积极的作用。将西方最新共同体研究成果译入中国，还可以直接呼应当代中国推动人类命运共同体构建的价值共识，也有助于当代中国马克思主义批评视角下的共同体研究。

《文献卷》七种著作得以顺利问世，首先应当感谢所有译者。没有他们的敬业精神与专业水准，在极短的版权合同期限内完成译稿是不可能做到的。其次，这是一套多语种译丛，原作的筛选与择取非一二人之力可以完成，尤其是非英语语种共同体批评著作的梳理，若非该语种专业人士，实难进行。这其中凝聚了很多人的汗水和劳动，在此衷心感谢！他们是上海外国语大学德语系谢建文教授及其弟子、南京大学法语系曹丹红教授、上海交通大学外国语学院吴攸副教授、上海外国语大学日本文化经济学院高洁教授、上海外国语大学文学研究院助理研究员张煦博士。

最后，特别鸣谢上海外语教育出版社孙玉社长、谢宇副总编、版权部刘华初主任、学术部孙静主任、多语部岳永红主任，以及编辑苗杨、陈懋、奚玲燕、任倬群等。没有他们的支持与热心帮助，《文献卷》的问世是不可想象的。

张和龙　执笔

查明建　审订

于上海外国语大学

2022年10月

# 译序

《重访共同体》是法国塞尔吉–蓬图瓦兹大学教授雷米·阿斯特吕克主编的学术论文集，2015 年由巴黎 RKI 出版社出版，被收入“共同体研究学者共同体（Communauté des chercheurs sur la communauté，简称 CCC）丛书”。

履任纽约大学客座教授期间，阿斯特吕克介绍，《重访共同体》连同其他几部作品“涉及对当下具有决定性意义的问题，探讨当代思想中共同体概念的现实意义，试图厘清还有什么将我们聚在一起，哪怕这个问题的答案在我们社会中仍不明确。”文学教授贝尔纳·德·梅耶尔评价《重访共同体》“在全球化、‘共同’空间越来越多、媒介角色越发具有决定性的时代，观照到共同体概念的复杂性”，“读者一定会欣赏这部文集表达之清晰，阐述之详尽”。

## 一、主编简介

阿斯特吕克教授长期从事文学与哲学研究，研究领域包括共同体理论、喜剧体裁与书写、文学中的滑稽主题，独著包括《我们？——对于共同体及艺术的向往》（*Nous? L'aspiration à la Communauté et les arts*）、《共同体的设计》（*Le Design de la communauté*）、《滑稽的晕眩：喜剧"冲突"的美学》（*Vertiges grotesques. Esthétiques du «choc» comique*）、《二十世纪小说中滑稽的复兴》（*Le Renouveau du grotesque dans le roman du XX*$^{e}$ *siècle*），主编论文集《重访共同体》（*La Communauté revisitée*）、《Communitas：共性的关键词》（*Communitas. Les mots du commun*），合编论文集《小说中的价值》（*Les Valeurs dans le roman*）、《今天的洞穴神话》（*Le Mythe de la caverne aujourd'hui*）、《蒂埃凡：地下诗歌》（*Thiéfaine, poésie souterraine*）等。阿斯特吕克的许多专著与文集使用著佐权（copyleft），这种贯彻知识共享的方式拓展了学术著作的读者群体，进一步扩大共同体研究的学术影响。

除学术出版外，阿斯特吕克积极投身于学者共同体的创办与运营。前文提及的"共同体研究学者共同体丛书"，脱胎于2015年成立的"共同体研究学者共同体"。值得一提的是，法国当代著名哲学家、斯特拉斯堡大学名誉哲学教授让-吕克·南希曾是该团队成员。历经十余载，阿斯特吕克领导的研究团队不断壮大，吸纳了来自法国、加拿大、巴西、英国、土耳其、瑞士、阿根廷等国的专家学者。"共同体研究学者共同体"的学术活动十分丰富，主要包括文集出版、杂志编辑、网站运营、研讨会与讲座筹办、博士论文指导等，引起了学界的广泛关注。

2024年，阿斯特吕克入选法国大学研究院（Institut universitaire

de France)。对此，法国大学研究院对其研究路径及学术贡献作了如下介绍："阿斯特吕克采用文学与艺术相结合的方法，通过哲学与社会人类学的研究视野，剖析了共性及共同体的外在表达。他借助美学分析，研究各类共同体的'共性'通过何种感性方式表达，旨在构建共同体各类可能性之间所共有的法则。由此开辟了一个新的研究领域，共性美学（esthétiques du commun）。阿斯特吕克提出一种独特方法，借以比较不同的'共同化'（communisation）逻辑，并提取其中的模式。他的研究方法有赖于个人（两部正在编撰的书稿）和集体协作，后者包括协作调查、组建国际团队。"

简介提到的"协作调查"与"国际团队"在本书中同样得到体现。本书收录了论文、学术对谈、学术随笔等共计 11 篇文章，汇集了来自法国、阿尔及利亚、南非、土耳其、马耳他等国的专家学者的研究成果，研究领域横跨哲学、文学理论、文学史、文学批评、电影分析、音乐学、宗教史等，凝聚着各领域学者对于共同体的思考。全书以共同体为核心，以理论和实践为两大主轴，"重访"共同体理论，思考它们对于现实问题所带来的启示，"重访"跨国、跨域、跨文化的语言共同体、写作共同体、文学共同体、文化共同体乃至民族共同体，为思考"共同体在今天何以可能"开启了新的方向。

## 二、《重访共同体》内容介绍

《重访共同体》包含前言与三个章节。

前言《"关注共同体"——与伊夫·西顿的对谈》是一篇学术对谈，对谈双方分别为本书主编阿斯特吕克和法国格勒诺布尔-阿尔卑斯大学教授、《诸众》（*Multitudes*）杂志共同主编伊夫·西顿。谈到共同体的当代特质，两位学者关注到，媒介对于构建当代共同体具有至关重要的意义。西顿认为，共同关注“是一种分享相同感知空间的共同体形式”，而社交媒体等使人们即使分隔也能共同存在。西顿在对谈中进一步指出，关注“首先是针对环境敏感性、具有内在性的、地方性的、直觉的关注，它是构建共同体的前提条件”。因此，若要通过关注机制去理解共同体，媒介的作用尤为重要，媒介不仅是共有的传播工具，更是将信息转化为意义的重要环节。

第一章“共同体理论”回溯法国理论界对于共同体的探索，三篇论文紧密围绕共同体的概念与理论，分别结合概念溯源、实例分析和电影批评，回顾了巴塔耶、布朗肖、阿甘本、南希等人的“共同体之辩”。

主编阿斯特吕克的论文《“当我们遇到一个共同体时，我们如何识别它？”》探讨了大写的共同体（Communauté）这一概念的理论意义。阿斯特吕克指出，社会学、哲学、政治学等领域的研究表明，形形色色的共同体（communautés）是可以观测、可以感知的实体，但在各类共同体的背后，萦绕着一种共同的感情。“大写共同体是感觉到我们共有的事物（与另一个群体绝对或可能对立）——即我们与他人共享的——作为其后续和结果的、我们共有的感情。”通过引入共同体的潜在性，阿斯特吕克进一步探讨共同体的不可见性、有机性和组织性，揭示了“共同体”一词所蕴含的丰富内涵，并呼吁学者从概念史的视角出发，从更为深刻、更为思辨的角度理解并研究共同体。

马耳他大学高级讲师蒂埃里·特朗布莱的论文《否定共同体，从巴塔耶到〈蒂昆〉》主要探讨共同体思想的核心概念之一“否定共同体”。特朗布莱将共同体的否定性建构一直上溯至亚里士多德以及罗贝尔·约瑟夫·波蒂埃，并从理论层面剖析“否定共同体”与实证共同体的关系。特朗布莱回顾了法国自巴塔耶和布朗肖以来，理论与实践并举的共同体探索，以世纪之交接续出版的《蒂昆》杂志为纽带，反观阿甘本对于“否定共同体”的拓展。通过结合概念梳理与文学实践，特朗布莱提出，“否定共同体”是一种尚未存在但可能实现的事物，是对现实中缺失的回应和补充。他认为，有必要“审视共同体的缺席，并强调否定共同体的概念：即那些没有共同体的人组成的共同体”，因为“否定共同体代表了共同体式存在的不可能性”。

土耳其毕尔肯大学助理教授科里·斯托克韦尔的论文《每一次的古怪，都是世界的终结。忧郁与共同体——对让-吕克·南希与拉斯·冯·特里尔的交叉阅读》融合共同体理论与电影分析，从情感共同体的构建入手，将意义问题视作关联电影与共同体的纽带。论文引用南希的观点，认为“既在的多样性是存在的基础层面”，将共同体引向了居于你、我、他之间的关系性建构。基于此，斯托克韦尔尝试对古怪与共同体、忧郁与末日论进行类比，并提出古怪之人常被视作陌生人而被共同体拒斥，忧郁与末日论的共同点在于意义的湮灭。斯托克韦尔为读者提供了别开生面的批评个案，进一步开启了共同体视域下比较研究的理论视野。

第二章“共同体的多元实践”聚焦音乐、文学、宗教等领域的共同体实践，三篇论文分别采用艺术评论、文学调查和文献学的方法，通过个案研究，剖析艺术共同体的‘破圈’、网络文学共同体的构建与运作、语言与宗教共同体的历史变迁。

法国巴黎第一大学（先贤祠大学）特别研究员摩根·拉巴尔的论文《“白痴管弦乐团”——兼谈真糟糕管弦乐团与克赛尔斯的作品》借助生动的实例分析，对注重规则、强调专业训练的“高雅艺术”提出了新的思考。论文指出，真糟糕管弦乐团通过为非专业乐手提供演奏机会，让这些非专业人士登台亮相，使得艺术赖以维系的培养体系与遴选制度遭受质疑。而当代艺术家马丁·克赛尔斯聚焦声音的制造，他的装置艺术作品居于“家用工具和现成品”之间，为探索噪音、声音、音乐之间的边界提供了有益借鉴。在作者看来，装傻、扮演白痴的角色“旨在揭示这些排他的过程并将它们转化为包容的因素”。论文聚焦艺术共同体折射出的排他性，透过非专业演奏者对专业人员的冲击、类似乐器的装置艺术作品对传统乐器的冲击，凸显“白痴”对于打破排他性、构建更包容的共同体所具有的意义。

鲁昂大学法国语言与文学副教授安娜-玛丽·珀蒂让的论文《网络文学与作家共同体：在弗朗索瓦·邦门下》关注被誉为“法国网络文学奠基人”的法国当代作家、著名编辑弗朗索瓦·邦，分析其创办网络平台、组建数字杂志、引领网络文学写作风潮的具体实践与社会意义，整体呈现以弗朗索瓦·邦为中心、经几代作家一步步构建的作家共同体。对于文学的“数字化存在”，珀蒂让重点分析以下三个方面：弗朗索瓦·邦创办的网站、网站的协会式与合作社式运作模式、数字平台对于身份的消除。在虚拟世界中，作家共同体的形成条件之一便在于“消除创作者类别之间的边界，将不同背景的作家置于同一数字网络之中”。论文进而指出，与传统的“写作-出版-阅读”模式不同，弗朗索瓦·邦创办的平台深刻了影响了创作者之间的联络与互动方式，为我们在面对强调差异的文学格局时探讨文学共同体的可能性提供了新的思路。

法国塞尔吉-蓬图瓦兹大学副教授克莱尔·苏桑的论文《身份、少数群体、共同体——中世纪末期阿拉贡王国中的犹太人》剖析了阿拉贡王国中犹太群体的身份构建及其与基督教社会的关系。苏桑立足于希伯来语与拉丁语文献，指出犹太人作为宗教少数群体，在阿拉贡王国中被认作独立的共同体。论文首先探讨了犹太共同体 aljama 的定义、组织架构和管理机制，进而关注犹太共同体在订立契据与设立律法方面所享有的语言特权，并以此透视犹太人在基督教社会中维持自身语言传统与文化特质的独特方式。随着中世纪后期基督教权威的加强，“犹太人逐渐被视为异质文化的作乱者，受到更多限制和排斥”。这篇论文放眼中世纪后期，勾勒出犹太共同体的兴与衰，这一历史过程直接反映了“共同体”在不同宗教、文化与政治背景下所经历的变化与迁移。

第三章“法语共同体?”以法语为中心，辐射法语作家、法语国家和法语国家共同体，放眼加勒比、非洲乃至非洲与西方的关系。本章标题中的问号，意在重新审视学界对于以上问题所持的固有看法。四篇文章以质疑法语共同体为切入点，分别探讨法语作家的身份与接受、非洲的共同体与非洲文学场域的诞生、加勒比裔作家群的文学主张与批评立场，以及非洲与西方的隔阂与互动。

塞尔吉-蓬图瓦兹大学名誉教授克里斯蒂安娜·肖莱-阿舒尔的论文《法语作家及其国家、地区、国际上的接受情况——“部落”还是“共同体”?》剖析了法语作家的含义及其接受情况，特别关注当前世界文学格局之下法语作家的身份问题。肖莱-阿舒尔剥离出“法语作家”的双重内涵，一是从地缘政治角度出发，“法语的”一词蕴含着法国向全世界传播其文化的愿景，二是从国际性组织的角度，反观“文学法语共同体”的独特性与多样性。基于此，论文讨论了“法语文学”的复杂内涵。一方面，学术研究需要区分法国作家与法语作家，另一方面，仅就法语文学而言，这个概念又可以进一步细分为法国前殖民地的文学作品、流亡与散居的文学作品、移民作品等子类。对于这一文学范畴，论文提出，“法语作家的身份和接受问题无法简单归类，作为多语性和多文化背景的代表，他们在创作过程中挑战了语言的界限”。最后，肖莱-阿舒尔指出了法语作家在接受层面所面临的双重困境。其一，许多法语作家的接受情况反映了去殖民化的历史以及法语与其他语言之间的冲突。其二，尽管法语作家常被视为法国文学与文化的民间大使，他们中的许多人在法国仍需面对归属感与被排斥之间的复杂处境。

南非夸祖鲁-纳塔尔大学博士后阿卜杜拉耶·伊莫鲁的论文《重新思考非洲的共同体和文学场域：文学与克里奥尔化》深入非洲的法语文脉，探寻非洲共同体视域下文学场域、代际之间的互动关系。伊莫鲁以瓦贝里的观点为支撑，提出非洲法语文学代际之间存在断裂，其标志是新一代作家对待身份、流亡、苦难叙事的态度发生转变。基于代际之间的文学立场转变，论文进一步深化了对“克里奥尔化”与非洲文化“混杂性”的认识，着重探讨米亚诺提出的非洲都市主义（afropolitanisme）和非裔欧洲主义（afropéanisme）理念。关注代际断裂、拒斥大而化之的同源论、拥抱流动性与世界性，成为当代非洲法语作家的显著特征之一。由此，论文转而论述“非洲文学之基”的问题。伊莫鲁提出，传统的非洲文学强调文化和民族身份，但随着新的文化语境相继涌现，身份的根基开始动摇，他呼吁关注非洲文学的制度特性，以回应新一代作家的写作立场与文化诉求。

巴黎狄德罗大学-巴黎索邦联合学院教师卡林娜·鲁凯-布吕丁的论文《三代加勒比裔作家身份与共同体的迁移——塞泽尔、格里桑、夏穆瓦佐及〈克里奥尔性赞歌〉的作者》探讨前后三代加勒比裔作家，即塞泽尔、格里桑、夏穆瓦佐及《克里奥尔性赞歌》的作者，系统分析“黑人性”“安地列斯性”“克里奥尔性”等概念的形成、提出、发展与影响。作者指出，“黑人性”构成了基于政治意识和种族认同的共同体，而“安地列斯性”强调多重根源、块茎式身份以及向世界开放的身份认同。相较之下，夏穆瓦佐和《克里奥尔性赞歌》作者群体则强调克里奥尔语及其蕴藏的文化遗产，他们呼吁在加勒比群岛建立联合组织，构建新的文化共同体。通过历时梳理，论文展现了三代法语作家在面临不同政治与文学语境下不断调配“共同体”一词的含义，并借助个案分析与理论溯源，突显文学共同体的迁移与重构。

主编阿斯特吕克的学术随笔《非洲和西方：仍需一次相遇？》探讨后殖民主义对非洲和西方关系的影响，特别谈到法语国家共同体在双方互动过程中所扮演的角色。阿斯特吕克借用《走出黑夜：论去殖民化的非洲》中的观点，认为殖民时代展现出“不可能的共同体的景观”，而后殖民时代延续了这种分离与割裂。论文指出，在非洲与西方相互阻隔的背景下，francophone 一词在实际应用中未能消除身份上的隔阂，反倒强化了非法国人的身份认同。标题中的“相遇”意在打破殖民主义遗留的分离状态，构建一个基于共同过往的共同未来。阿斯特吕克主张，通过重构法语国家共同体，可以从更广阔的视角出发，超越身份的局限，迎接全球化时代的共同挑战。

## 三、文学共同体与德勒兹

无论是理论还是实践，“何为共同体”的本质问题一直困扰着共同体研究的学者。特别是每当我们关注某一作家群体时，其面貌、边界和特征更是难以一言蔽之。与其他社会、文化和民族共同体稍有不同，文学共同体——特别是法语国家共同体——呈现出多中心化、边界游移等特点。从整体上看，其关系性、空间性的建构逐步取代了核心人物、关键流派的加和式总结。纵观《重访共同体》，不少学者在论述共同体时，引用了德勒兹提出的“欲望线”“块茎”等概念。总体上看，德勒兹对共同体研究的影响主要体现在以下三个方面：共同体的潜在性构建、共同体的关系性构建和共同性的空间性构建。

第一，共同体的潜在性建构。这个问题可以追溯到“共同体之思”与“共同体之辩”。针对共同体的存在，德法等国的理论研究大致分为两条进路，一是实证性的角度，二是否定性的建构。在《重访共同体》的前言与第一章中，阿斯特吕克数度谈到共同体的理念。在他看来，共同体的理念，特别是他提出的“大写的共同体”，深刻影响了20世纪的共同体理论与实践。然而，对于亟待构建的“大写的共同体”，阿斯特吕克的研究“着力探讨居于具体的、可测量之外”的因素，即“现实之中处于各类现实化上游的事物”。这些事物能够发挥“潜在影响，甚至能产生较强的影响”，借用《差异与重复》中的话，它们是社会理念的“潜势性元素”。

无论是潜势、潜能，还是潜在，阿斯特吕克所要表达的是，德勒兹视域下包含“可量化性元素、可质化性元素、潜势性元素”的社会理念“必然与某种命运或承诺相关”。在理论层面探讨共同体的本质，与从实践层面归纳共同体的特质，二者之间横亘着一个问题——为何要构建共同体？正如德勒兹在《卡夫卡：为了少数文学》中提到的，“文学是人民的事务”，这种潜在性与共同体命运的关联，可以经由文学表达。换句话说，潜在性是文学与共同体的共同点之一。无论是大写的文学，还是大写的共同体，均存在于理念之中，二者对于实践，如文学写作、文学批评、共同体实践，均产生了潜在的影响。从这个层面上看，德勒兹视域中的“文学共同体”不是作品与作家的加和，文学与共同体具有深层同构性。

第二，共同体的关系性建构。《重访共同体》第一章对于法国共同体理论进行了梳理。针对这个问题，一部分理论探讨侧重共同体的组成，哪怕在讨论共同性时，都要从政治、文化、民族、语言等维度上，寻觅一个所有成员的公约数。然而，“否定共同体”以及“无用共同体”某种程度上将结构的视角转向关系的建构。如“否定共同体”探讨的是共同体与没有共同性之间的关系，而“无用共同体”探讨的则是共同体与非完成性、非现实化之间的关系。“否定共同体”和“无用共同体”体现出对内在性的超越，二者的前提是将共同体看作一个有形可感的实体。在此基础上，德勒兹的论述引入了内部视角，如他在《差异与重复》中提到，“理念是潜能的、成问题的或‘交错的’繁复体，它们是由微分元素间的比（关系）构成”。德勒兹的内部视角并不在于归纳共同体的内在结构，而是直接捕捉共同体内部的运作模式。

在“机器”“无器官的身体”等概念之外，文学——准确来说，是写作——提供了一个内部的切入点。相比结构主义符号学，德勒兹眼中的文学、艺术不仅具有内在的结构，其创生过程还可能遵循某一种内在秩序。从这个角度上看，德勒兹对于关系性的建构，常常绕过能指与所指式的对立组，转而列举出一系列具有内在秩序并区分内在层次的概念。如本书第二章提到的“欲望线”，不同的“线”“平面”“空间”，都是德勒兹代表性的概念组。此外，德勒兹对于单极性关系的论述后来获得了广泛关注，其中最著名的当属“少数”。“少数”是后殖民理论与身份研究的重要关键词。深究“少数”以及“少数文学”的内涵，这个词的含义会随着“多数”的语义变化而变化。再加上“多数”一词随着语境不同几乎时刻经历着语义迁移，“少数”也随之成为一个极具阐释力的概念。

“少数”“少数族裔”“少数语言”“少数文学”的提出，实际上隐去了长期处于权力关系另一极的“多数”“多数族裔”“多数语言”“多数文学”，使得“少数”成为独特性、特殊性、个体性等概念的近义词。无论是“线”“平面”“空间”，还是“少数”，把握内在秩序的意图一直贯穿着德勒兹的思考。比德勒兹稍早的结构主义符号学理论将作品的叙事层次分为功能层、行动层和叙述层，然而，德勒兹不认为作品内部存在平行的层次，而是转向考察从表达一步步搭建成为小说的过程。以卡夫卡为例，德勒兹先考察表达的内容与表达的部件，接着分析表达序列与连接性部件，再研究板块、序列与强度之间的关系，最后回到表达的装配。

第三，共同体的空间性建构。或许有人会问，共同体必然存在于某个空间之中，为何还要对其进行空间性的建构？在这点上，德勒兹的理论贡献集中在两个方面，一是拆解了身份与地缘空间的必然联系，二是为共同体赋形。《重访共同体》第三章集中探讨了法语国家共同体，鲁凯-布吕丁在文章中提到，《为了一个法语的世界-文学》宣言的作者们“迈出了新的一步，他们希望将法语从与民族的契约中解放出来”，并期待“一个向世界开放的、跨民族的、标志着法语国家共同体消亡的文学”。作者借助实例解释了“解辖域化”一词的内涵，“不再以法国作为参照，而将法语国家共同体作为民族的或象征的领域”。“解辖域化”与“再辖域化”的一个重要内涵，在于地缘空间与其内容物——民族、语言、传统——的拆解与再装配。

“解辖域化”与“再辖域化”得到广泛运用，是因为由此组装而成的文学身份不再以地缘空间为唯一纽带。不仅如此，“再辖域化”能够把握穿梭于不同地理空间的主体。在宗主国的中心视域下，长期处于边缘地带的“流亡”“离散”“海外”成为观测、书写、构建空间的主体。如第三章提到的“非洲都市主义”和“非裔欧洲主义”，与出身和源头紧紧捆绑的身份一经打破，许多非洲法语作家不再刻意维持身份与辖域的高度统一。他们意识到，被殖民、被奴役的苦难历史，对于殖民者和被殖民者、奴役者和被奴役者来说，都是脱离自身文化传统的、身份的解辖域化。随着大陆之间的交往越发紧密，移民、迁居与旅行催生的作品不再仅仅用空间统摄其上的人与事，而是通过作家的目光，去丈量一个有待建构的空间。研究文学共同体的学者们，不仅用“游牧”“平滑”等概念为共同体的空间赋形，诸如本书中的鲁凯-布吕丁等学者，还用“身份-块茎”“身份-根”这样的表达为抽象的概念赋形。他们所借鉴的，不单单有德勒兹提出的新术语，还有德勒兹提出新术语的方法。

正如主编阿斯特吕克所言，“我们在现代性中再也看不见共同体。即便它继续隐蔽地存在于各个地方，偶尔在一些时刻显形”。书题中的“重访”（法文 revisitée，英文译作 redux）无异于一次新的历险——重访理论争辉，重访“破圈”实践。遍历收录其中的文章，即便很难形成全局的认识，也一定能体会主编所说共同体蕴含着的“更动人、更重要、更苛刻、更让人激奋的事物”。谈到书名，不免让人想起与有它有异曲同工之妙的《故园风雨后》，其中有句话或能概括“重访”之后的感悟：“如果你现在问我是谁，我唯一能确定的答案，就是我的名字。”

鹜　龙

2025 年 1 月

# 目录

# 引言

## “关注共同体”
## ——与伊夫·西顿的对谈

**雷米·阿斯特吕克**（下称阿斯特吕克）：我们今天面临的困难之一，也是主要的政治问题之一，或许就是我们不再强烈地感受到是什么将我们团结在一起。您最近对于“关注”（attention）的机制提出了许多思考，您能告诉我们，如何才能**注意到**大写共同体（Communauté）？

**伊夫·西顿**（下称西顿）：如果说有一项哲学和社会科学研究亟待开展，它可能是围绕“共同”关注（attention «conjointe»）和“集体”关注（attention «collective»）的概念而展开的。各种共同关注，是某一种共同体的形式，即善于分享同一种感知——特别是相互感知（perception réciproque）——的空间（espace de perception）。因为还有另一种形式——这些都是现代性的共同体（推特、脸书等）——对于这些共同体而言，**媒介**的概念至关重要，因为媒介使我们虽不在一起（sans être ensemble）也能共同存在（être ensemble）：当我们看电视新闻，我们同时分享着相同的图像、相同的声音、相同的话语，然而每个人都是分开的、孤立的，也就是说我们无法感知彼此。从关注的角度出发，去思考一个或多个共同体，本质上是要提出集体关注的问题，也就是说，在一个共同体中**通过各种媒介的中介**（par l'intermédiaire des médias）将我们聚在一起的关注。这就是加布里埃尔·塔尔德（Gabriel Tarde）说到的“公众”（publics），与“群氓”（foules）相对。变革、动荡、创新主要发生在集体关注的层面，因为它们需要通过媒介得到实现——尽管从共同关注的角度来看，还要涉及历史、文化以及持续转变的问题。后面要谈到“关注”和“共同体”，我本人更倾向用集体（collectivité）这个词，因为它说起来更顺口一些。

**阿斯特吕克**：如果要我明确地说出两个概念的差别，我想说，“集体”几乎是对**存在**的事物（ce qui *est*）所进行的社会学描述，至于“共同体”，它指的是在我们的互动中，有一种超越我们的共同存在的“附加”的维度，它使我们感到我们属于同一个世界、同一种命运，从而激励我们、让我们感到欣喜。它让我们不愿意仅仅成为一个并排站在一起的人群——彼此邻近远远不够。

**西顿**：好。所以讨论的关键在于，不要遮蔽共同体这个术语，不用集体这个词将它换掉，因为共同体中存在着比集体更强、更动人、更重要、更苛刻、更让人激奋的事物。

**阿斯特吕克**：是的，我们在现代性中再也看不见共同体。即便它继续隐蔽地存在于各个地方，偶尔在一些时刻显形。将集体提升为共同体的过程（主要通过伟大的、集中性的神话）在某种程度上已经削弱，我们的视野丢掉了共同体，与此同时，集体却依然存在，我们看得到它，它在不同的游行或运动之中被创造、被拆解、被不停地再造。因此，“关注”的问题至关重要：如果我们将共同体的消失理解为对共同体关注的缺失，我们如何从集体走向共同体？

**西顿**：我希望借用你描述的这个示意过程，不过要调转箭头的方向。你描述了某一个给定的集体正在发生的运动，它可能遮蔽了、隐藏了有待构建的事物，也就是共同体。我们的时代或许已经丧失要么是对于共同体的兴趣，要么是固化、确认共同体的能力，在缺少共同体的条件下，大家或许满足于集体性。但我想用对于关注的思考，来说明相反方向的运动也同样是事实。从共性（commun）开始，也就是说，共同体先于集体存在——这才是我想要提出的观点——而且我也想知道，共同体通过怎样的方式先于“关注的集体”（collectivité des attentions）存在。

因此，我们需要区分共同关注和集体关注，而“聚焦关注”（attention focalisatrice）和“对背景的关注”（attention au fond）之间存在更加细微的区别。前者是有意识的，我们通常将关注简化为第一种（大家可以从多种可能性中选择要去关注的事物，大家选择聚焦关注的事物，比如备考的时候：就是一种自愿的、有意的聚焦）。然而，关注的话语存在一个问题，就是把注意力局限在这一点上。还有一点同样重要，就是对于“背景”的“隐性”关注，与它相对的，是对突出“形象”的聚焦关注。换句话说，在同一时间，例如在我们谈话的时间，我们两人关注的是对话，但是周围有许多我们可以感受到的事物（比如一种香气、一段噪音、一辆驶过的公交车、有人在远处叫我的名字，或者起火的味道……），这些有助于我们存在于当下，也有助于我们在环境中继续生存下去。有些人称之为“前注意力”（pré-attention）并以此区分它与注意力聚焦（focalisation attentionnelle），但这种时间层面的二分法对我并不完全适用。我更喜欢用重叠和共同存在的层次以及可变的、不断重构的角度来讨论注意力。

我的观点是，集体形成之前就存在共同体，因为这个共同体——我们甚至没有意识到这样一个事实——是指，在城市环境中，起火的味道对于我们所有人可能具有的意义：火灾、危险、寻找出口或灭火器……这种对环境的敏感性是生活的条件〔这里的“生活”（vie）有

“生存”（survie）的含义〕。这些看不见的——即使大家能感知到——一切构成了谈论共性的好地方，它是发生在你我之间的一种持续的调整，要么是因为这是我们共同沉浸于此的感知环境（必然是一个文化的环境，共同的想象和共同的符号系统构成了它的结构），要么是因为它在我们用来感知彼此的知觉方式之中（这张脸朝我微笑，这个身体闻起来有香味，这个眼神给我的信息全是不好的）。这一切发生在我们身边（或之间），先于（并且往往独立于）任何注意力的聚焦。共同体的构成性关注（attention constitutive），首先是针对环境敏感性的内在的、特有的、直觉的关注，它是共同体的前提条件。只有人活得下来，才能出现共同体，甚至共同体本身也要作为机体活下来才行。要在一个环境中活下来，不是靠躲过那些我们明确察觉得到的危险，而是更加倚靠我们做出的持续调整，这些调整基于这种模糊的关注（attention diffuse），基于大卫·艾布拉姆（David Abram）在《感官的魔咒》（*The Spell of the Sensuous*，法语译名 *Comment la terre s'est tue*）辨析的、我们与环境之间的感官联系，对于数字和字母的迷恋使得我们与这种关系渐行渐远，以至于无论在物理-生物（physico-biologique）层面的自然之中，还是在社会场域之中，都会危及我们的生存本身。艾布拉姆在这部非常好的书里解释道，这种对于环境、感官层面的敏感性，在过去是共同体存续的一个条件。后来发生了什么？后来有了字母表，有了文字，这些让我们将关注点集中于书面的东西，我们痴迷于写给彼此的东西（短信、文章、笔战、论据、国内生产总值和增长的计算），却对环境共同体（communauté environnementale）逐渐麻木，而这个环境共同体就是生活在元素、动物、鲜活个体组成的共同体内部的人类共同体。正如艾布拉姆写的，如果说我们今天在气候和环境问题上正在走向自我灭绝，是因为我们丧失了与环境之间的联系。这种感官层面的敏感性，采集狩猎的人已经将它内化，萨满法师跟神灵对话的时候再现的也是它。而我们，连同我们的书和我们写下的东西，曾经以为科学可以替代这种敏感性，然而科学尽管展现出它的奇迹与力量，对此却不那么敏感。比起通过肌肤表面、通过“毛孔”、以一种本能和特有的方式传递的事物，对数字、对孤立的图形、对所有通过话语和科学的明确关注更难让人感受到。我认为，这个观点与让-巴蒂斯特·弗雷索兹（Jean-Baptiste Fressoz）在《开心的末日》（*L'Apocalypse joyeuse*）中的观点非常接近，弗雷索兹在书中展现了（对气候紊乱负有责任的）工业现代化是如何通过一系列“细微的抑制解除”（petites désinhibitions）变为可能的：我们清楚工厂散发出臭味，知道鱼不停地死亡，但是不需要集中注意力去关注这些，也就是说，没有必要把关注点聚焦在这些问题上面。气味干扰我们，某些本能的、“非理性”（irraisonné）的东西让我们感觉哪里不太对劲。这时候，专家揣着让人安心的知识走了过来，经济学家搬出他的预期利润，于是乎，大家堵上了鼻子：我们中和了这个本能的、特有的关注，但这种关注却比专家关注的简陋知识更有智慧、更有远见，专家的关注狭隘地集中在两三个参数上面，如此局限、如此碎片化、如此精神分裂……所以我想转化一下这个问题，我想说的事，关注共同体首先在于关注我们与环境形成的共同体，并且它是共同体赖以构建的基础——既是共同**财产**（bien commun）也是共同**感觉**（即常识，sens commun，一种共同的敏感性或感官体验）

可以这样说，我们借助感官形成的共性是基础，我们人类身处环境之中，这个基础是集体性的前提，对于关注的思考已经让我们隐约看到了这一点。有一种作为关注条件的共性，这里的关注既有相互“注意”（être attentif）的含义，也有（人类及非人个体之间）相互“关心”（être attentionné）的含义。有一种共性和共同体既是关注的条件——而这个条件被非显性、非自愿的注意力聚焦所遮蔽——同时也是关于注意力的理论或思考让我们重新感受到的条件，即便其中有些盲目之处。

**阿斯特吕克：**媒介扮演了什么角色?

**西顿：**对媒介的思考有助于我们理解各种意义（significations）在我们中间流传的过程中，既有异乎寻常的复杂性与惯性，又有改变的力量。麦克卢汉认为，媒介是“个体神经系统的延伸”，我想从他给出的重要定义开始谈起。媒介是一种工具，它们使我感知到超出我生理感官装置具有的感知限度的事物。通常来说，我们会从“信息”（information）的角度去理解媒介。借助媒介，作为信息流传的事物（无论是为了销售、引起关注，还是为了尝试施加影响）得以流传，是因为能被人类主体理解，而这一点必须以一个事先存在的共同体（une communauté préexistante）为前提：一个意义的共同体（communauté de signification）、一个语言共同体（communauté linguistique）、一个文化共同体（communauté culturelle），这使得在某个时刻，仅有一部分事物会被大多数人视为“相关的”（pertinentes）〔有意义的（significatives）、能指的（signifiantes）、重要的〕。这些相关性先于信息流通和意义构建存在。再次强调，共性就在这个层面，这是一个共同体成员之间共享的相关性层面，但是——从媒介理论的角度来看——共性主要存在于用于声音和图像（以及比特、信息、意义）传播的基础设置之中。无论它通过口耳相传、印刷品或是图像，无论它是单向还是双向传播，都会完全颠覆意义在共同体中构建、传播和共享的方式。从这个视角出发，是什么相关性使得某些信息具有意义，而其他则没有？这便引出了文化惯性（inerties culturelles）的问题，即谁对什么很敏感？如何改变？改变还是维持现状，很大程度上取决于个体间神经网络（réseaux nerveux transindividuels），这些网络是组成媒介的物质性基础设施（线缆、发射器）和经济-金融基础设施（购买线缆、发射器、支付雇员工资等）。这些媒介基础设施，才是集体关注、关注或者缺乏关注共同体问题的核心所在。我把共同体首先放在共享的语言文化意义组成的共性和媒介系统的共性之中，这些才是最为重要、最少被思考的深层因素。我们如何从（仅由机械传感器记录和传播的）“信息”转化为（由主体根据自身实践、相关性、欲望、希望或恐惧进行解释的）“意义”呢？正是在这些将信息转变为意义的操作过程中，媒介表现出一系列的媒介效应（effets médiumniques）和磁效应（effets magnétiques）。如果说，我想要定位对共同体关注不足的问题，那么它一定是在人类共同体组成中缺失了由媒介学（médiologique）、大众传媒（médiatique）、媒介性（médiumnique）维系的构建性关系，很少有政治哲学专家对这个问题感兴趣。大家都知道这个问题非常关键，然而对这些问题的规模与优先级却视而不见。如果我们不从源头上理解媒介基础设施的构建问题极其重要，我不知道在这样的条件下该怎样去讨论政治。所以，从关注共同体的角度出发，与其对流通的内容感兴趣，不如先问问自己，流通的循环以及在我们之间的流动（flux）如何获得资金、如何被构建、如何维持，比方说，是谁让我们了解到生态问题，谁让我们了解到与蜜蜂、与致癌肉类相关的问题。我对共同体本身感兴趣的是，在我们知道讨论什么、知道我们会争吵哪些事情之前，在何种程度上就已经存在一种潜在的一致性：这种一致性取决于看不见的东西，既包括本能的事务（例如意义），也包括地方性的事物（构成我们共同生活基础设施的通讯网络）。关注共同体面临的挑战，在于让自己对它更加关注，即便只是为了在事后能够更精确地分离出我们期望在下游（en aval）达到的一致性。一致性：从构词法来看是拥有唯一的灵魂，在我看来，大家没有意识到这在很大程度上已经实现，哪怕我们在争论的时候。我们重视差异，但有一种一致，它的传递是通过我们看到的（即使没有故意去看）、我们感觉到的（甚至没有观察到）、我们所做或不做的（甚至没有对它产生疑问）的事情。注意共同体，首先应当衡量、关注这个我们不知不觉中彼此分享、共同关注的事物。

**阿斯特吕克：**我们是否可以通过教育来变得更加专注？用稍微矛盾的话来说，是否可以让我们在某种程度上更关注我们的不关心？

**西顿：**训练注意力可能意味着两件相对不同的事情：或者明确地注意到自己以前感觉到但没有明确意识到的东西；或者使自己对以前根本没有注意到的事物产生敏感。我们能在不主动关注一些事物的情况下，保持对它们的敏感（天气或许太热，如果我专注于某项任务，可能会出汗却不自知）；但也有一些现象，比如放射性，我们当下可能对它不敏感，需要借助仪器、媒介或盖革计数器才能让我们感知到此时此地的辐射（这些辐射可能在几个小时或数年后对我产生有害影响，而我的生理敏感性已经无法提前防范这种超长期的影响）。因此，一方面是敏感度的问题，如何使自己对某些事物敏感。我们总是对关注的事物更加敏感——更智能地敏感，这就是让-巴蒂斯特·弗雷索兹所说“细微的抑制解除”这个概念的内涵：只有当辐射水平较低，我才意识不到辐射，核电站的故事却让我暗暗忧心，让我不安，让我心生疑问。另一方面，关于我们会注意到的事物：我们学习（更好地）聚焦注意力。人类学家蒂姆·英戈尔德（Tim Ingold）表示，教育就是培养注意力。也可以说，教育是培养敏感性的过程。我们现在讲的这些进入了美学的领域——*aisthesis*（古希腊语中表示“感知”的含义——译注）。无论对当代艺术，还是对于电影，它就是美学的核心内容。那么，大众电影和娱乐产业究竟是什么？这是一台巨大的机器，它让我们对某些事物更加敏感，而非其他事物。无论是好是坏，如果我们看看娱乐业的发展，生态的诸多问题已经渗入好莱坞多年——尽管可能不够充分，但它们正逐步渗入。当然，从深层次看，这些生态问题在好莱坞或法国电视二台遭到排斥，是因为电影和电视节目仍然大规模地鼓吹让人完全不能承受的、具有自我毁灭或犯罪性的生活方式，将它们作为令人向往的生活方式。还有我们可以称之为非精英美学（esthétique non élitiste）的一整个领域（包括所有艺术实践以及更广泛的感性交流），这个领域中发生的主要事件，在我看来未能引起足够的关注。我们通过历史、美学想要传达哪些价值观？对什么变得敏感？在什么层面？因此，还有一个敏感化的工作，这比关注的工作更早，同时还有一项训练注意力的任务（教室主要是为此而设立）。这意味着我们以前没有（或很少）注意，而现在变得（或更加）专注。

让-马力·舍费尔（Jean-Marie Schaeffer）新出的佳作《美学体验》（*L'Expérience esthétique*）对比了我们得以每天运转的标准关注（attention standard）与很少出现的审美关注（attention esthétique）（他经常通过博物馆或**高雅艺术**的经历来说明这一点，他在某些鸟类的行为中也发现了类似现象）。舍费尔说，就人类经验而言，这一切都建立在"分类滞后"（retard de catégorisation）的基础之上。这意味着，我们的标准关注试图尽可能快地识别事物（一个杯子、一辆驶过的公交车、一阵噪音等：我们的运作方式正是如此，否则我们会被公交车撞到）。相反，审美关注的特殊性是什么？审美关注的意思是，我看某个东西时，不知道它是什么。是的，我看到画作再现的一棵树，但这幅画的作用并不在于让我认出树种，而在于让我感受到这棵树在某种颜色、形状、细节等方面的细微差别。因此，不要去识别你看到的东西，也不要分类，这一点非常重要，因为只有关注性的二次努力（un second effort attentionnel）才能让我注意到以前没有注意到的东西。这就是美学实践的挑战。我们要学会容忍"分类滞后"：也就是我不会给出我习得的、分类的答案，而是尝试形成一个新的分类，并且挪动事物之间公认的、业已建立的界限，这就是雅克·朗西埃所谓的“感知的分配”（partage du sensible）。所有这些重新分类和对区别、界限、边界的思考是一项工程，就像娜塔莉·德普拉兹（Natalie Depraz）在现象学专著《关注与警觉》（*Attention et vigilance*）中指出的那样，它是关注性活动（activité attentionnelle）的工作。我们关注一些目前为止有助于我们继续生存的事物，有很多事情（它们蕴藏着未来的很多危险或者乐趣）需要更高的敏感性、更高的注意力，然后是第三个层次，就是需要它的一连串因果。回到共同体的问题，我们可以说，需要：1. 设想让大家对气候现象提升敏感度的方法；2. 更好地关注我们购买、污染、旅行（或不旅行）的行为；3. 传播解释因果的知识，不仅是为了不再害怕，或是简单地不要白日做梦，也是为了弄清楚如何以谨慎、预防的方式行事。

话虽如此，作为总结，我想回到“关注共同体”这个表达上来，我们一直将其作为主线，但它仍有模棱两可的地方。我想从这个表达中感受到一种警告，带有某种威胁，提醒我们注意共同体概念的阴暗面。正如我们所说，“共同体”比“集体”要求更高，更复杂，也更具问题性。我在“关注共同体！”里听到类似“小心火！”（Attention au feu!）这句话里听到的内容。《诸众》（*Multitudes*）杂志有一期，多米尼克·克萨达（Dominique Quessada）提议在“共性”（commun）这个词内部加入一个连字符：同一（comme-un，与 commun 发音相近——译注）。在共同体的观念背后，我们很难不看到一个集体“行动起来同一个人一样”这样的观念。这种“一致行动”（faire-un）非常好，甚至在某些时刻是必要的。它包含着至少两种潜在的危险（最好的东西都是药，是良药还是毒药，要看我们用它的方法）。第一层危险，是为了抵抗定位在（民族、宗教、意识形态等）边界另一边的他者（Autre）而采取“一致行动”所带来的危险。在这里，语言的使用暴露了一个关于共同体的固有问题：大家通常只谈论单数的共同体（“这个”共同体、“我的”共同体、“一个”共同体）；将其变为复数（“这些”共同体），指的实际上是许多封闭于自身，通过差别/对立“形成共同体”（font communauté）的实体。在我看来——不凑巧的是——有关共同体的词汇趋向于将许多集体置于一个“同一”之中。我又想说“关注共同体的观念！”（Attention à l'idée de communauté！），是因为它将我们的关注集中在一个区分我们与他者的“一”之上，因为它让这个在我们之间织就的、这个弥散的（不可分割的、不可分离的、不可个体化的）共性更难被看到，这个弥散的共性，在我们共享的场所中织成我们相互依存的生活。换言之：我不知道如何对共同体提出一种关系型的构想（conception relationnelle），这也是要注意这个概念固有危险的首要原因。共同体的词汇将我们的关注引向了设立边界的事物，我却认为，应该更加关注在我们之间、在我们每个人身上已经构建的事物，这么做更加重要，因为这些事情将我们聚在一起——由于它也包含大多数的非人事物，它远远超出我们认为的“共同体”的范畴。

第二个危险在于“同一”倾向于将共同体同质化，这正是它与集体的概念最主要的区别，集体更容易容纳异质性：集体不是“同一”，恰恰相反，它展现出的，仿佛是从异质的多样中选择的结果。我们一旦提出气候失衡的（极为紧迫的）诸多问题，我们必须要将它们放到全球的层面。然而在这个层面上，甚至可以说尤其是在这个层面上，我们要关注共同体概念固有的某种危险。不是因为出现了全球性气候问题我们才要走向一个“全球共同体”。爱德华·格里桑非常清楚地讲过，我们之所以是人类，是因为存在着不同的文化、不同的共同体，或许可以说——如格里桑说的那样——有不同的“人性”（humanités）。一个所有人都“同一”，大家使用相同的计算方法、生产方式和语言（通过世界语这个本意不错却很畸形的空想便可见一斑）的“全球共同体”，是个比乌托邦更甚的噩梦。真正的挑战，并非在下游创造一个人人一致的共同体，相反，是允许各种共同体并存，这些共同体（通过语言、文化、事件、意义）保持多元，并且根本不会合并，只有在多元意义、多元敏感性、多元关注构建的交流之中才会出现人类的发展。鉴于我们只有一个地球，构建这个整体的共性又是必要的，其关键在于确定应该被“共同体化”（communautisé）、被共有的事物，因为它们构成了继续生存的条件——另有一些事物应当避免同质化，就像保护动物的生物多样性一样，我们也要守护文化的多样性。这么做并非要寻求建立一个单一的共同体，而是弄清楚不同共同体之间如何能以和平的、互相促进的方式共存……为了迸出火花，要有足够的摩擦，当然，为了防止起火，摩擦也不能过多。

# 第一章　共同体理论

## 一

## “当我们遇到一个共同体时，我们如何识别它？”[1]

雷米·阿斯特吕克

我们可以从许多观点出发去探讨共同体的问题。我将从我既不否认、也不拥护、至少不会立刻赞同的一些观点开始谈起：即社会学和政治学的视角，也就是研究那些已成为共同体的一部分、必要时可以在现实中观察、衡量的事物——某种程度上，这就是“事实”层面。

更让我感兴趣的，是共同体之中那些恰好相反、无法直接观察到的事物。因此，我在下文中将着力探讨居于具体的、可测量之外的这一部分——这一部分可以说是具有潜在影响，甚至能产生较强的影响——这一部分与想象之间具有关联：这就是我将共同体（Communauté）一词的首字母大写的用意，直到其他更为重要的论述能完全说明这种用大写区分的合理性。

1　本文是专著《我们？——对于共同体及艺术的向往》（*Nous? L'aspiration à la Communauté et les arts,* Paris, RKI Press, coll. «CCC», 2015, 172 p）的引言。该书通过多个具体实例（神话、小说、诗歌、舞蹈）探讨共同体之感与艺术之间的关联。

最让我感兴趣的，是那些在形成共同体之前已经先行出现并促成共同体形成的概念或思想。因为有一个情况摆在我们面前：在这些问题上，事实往往比这些抽象概念更为僵化（racornissement），而抽象概念假设了共同体之圆（cercle communautaire）围绕具体实体的非封闭性。这也是为什么对共同体（Communauté，单数、大写）的向往在具体应用或体现中（communautés，复数、小写）总是令人失望的原因，而本文是要对前者进行反思。

在明确我要把握的共同体的这一部分究竟由什么组成之前，我将从“观念”（idées）和情感（affect）的领域出发……

*对大写共同体的永恒向往*

无论那些认为这个问题不再具有现实意义的人怎么说，大写共同体在今天都依然是一个极其重要的思考对象。诸如南希等一些学者甚至从共同体中看到了我们时代的本质问题，而这个时代，并非肇始于昨日……此外，我们任何时候都无法逃避这个问题，首先是因为它不可避免地会重新出现，而我们必须以这样或那样的方式直面它。说到底，这是一个与我们的人性密切相关的问题，甚至与我们人类的现状和发展或近来的转变紧密相关。

那么，大写的共同体是一个怎样的研究对象？如何接近它并领会它？或许要指出一点，这些问题之所以被提出，只是因为它们表露出对于大写共同体开始出现一种存在的“忧虑”（un «souci» existentiel）——一种焦虑，一种怀疑——我们从这种共同的忧虑说起，谈及其他数种之后，将在后文回到这一点。

大写共同体是什么？它显然是一个无限独特、难以接近的事物。从一开始，我们便遭遇了一个使得它难以被把握的困境：除了它产生的效应（不仅有具体的，还有简单说来心理上的）之外，大写共同体无法被看见、不能被衡量，甚至不存在。所以，它在某种程度上是个转瞬即逝的对象。

大写共同体是否可以仅仅被视作一个属于哲学范畴的观念？是，也不是。是，因为从某种意义上说，共同体显然是哲学观念史上反复出现的一个问题：许多思想家对它萌生了兴趣（为什么人会聚集在一起，以及他们为什么渴望——或者不渴望——聚集在一起）并且尝试给出一个理论的答案。点出其中几人的名字足矣：托马斯·霍布斯及其《利维坦》、卢梭及其《社会契约论》，后来还有康德，当然还包括马克思，以及20世纪的海德格尔和巴塔耶，或者晚近的乔治·阿甘本……所有这些哲学家都曾思考过是什么促使人们生活在一起，并且尝试描述这种“共同生活”（vivre-ensemble）的可能性条件。而所有人都猛然遭遇一种直觉，即大写共同体具有无法现实化的特性：因而，大写共同体是一个真正的哲学难题。

如果说它像其他许多存在的难题那样（例如大写的“恶”、大写的“善”、大写的“真”），确实是一个真正的哲学难题，大写的共同体的问题却不能被这样笼统概括。因为后者的提出完全——我们可以说，它跟之前几个概念一样——在任何哲学建构之外，甚至在任何思想、任何思考之外，即便如此，它仍旧是一个精神（spirituel）现象，因为一切都发生在人的“头脑”（tête）之中。事实上，它似乎更普遍地与人类生活的过程联系在一起，人类生活将其置于一切之前，从各种痕迹来看，甚至放在了理性思考的意识之前：它被生活本身作为问题提出，人类生存（existence humaine）必然介入其中。在这个意义上，它更多地是一个向性问题（tropisme，如果可以被构想出来，至少一部分是知识的向性），也就是说，它与人类精神的条件乃至存在有关（此处“向性”指在行为中逃离清晰的意识与理性思考的事物）。

那它是一种感情（sentiment）吗？可能有人会这么想，因为还有什么比归属感（sentiment d’appartenance）能更好地定义大写共同体？但显然，它不能仅仅只跟感官（sens），也就是与感性（sensible）联系在一起。它不完全地属于情感的范畴，因为它也是一种“……的感情”，好比说到的“正义的感觉”或“幽默感”，也就是一种精神的（mentale）或道德的（morale）能力或赋性（prédisposition）。我们可以说，大写共同体是感觉（sensation）到我们共有的事物（与另一个群体绝对或可能对立）——即我们与他人共享的——作为其后续和结果的、我们共有的感情。然而这是一个具有重言式性质、不言自明之事，这样的定义恐怕难以再进一步。

我们应当承认，在像感情一样影响我们和/或像精神能力一样支配我们的事物之中，首先有一种作用于我们的力量，类似我们后面会说到的“磁力”，换言之，是某种看不见的东西，其效应能被感受到且很难被避免或绕过。因此顾名思义，大写共同体就是一种非物质性的力量，甚至当它“存在”（est là）（也就是说，处于活跃状态）时，也并不会作为一个独立的存在而存在，而只能通过它的吸引力或它的反应，也就是它产生的“共同体之感”才能被识别。

如果用一个简单、甚至说到底有点平淡无奇的说法来陈述它，“共同体之感”是我们与他人——与我们不认识的其他人（这一点将共同体之感与简单的家族情谊和亲属之情区分开来）——共有某个事物，因此产生属于同一个群体的感情（因为我们“有”，所以才“是”，特别是因为我们共享这个性质与属性，即“是”它的性质与“有”它的属性）。正因我们不认识这里说到的其他人，我们与他们共有的事物才难以定义。

从这个意义上理解，大写共同体是一个先验的（*a priori*）普遍现象。它是横贯、覆盖、关系、纠缠所有人类群体的事物，或许超越了人类群体（这个延伸提出了许多非常吸引人的问题，它们超过了我们的言词和能力）。它在这一点上是如此基础，以至于——简单说来——它同南希思考的那样成为存在的特征，南希曾经写道："大写共同体与存在一起，作为存在被赋予我们，远远超越我们的计划、意志与事业。"他由此得出的逻辑结论是："说到底，对我们而言，是不可能忽视它的"。就我们而言，它是人类动物的特殊本性（nature spécifique），更确切地说，是亚里士多德所说的"政治"本性（nature «politique»），即其自然的社会特征的一个维度。

此外，它还是一个具有普遍重要性的现象，其重要性可以从以下事实中读出，大写共同体的力量得到运用时，就会完全发挥作用，并且不会引发问题：大写共同体——我们可以说——是人类关系的形式，其权威也在于此。当它的权威经受怀疑，大写共同体便会被感知为一种缺失（manque），类似一个无法不被提出的问题。换言之，大写共同体被体验（vécu）为一种自然而然强加给我们的存在，我们并不加以质疑，或者说——这一点是我们的情况，也是我们现在做的事情——我们绝对有必要弄清楚，为何大家再也体验不到它，以及由此引发的问题：如何在没有它的情况下生活。带着"如何在没有的情况下生活"（savoir comment vivre sans）这种令人烦扰的压力生活，可以证明在它被消除的情况下〔消除不意味着消失，而是一种"外现模式"（mode d'apparence）的简单转变〕，我们是否依然需要大写共同体的持久影响。

如果说，无论是突出的还是模糊的，共同体的力量都无处不在，如果人们对它的体验是自然的，或者说对它的缺失（absence）感到"不自然"，那是因为大写共同体根据一种"有机性"（organicité），将其效应作用于人和他们的世界之上，也就是说，它像一股能组织社会的、有机的（organique）、推动潜能整合的力量——就像在一个完全不同的层面上，不同的宗教共同体明显体现出受制于超越一切的至高原则。

在西方，直到最近，跟其他各地一样，大写共同体通过合法性（légitimé）与公共权威（autorité publique）的不同原则带来的、先后出现的多种政治形式，让人感受到它的自我组织（auto-organisationnel）效应（它命令一些人作为权威来源——众神、上帝等——的“代表”居于他人之上）。因此，我们或许可以说，只要人类还没有清楚地认识到自己，还没有在一定程度上单独地作为一种源于个人的力量，即作为他的世界的组织者去思考，因而也还没有认识到与这一特定条件和任务密不可分的权力和限制，共同体就一直是伟大的组织原则（未被感知，因此也未被命名）。

然而，或许是从第一次预感到自身的自主性（autonomie），西方人身上才开始出现“恢复”（上文提及的向性的另一种形式）以及利用共同体效应（effet-communautaire）的意愿，即共同体已经消失的组织性力量（特别是将其移入——至少我们可以这么假设——有关民族的现代观念之中）。实际上，似乎在大写共同体本该看上去要丧失其显著性的时刻，人们立刻尝试延续（使其持存）它的影响与向心力，让它服务于集体中开始具有自觉的、自发的组织（哪怕算不上一个证明，在我看来，在趋向自治的欧洲各国社会、所有现代民族主义意识形态之中，在向浪漫主义过渡的时期，大写共同体在其想象中所具有的重要性能为我们展露一丝迹象）。大写共同体如同丧失了社会具体组织中的稳定力量，它的强大力量遵循连通器原理，藏到自身消隐的挡箭牌之后。其实，当它在现实中不再直接发挥效力，它才最终被命名，成为观念（在思想以及——政治和文学——话语的秩序中发挥效力）。

就这样，大写共同体作为社会“突出的”却被隐藏的组织原则，它的消失引发了我们对于大写共同体潜在却明晰的忧虑。当社会不再“自发”（即不再根据经过思考或体验被认为是神圣或自然的法则进行）地组织，大家试图再次找出人的“共同体倾向”（disposition communautaire），以自愿（也就是通过潜能）的方式组织集体性。但是，大写共同体的——或者其显著的、实际的、具有效力的特性——力量与我们对它的意识之间呈现出负相关：随着我们对其求索一并而来的，是它越来越不能被触知，它与“权威”（autorité）和“身份”（identité）一样，越是不经询问、不可见、不被注意，其存在就越发笃定。留给我们的只有关于其力量的记忆（即作为唯一力量的缺乏，当它不再存在时，其力量残存的事物）。

总之，共同体是一种张力、一种使命、一种组织力量，它“自然而然”、不言而喻地存在于异质自治（hétéoronome）的社会（尤其是民俗学家所谓的“传统社会”，在那里表现出一种“原始共同体”的形式）。就像在现代社会，凡是自治在精神中逐渐成为必然的地方，那里的大写共同体业已消失，却仍然通过缺乏的力量得到维系：所以，它依旧保持在场的状态，但它的退隐开始有一定的分量。让-吕克·南希由此断言，西方仍然存续着欲望，这种欲望在一段时间内曾被称为共产主义，它是“对共同体之所的渴望，无论这个场所是找到的，还是被重新建立的［……］它超越了自由、言论或简单幸福的衰退，因为它们已被私有化的专属秩序所支配。它更简单，更具有决定性，它超越了个体死亡的狭窄化，而这种死亡虽仅仅是个体的死亡，却承载着不能承受的重担，然后在无价值（insignifiance）之中崩塌”。

以上解释了这种力量以及它在今天的维系——缺乏的侵略性，即最终的死亡，这一点与乔治·巴塔耶的想法是一致的，他的理解最深。事实上，我们对大写共同体感到的持续忧虑与这样一个事实——感情、直觉、本能或必要性——有关，即个体死亡只能是人类活动的终点。这个事实对每个人，哪怕对于最坚定的唯物论或无神论者都有效，由于它不在信仰的范畴之内，而又因为我们是同时具备个体性与社会性、二者难解难分的存在，这个事实对身为人类的我们成为必然。鉴于此，个体活动——此外没有其他的可能——延伸到集体的层面，也是它得以被赋予合理性的唯一层面：个体活动因而与集体的存在产生共振，在其中找到了它的全部意义（它与自身的孤立和无意义被剥离），并且进入了一种居于个体存在及其断裂与局限性之外、得以确立的连续性。无论愿意还是不愿意，大写共同体是个体意义的前景（horizon），正因如此，它仍然以某一种方式——无论自愿与否、无论有意识与否——继续其父辈（与同侪）的事业，哪怕是为了重振、颠倒乃至可能将其拆解：它借助一切方式继续这项事业，而大写共同体就是这个连续性的名字。

我们在此触及共同体的人类学维度，许多人类学观察（特别是非西方思维方式的观察）通过事实证实了这一条人类存在的深层逻辑：在这些被研究的社会之中，这些“传统”社会中，大写共同体的力量具有最明显的意义，它始终是超越死亡的共同体，它是一个与死者——即祖先——以及即将出世、也就是未来世代建立关系的共同体。所以，它至少是一个与经过思考的存在建立关系的共同体，也是一个与普遍意义上人类活动之间的连接。

这意味着总会有一些“剩余”（reste），人类生命中某些尚未完全投入个体存在的事物，它仍未被调动、不会受到死亡的支配，这个剩余依然存在于共同体的层面。这并不妨碍我们可以在行动中感觉自己是（甚至可能真正成为）完全自治、完整的参与者，但这只不过意味着，我们生命中的一部分从未在这个行动中被调动。它是同一个行动获得终极证明的后盾，而它就是大写共同体。

我们可以发现，一些具体的痕迹——十足令人不安，却难以反驳——能够证明人类存在的超个体层面（niveau supra-individuel）所具有的现实性。上述痕迹体现在诸如人类学家莫里斯·戈德利耶（Maurice Godelier）（参见《人类社会的根基》*Au fondement des sociétés humaines*，人名或译作“郭德列”“古德利尔”——译注）的观察结果之中，戈德利耶的研究表明，社会追求的并不是保护组成社会的个体存在，而是保护个体赖以生活的“价值系统”，换句话说，是他们最广意义上的文化，包括他们的生活方式、社会的组织观念等等，也就是集体的向心力。戈德利耶先生通过田野调查得出以下信息：

“[……] 在实践层面，个人和他们具有亲缘关系的群体必须行动，以便他们自我繁衍并复制总体逻辑之中的社会，而这个社会本身为他们提供了一部分存在条件。”

从这些结论出发，他进一步推导出对他的学科的影响：

“这项事业（人类学中的比较研究）非常精微。它的雄心是想揭示社会关系本身所具有的属性，这些属性是社会关系自身被赋予的属性，与产生这些关系的个体和人类群体无关，——并且，从这个事实出发，这些关系是被嵌进（engagé 一词本意——译注）个体与群体之中的。因此这些属性，无论它们被了解或被忽视，都会不断对个体和他们的社会发挥作用。这些特性因而构成了一种客观的现实，它是由个体行为所产生的，而不是由他们的意向所产生的。”

上述内容似乎是共同体能够——通过普遍说来不为人所注意的方式——成为人类集体或个体行动其意义之前景的原因。一个世纪或两个世纪之前，谁会有这样的怀疑呢？对于我们（后）现代人而言，这种重新发现最令人不安的地方或许在于——戈德利耶没有贸然涉足这个领域，哪怕一切都在将他的论理过程推向下面要说到的这个结论——人类存在的集体层面可能会带领一个社会将组成它的人类的生存问题置于危险的境地：地理学家贾雷德·戴蒙德（Jared Diamond）在他的著作《崩溃》（*Collapse*）中举出多个意义重大的例子，戴蒙德称之为生态灭绝（écocide），在这些案例中，一些生活方式为了确保其持久反而导致了社会的灭绝，例如，复活节岛最初一批居民，由于没有及时意识到他们的生活方式破坏了他们的生存机会，而注定走向灭绝。

当然，认为当前的资本主义生产消费系统在威胁生态系统的同时危及人的生命——几乎已经成为大家都能接受的事情——并不是被禁止的。这个可悲的悖论，或许是各类系统的一种自然的、普遍的倾向，哲学家罗伯托·埃斯波西托（Roberto Esposito）将其称为一种自我免疫（auto-immunité）的形式，这种自我免疫可能导致社会将其成员置于危难之中，形成一种与其最初目的相违背的扭曲。同理，无论核能是民用还是军用，它都可能是一种生活方式的后果，这种生活方式为了自我维持（从能源或安全的角度来看）导致了其本该服务的人类走向自我毁灭。

那么，我们如何才能认出名为大写共同体的这个力量的存在呢？确切地说，在其超个体（supra-individuel）的层面，这个层面超越我们的存在，成为我们存在的终极明证。也就是说，它是“集体意识”（sens du collectif），存在于个体的意识之上，并且在不知不觉中将这些个体意识联系在一起。有时甚至会对它们造成伤害……

## 二

# 否定共同体，从巴塔耶到《蒂昆》

蒂埃里·特朗布莱

"当在某个特定地点、特定时刻，被同一种生命形式（forme-de-vie）影响的两个身体相遇时，它们会体验到一种客观的、先于任何决定的契约（pacte）。这种体验就是共同体的体验。"

——《蒂昆》杂志[1]

同所有属于否定秩序的事物一样，一个"否定"的共同体**可能**有一个超越所有表现（manifestation）的存在，只要否定性从内部作用于现实，正如亚里士多德的潜能（puissance）是行动（acte）的谱系，或像不可见是任何可见性的隐藏资源。

实际上，否定的场域中存在着一种欲望，不仅要忍受已经存在的或者稍少一点的事物，还有——也许更重要的是——挽救那些尚未存在的、本可以存在但无法进入现实（réel）、无法现实化（réalisation）之事物的欲望。这种弥散的力量，可以很好地融入一种**在场**潜能的弥赛亚主义视角，而这种潜能正等待着它呈现的合适时机（*kairos*）。

在这方面，否定共同体类似于亚里士多德提出的"潜能"，它应

1　译注：*Tiqqun* 是一本法国社会批评哲学杂志，于 1999 年创办，旨在"重建另一个共同体的境况"。该杂志的名称来自哲学概念 Tiqqun，是希伯来语 Tikkoun olam（让世界变得更好）的法语转写。这个概念源于犹太教，常被用于卡巴拉和弥赛亚主义传统，意为"修复、归还和救赎"，同时包含了犹太教对社会公正的理解。本文采用音译。

当从两种方式理解：否定共同体既是一种对未来共同体的慷慨承诺，又是这种承诺在行动中的存在；它既是潜在的，又是现时的。它的潜在特性在于其意义：一个共同体必然与一种命运或一个承诺相关。而它现时的特性来自它在存在中的维持，或更准确地说，它在存在意义之中的维持。

在罗贝尔·约瑟夫·波蒂埃（Robert Joseph Pothier）《论民法不同事项》（*Traité sur différentes matières du droit civil*, 1781）第一条“财产权”中可以读到“否定共同体”这一表述：“最初存在否定共同体，因为土地对所有人都是平等地开放的。”[1] 这是最初时的显著共同体（Communauté remarquable du Commencement），其后各种“实证共同体”（communautés positives）叠加其上，并要求将地球（Terre）转化为土地（terre）、财产、文化和领土。这是一种野蛮的共同体（communauté sauvage）[2]，这种状态取决于非私产（*ferae naturae*）（这些“非私产”在法律术语中的意思指“空置财产”，其中最常见的是天体，其余已被驯服、被占有，即被转化为财产，拉丁语为 *domitae naturae*）。

因此，否定共同体被视为实证共同体的必要假设而出现，是实证共同体展开、叠加其上的基础。在关于共产主义的思考中出现这个表述并不奇怪，而共产主义在理论上倾向于对“非私产”进行一

1 关于这一点，波蒂埃提到了“那些研究过这些问题的人”，但在他的著作之前唯一提及这个问题的，似乎只有 1708 年的《特雷伏日记》；波蒂埃还提到了一些拉丁文的论文，比如阿尔贝尔·奥斯瓦尔德（Albert Oswald）1697 年写的《托马斯主义领域的哲学摘录》（*Spicilegium Philosophicum Collectum In Agro Thomistico*）。

2 在沃尔夫冈·索夫斯基（Wolfgang Sofsky）的《暴力论》（*Traktat über die Gewalt*, 1996）中，谈论到屠杀的时候，再次出现了“否定共同体”这个表述：“集体是一种负面的 *communitas*（拉丁语，即共同体），它是通过残忍的纽带接合在一起的毁灭兄弟会。”

种多样化。更令人惊讶的是，这个表述再次出现是为了表达这样一个共同体的**不可能性**（impossibilité），或者用来表达它令人遗憾的失败。

莫里斯·布朗肖（Maurice Blanchot）在小书《不可言明的共同体》（*La Communauté inavouable*）中使用了“否定共同体”的表述，布朗肖将其应用于乔治·巴塔耶（Georges Bataille）的计划。这个术语在1952年的巴塔耶“笔记11”中已经出现（参见《全集》第5卷，巴黎：伽利玛出版社，1973年，第483页）：“特别要重新审视共同体的缺席，并强调否定共同体的概念，即那些没有共同体的人组成的共同体。”更准确地说，这个表达指的是巴塔耶创立共同体的失败，巴塔耶将其理解为一种选举性的、秘密的社会形式。巴塔耶想到的模式可能是萨德的“犯罪社会”（Société du crime）〔我们也能联想到托马斯·德·昆西（Thomas de Quincey）在《论作为艺术的谋杀》（*On Murder Considered as One of the Fine Arts*）中谈到的那个社会〕。实际上，巴塔耶最初设想的共同体是一种基础共同体（infra-communauté），它会穿破日常共同体（communauté courante，在30年代，日常共同体仍是一种本质上中心化的民族共同体）。因此，它建立在秘密之上，建立在属于神秘、退隐和无形之中的共谋范畴内的事物之上。

从外部以及通过表面的方式来看，巴塔耶的共同体活动类似于历史上先锋派提出的共同体，后者同样对共同体提出思考，将其提升至集体实践和政治计划的层面（美学在其中仍然占有重要地位）。此外，巴塔耶谈到的是要形成一个**共同体**，而非一个集体。他的做法延续了一种将美学约减为存在性的传统，严格意义上说，一个由艺术家组成的共同体缺少了一个建立于存在之中、真正的共同体。

## *无头*

巴塔耶此后尝试建立一个秘密“社会”,《无头》杂志(*Acéphale*)是其隐秘或神秘的一部分，社会学学院(Collège de sociologie)则是公开和外在的部分。出于许多原因，其中还要算上建立一个没有献祭的共同体或没有基础的共同体所要面对的困难，这一尝试失败了。在战争期间，巴塔耶最后一次尝试与苏格拉底学院(Collège socratique)一起创立共同体的雏形。正是在这个时期——此间巴塔耶与布朗肖经常交流——巴塔耶才得出这样的结论，即他思考、向往的共同体，只可能是否定性的。他当时拓展了共通(communication)的概念，它是一扇极少向存在的个体之间的、不可能的共融(communion)敞开的窗户:

“断言人与人之间存在根本性的共通障碍,”他写道,“这是平庸之辞。事前认识到这是一种在某种程度上无法消除的困难也不是坏事。共通意味着试图达到同一，试图让多个成为同一，这正是**共融**这个词意指出的含义。”[1]

这种在可见之中建立不可见的各种要求所具备的不可能性，巴塔耶并未将其局限在共同体之上，反而将其结果扩展到了美学的场域。对于形式的理解能力(intelligence)无法为其已经超越的事物留出空间，或者借用德里达的话，无法为其已经不断超越的事物留出空间，只有从这种不可能性出发，才能精确地理解诸如无形(informe)等概念。

在所有关于否定共同体的思考之中，总是隐含地或明确地存在着所谓的“头的难题”(problème de la tête)。在《无头》所做的尝试中，

1 «Le collège socratique», *Œuvres complètes*, T. 7, Gallimard, 1973, p. 279.

我们可以通过一种强调的方式，再次看到对阴谋和毁坏、对违抗和神圣的强烈追求，这些方面必须与巴塔耶对“恶”的问题联系起来，而“恶”是论述否定性的传统形式[1]。巴塔耶的意图不仅是发起一场对抗理性（raison）的**战争**，以此给非理性（irrationnel）以应有的地位。他还将非理性类比为能量、各种冲动、通过智力活动而具备形式之前的物质本身，以及第一性的、原始的、松绑的物质[2]。可以说，这种非理性能与无形相提并论，是因为“无头”（acéphale）恰恰意味着哀悼智性的丧失，通过在物质性中制造一个躯干，将头与身体分离，而非在形式上成为单独的头颅（tête à part）。此处，我们可以想到圣保罗的话（《哥林多前书》11：3）：“然而，我愿意你们知道，基督是各人的头，男人是女人的头，神是基督的头。”

共通的努力是一种趋向（*conatus*），一种朝向共融的、动态的趋势。我们可以像经院哲学家谈论欲念（appétit）那样谈论共通。对于否定共同体的观念，巴塔耶后来谈到神话和神的时候，再次提到了这个逻辑（他说神的不在场是神圣的，神话的不在场同样也是神话）。

*共同的个体*（此处 commun 兼有“共同”和“普通”之义——译注）

共同体不应该只是家庭的延伸，就像社会或民族是共同体的延伸那样。因为它是共性的名字，共同体至关重要，准确地说，它是**否定的**。它可以被分为若干个基本单位，甚至被分为一个个孤立个体，或

1 *Cf.* Georg Simmel, *Secret et Sociétés secrètes*, trad. Sibylle Muller, Circé, «Poche», 1996.

2 这里应当岔个题，介绍一下亚里士多德提出的概念，传统上被翻译成法语 puissance 的词，源自拉丁语 potentia，在古希腊语中为 dunamis，有时被写为 energeia。关于“无形”其可能具有负面的、甚至恶魔一般的含义，可以参阅托马斯的论述。

被充分地扩展成社会。

与共同体相对的，是在后工业时代、发达资本主义社会（更精确地说，是被称为“现代后期”）中所代表的个体。先有一个个体、其上生发出一个家庭，这个观念是一种追溯性的再现（représentation rétroactive），它在开端的地方植入了一个过程的结果。然而，现代伟大的乌托邦倾向于重新配置个体与最小公分母（夫妻或家庭）以及共同与国家之间——摩尔性质更明显、提取性更弱——的关系，这个现象并不奇怪。

我们似乎正在逐渐回归将共同体视为城邦的构想，一种将自身更多地等同于城邦而不是地区、国家或任何其他基于领土的大规模的、整体形式的敏感意识。本维尼斯特（Benveniste）在他著名的专著《印欧语体制机构词汇》（*Le Vocabulaire des institutions indo-européennes*）中写道，在城邦之中，“是偶然、战争或其他原因使居住在那里的人聚集在一起”，事实上，即将到来的共同体经常被认为是战争和偶然的结果。

同所有涉及聚集、组织或集体构型的术语一样，共同体将外部与内部对立起来，普遍来说，它在这一点上对其他共同体或自己而言是危险的。共同体在任何物质性上都勾勒出一条线、一个节段、一条精神的边界。也许不应该讲线、边界、帷幕、围墙，而应该讲门或窗户。共同体就像这个有一扇门的住所。但是，这扇门总是从内部看到的：我们进入共同体就像进入一个住所，就像我们住在其中。我们通常较难离开共同体，经常是通过驱逐、排斥或革除的一系列步骤。然而，共同体“保护内部免受外部威胁”，这一点正是我们需要扭转视角的地方。否定共同体恰恰不是这个具有保护性的内部。作为“狂喜的”（extatique）共同体，它是通往无限的敞开，也许它本身就是这种开放性：一种拒绝任何隶属、从事共同事业的愿望，成为一个没有分支和根的树干的欲望。这种通向无限的敞开，在巴塔耶所谓的共通中、在一种基本的向外暴露的状态中、在一个框架之外（hors cadre）或一个主体之外（hors sujet）的地方得到具体化。

*随意的奇点*

关于主体性、主体形式（forme-sujet）、主体化制度（régime de subjectivation）或对应于否定共同体的附庸（suppôt）的定义，可以在乔治·阿甘本（Giorgio Agamben）的著作中找到。阿甘本曾在一篇讨论乔治·巴塔耶的至高性（souveraineté）概念的文章中谈到了否定共同体。在这篇文章中，否定共同体被定义为“作为共同体主体的共同体式存在的不可能性”[1]，以及“自身内在性的不可能性”。阿甘本将否定共同体、至高性和狂喜联系在一起，强调“*ekstasis*（“狂喜”一词的古希腊语词根——译注）的决定性悖论——即主体绝对的、超离自身（être-hors-de-soi）存在的矛盾之处——在于，体验此种状态的人在感受到此种状态的时刻消失了；他必须在为了经历这个体验而在场的时刻缺少自己（soi）”。

几年后，阿甘本在《来临中的共同体》（*La Communauté qui vient*，副标题“关于任意奇点的理论”）中，展开讨论了经典主体的否定性构想。“经典主体”在此指的是来自于启蒙运动世俗化的理性主体；经典主体是一种纯粹的、全视角的、自治的、不加遮盖的主体，其上叠加了许多属性以及同样之多的品质、限定和覆盖物，以及

1 «Bataille et le paradoxe de la souveraineté», trad. Dominique Garand, in *Liberté*, Montréal, vol. 38, n°3 (225), 1996, p. 87–95.(«*Bataille e il paradosso della sovranità*», in *Georges Bataille: Il politico e il sacro*, Naples: Liguori Editore, 1987.)

同样多具有限定意义的意外事件。主体经原子的逻辑模型或最小的离散单位被构想出来，我们可以提取主体的属性、添加一种或另一种属性，关键在于将其看作实质（substance，尽可能虚空的物质形式）。事实上，它的独特性在于属性的偏移，其本质在于对其空缺的实质进行抽象：它同时是黑人或白人；男人或女人；儿童、青少年或成人；矮或高；聪明或者不聪明；共产主义者、法西斯主义者、民主主义者或无政府主义者；多贡人、布列塔尼人、同性恋（也可以间接地是异性恋），天主教徒或摩门教徒，或许是无神论者，诸如此类。顺便说一下，我们通常所称的“共同体”在日常用语中与这种赋性的行为有关：我们提取一种属性，将其作为共同体。共同体被认为是通过多少带有自愿的方式在一个整体中的剥离过程，主体在共同体以及数量相当的属性中辨认出自己：他属于同性恋共同体、天主教共同体等等，他——带着或多或少的满意或利益——经历着阿甘本所说的“获取资格的酷刑”（le supplice des qualifications）。

因此，如果实质是构成主体真正身份的事物，那么它只能等同于通过我们构想主体并将主体剥离的各种属性。我们只有外部是黑色的，但是，外部同时也是内部的他者和内部的创造。“是-黑人”（être-noir）的意义是什么？它本身（**先验地**）并不意味着什么，我们借助“是-黑人”的历史（**经验地**）来赋予其意义，它的意义就像任何具有重要性的限定条件一样宽泛。相反，作为一种选择，一种不是物质而是精神的限定，“是-共产主义者”（être-communiste）具有意义。“是-犹太人”（être-juif）的特殊性在于它处于十字路口：“是-犹太人”的本身是非意指性的（只有历史赋予其意义），它甚至不是一种物质层面的限定，但可以是一种选择：因为“是-犹太人”的身份可以被选择，而我可以通过改信犹太教具有“是-犹太人”的性质（例如，我不能将自己变为“是-黑人”，也很难“是-女人”；我却可以非常容易地将自己变成女性主义者[1])。关于这个话题，阿甘本同样谈到了各类“社会身份”，比如“选民、雇员、记者、学生，同样也是 HIV 携带者、变装者、色情明星、老年人、父母、女人”，这些都是将个体分割成不同的心理范畴的方式。

来临中的共同体并不涉及本质（essence）。相反，它属于存在的范畴。它将是从本质到存在的过渡，是从潜能到行动的决定性方式。因此，它逃脱了给出其本质的定义，也逃脱了将其剥离的“获得资格的酷刑”。

我们或许应当借鉴一些语言学工具，以充分把握更多地属于集体、而非共同，更多与集体性相关、而非与共同体相关的事物。我们可以继续本维尼斯特关于“代词分析”所做的分析，考察第一人称单数的性质，它既定义了普遍意义上的单数性（singularité，与“独特性”同词——译注），又在单数性中定义了其独特性。我（Je），是我自己；但大家都说“我”，我们共同借用这个语法人称来表达我们的独特性和欲望，表达限定我们的事情和我们的意愿。我的独特性只有通过共同的客观性，通过我对共同的自反性参与——哪怕因为我自己作为最后一个人，因而这个共同只有我自己——才得以构成。

此外，令人惊讶的是，“共同体”这个词已经开始表示与其词源所暗示的意思相反的意义：在日常使用中，“共同体”已经变成了分离（séparer）的事物。或者换种说法：一种区分（distinguer）的事物。共同体是一种分隔（partition）。正如共同体的共同——“共同”当然来自拉丁语 *cum*，意为“与”——只能是一个排除他者的共同。

1　英国喜剧演员萨沙·拜伦·科恩（Sasha Baron Cohen）创造了一个名为 Ali G 的角色，有些人觉得这个角色非常滑稽，比如他自称是黑人，但实际上并不是黑人。这样一来，他引入了一个与意愿（vouloir）相关的共同体属性，而这实际上是一个身体的属性。

这是因为，共同体在同一个运动中通过分离的方式联合，然而，否定共同体则是在分离之中、在分离的空间——而非被分离的事物——之中联合。

应当将共同体视为对一种不在场的回应。巴塔耶谈到“不足原则”（principe d’insuffisance）和不完整性原则。关于这一问题，布朗肖曾经写道：“存在，是不足的，它不寻求与一个其他的结合，从而形成具有完整性的实质。”换言之，有一种无法找到的共同体的在场，它被感受为一种不在场。布朗肖还写到共同体“包含将其排除的存在的外在性”。它也假定了在共同体中排除自己，反过来说，共同是这种排除的存在，而从这个存在出发，个体才被体验为个体。这也许是狄俄尼索斯式的共同体，确切地说，是在组成之前已经**被分割的**（démembré，根据构词法，也可以表示“没有成员的”——译注）共同体。

阿甘本通过任意奇点——意大利语 qualunque 或拉丁语 *quodlibet*——似乎在进行古老的经院哲学所谓的湮灭（*annihilatio*）的方式，即严格地毁坏所有属性。这只是第一个环节，因为这样的操作不可避免地将奇点作为实质。第二个环节针对 *quodlibet* 中的 *libet*。有一种倾向，或者说是趋向，从奇点走向它所渴望的事物。“谁？”的问题对应着实体（entité），而 *libet* 涉及 *quod*（什么？），涉及它喜欢的、想要的、渴望的、倾向于的事物。

任意奇点是一种没有品质的奇点，但它是一种具有倾向、倾向于或渴望世界的奇点。奇点是一种潜在性，一种有意愿的可能性。当它不生病和尚未痛苦过度的时候，它想要的根本不是这样或那样的属性，而是整体的世界，它被如此领会，以至于可能之整体在原始意义上被接纳。

如果说，所有不存在的事物其救赎的形式，不能够通过巴特比著名的表述“我宁愿不”（I would prefer not to）而被理解，如像阿甘本说的那样，这个表述是与任意奇点联系在一起的，那么应该说，这个表述能够印证“**我宁愿所有事**”（I would prefer everything），不是**每件事**（every thing），而是**所有事**（everything，整体性，不加区分的所有事情）。这个表述中的**我**不是主体性，而是一种态势、一个例子。

“任意奇点”这个概念与阿甘本的“生命形式”（forme-de-vie）思想密不可分。生命形式是一种与其形式不可分离、与其存在方式不可分离的生命。阿甘本将生命形式与“赤裸生命”（vie nue）相对比，后者是一种各种“社会身份”附加其中、从外部构成它的生命。换句话说：任意奇点之于赤裸生命，正如生命形式之于各种“社会身份”。

赤裸生命是归约为最小公分母的约减过程。任意奇点是一切可能**是**、作为可能是的起点，它始终能够采取一个行动或体会一种感受。生命形式是一种潜在的转变行为，而不是赤裸的终极目标。而且，任意奇点是共同体的弥赛亚形象，它之前经受住了虚无主义（nihilisme）的考验，而共同体正是从什么也不想要，或者更准确地说，想要空无（le rien，纯粹主体性的完美之空）的虚无主义中来。

“赤裸生命”指一个人减去所有限定他的因素之后剩下的部分，而任意奇点是具有人类实质的性质、**趋向于**所有属性整体的事物。难以用简单的、可理解的方式把握任意奇点这个概念的原因在于，它是在一条“内涵的”逻辑（logique «intensive»）、而非同一性逻辑（logique d’indentité）中被说出来的，这一条逻辑因此规避了任何身份性的逻辑，正如本文所讨论的共同体并不具备共同体的性质[1]。

1 这并不意味着阿甘本打算沿用巴塔耶的术语并延续巴塔耶的思考。阿甘本对巴塔耶的许多思考提出了质疑，特别是关于至高性（souveraineté）和共融的问题。重要的是，要理解缺乏共同体如何能产生一个强力的共同体、一个来临中的共同体。

扬科列维奇（Jankélévitch）曾说过，我们看到安放在巴洛克式教堂上的雕像似乎在被定格的同时失去了平衡，仿佛马上就要倒下；任意奇点就是这种在其属性之中、随时会倒下的实体。

*《蒂昆》*

“蒂昆”是一本杂志的名称，也是为编辑这本杂志做出贡献之人的名字（阿甘本也参与了其中一些编辑工作，并未直接参与撰写文稿）。《蒂昆》杂志一共发行了两期，第一期出版于 1999 年，另一期出版于 2001 年。《蒂昆》及其周边的一个分部后来以“隐形委员会”（Comité invisible）之名再度露面，于 2007 年出版了《来临中的反抗》（*L'Insurrection qui vient*）。

《头的难题》（«Le problème de la tête»）是《蒂昆》杂志第 2 期中一篇文章的标题。一个共同体可以通过一个复合身体的模式被观察到，这个身体共享唯一的头脑（esprit）：有一个领袖将“成员”联系在一起，同一个头脑管理着这个巨大的、共同体式的身体。

一个明显是人类共同体的共同体具有基本的共性，从许多方面来看，《蒂昆》正是通过反对以上这种超凡的观念，重新激活了巴塔耶的思想。由于人类共同体的共性在和谐的模式下是无法找到的，因此，这种共性恰恰相反。共同体的共性无非是冲突、斗争，或更明确地说，是**战争**。

这场被勒内·多马尔（René Daumal）称为“神圣战争”的战争，既存在于水平的层面，即物理空间中物质的战争，它也存在于垂直层面，即为了超越的精神战争或为了世界之灵魂（âme du monde）的抗争。于是，隐形委员会自赋一个角色，它要在领土和物质的层面率领《蒂昆》在精神的非物质性、形而上的空间中发起的战争：“我们绘制的世界地图不过是精神的地图。”

这个关于战争、特别是有关内战的想法，是三股运动的交汇之处：朝向普遍国家（État universel）的运动〔这意味着内战必须是普遍的；卡尔·施密特（Carl Schmitt）的影响在此尤为显著〕；朝向世界头部化（céphalisation du monde）的运动，这个运动对应着自身逐渐醒悟的过程，而逐渐醒悟意味着消除头领或者领袖；以及最隐秘的运动，即内部战争，我们可以称之为心理或拓扑学的战争。正如马塞尔·戈谢（Marcel Gauchet）说的那样，宗教的本质在于其起源，而基督教只不过是最先进的精神性（spiritualité），一种完全将世界从神圣中切割出来、为了将世界世俗化而完全将神圣内化的精神性。此后，世界与自身相同，可见的被剥离了不可见的，人得以在其不可见性中内爆（imploser）。

《蒂昆》关于共同体的思考尤为重要，特别是因为该杂志旨在“重新创造另一种共同体的条件”。为什么要重新创造？因为这是一个在共产主义之后（并且在让-吕克·南希之后，南希所谈论的是“解构的共同体”，他希望从基督教共同体及其共融的视角出发，来探讨共产主义）思考共同体的问题。事实上，南希谈到“现代的困难经验：实际上，兄弟神（dieu-frère）他自己正是被隐藏的神（*deus absconditus*）……并且，共同体的神圣本质——或作为神圣本质存在的共同体——本身就是不可能的。”[1]

这个为未来共同体而战的共同体，其众多名字中的一个便是“想象的政党”（Parti imaginaire）：“想象的政党知道，冲突是万物之父［赫拉克利特］。它生活在分散和流亡之中。在战争之外，它什么也不

1　*La Communauté désœuvrée*, Paris: Christian Bourgois, «Détroits»,1999[1986], p. 29.

是。它的战争是一次逃难，军队在战争中被重组、武器在战争中再次被发现。”“想象的政党”是一种掩藏的、战斗性的共同体，由许多隐秘的行动主体组成，他们不是个体，而是起作用的非物质存在。如果借用摄影的隐喻来说，这是等待显影（révélation）的共同体负片（le négatif，与“否定”négation同词根——译注），显影剂（révélateur）将给出它的图像。我们可以从更加具有神学意味的角度去理解“启示”（révélation，与“显影”“显影剂”同词根——译注）的术语，将其与《启示录》结合起来并纳入弥赛亚主义的视野。“尽管其表面极度混乱，”我们在《蒂昆》中读到，“或许正是鉴于这一点，我们的时代本质上是弥赛亚主义的。”

由于《蒂昆》希望将斗争提升到精神的层面，因此根据众所周知的辩证逻辑，与“想象的政党”相对立的是所谓的“可怕的共同体”（Communauté terrible）。此处可说的内容非常多。“可怕的共同体”是一种驱散厄运（apotropaïque）的共同体，它排斥、预防或驱魔。

“因为可怕的共同体不仅仅是社会或政治抗议的共同体、战斗性的共同体，而是在生命政治的民主中寻求作为共同体而存在的一切事物（企业、家庭、协会、朋友群体、少年帮派，等等）。”

《蒂昆》部分沿用了阿甘本的术语体系，并在朝着加剧不可见事物和不可见暴力的方向拓展它的观点，谈到其期望的共同体，《蒂昆》杂志上的文章写道：

“共同体从来不是指一些独立于它的世界而被构想出来的体（corps）的集合，而是指这些体之间以及这些体与它们的世界之间的关系所具有的某种特定性质。共同体，从它想要化身为一个可分离的主体、一个独立的现实，从它想要将一个外部与其内部之间的分离物质化的时候开始，将面临自身的不可能性。这个不可能性之点就是共融。共同体面对自身的完整在场，也就是共融，与奇点关系中任何共同体的散逸（dissipation）、与它有形的缺失是一致的。”[1]

换言之：共融具有超越共同体的性质，正因如此：“共同体从来不是在场之人组成的共同体。”

这个共同体的观念超越阿甘本，借鉴了否定共同体的观点。但是，阿甘本的重要贡献在于限定了一种可能具有这种否定性（négativité）其性质的奇点。

这样便勾勒出一个不涉及谓词（prédicat）、亦非存在物（l'être-quelque-chose）或实体（quiddité）的共同体，它更关乎一种伦理（*ethos*），一种存在方式，这种方式是一种感知和感觉的方式、一种世界观。这样的安排，这个习惯会走向什么？走向“良好的生活”和幸福，可是，对这群如星星一般组成“蒂昆”的人来说，有一句表示能让我们想起乔治·巴塔耶在三十年代提出过的想法，那就是“应当将幸福变成一种具有攻击性（offensive）的观念”。

1 «Introduction à la guerre civile», *Tiqqun* 2, 2007, p.7.

# 三

# 每一次的古怪，都是世界的终结。忧郁与共同体——对让-吕克·南希与拉斯·冯·特里尔的交叉阅读

科里·斯托克韦尔

“神啊，我真可悲。”——卡尔·奥韦·克瑙斯高（Karl Ove Knausgaard）

《我的奋斗》（*My Struggle*）2.143

如果说人们都很古怪（bizarre），他们究竟有多古怪？又是怎样的古怪？“人们很古怪”是让-吕克·南希非常著名的一本书《独一复多的存在》（*Être singulier pluriel*）中的一个章节标题，该书对共同体提出了非常重要的思考，书中涉及一个先于个体存在的共同体：对南希来说，共同体并非决定要建立彼此的关系、进入社会或集体的一群人；相反，共同体——如果有的话——指的是“我们”在“他”“她”“我”之前的存在。用南希的话来说：“既在（étant）的多样性是存在（*être*）的基础层面。”

然而，从某个视角出发，古怪也意味着断绝与共同体的联系。为什么？因为古怪的人通过做一些陌生（étrange，含“奇怪”之义，此处译法与下文 étranger 保持一致——译注）——他们的所作所为正是这个词的确切含义——的事情，从而走出了共同体，并且因为，一旦他们开始表现出古怪的行径，共同体的其他“成员”就会认为他们是陌生人（étranger）。这一点非常明显，不过很容易遭到批评。但是，

这种终结（fin）会不会有可能也是共同体的唯一可能——只有到了行将终结（prendre fin）的那一刻，共同体才开始、才存在？

为了回答这些问题，我将谈到南希，还会谈到一部电影和其中的一个角色。这部电影是拉斯·冯·特里尔（Lars von Trier）的《忧郁症》（*Melancholia*），此外谈到的还有影片的女主人公（虽然并不确定）朱斯蒂娜（Justine）。她的古怪是肯定的，可确切地说，是以怎样的方式呢？有一个非常简单的答案：我们可以借用电影的标题说她是忧郁的（mélancolique），或者像今天常讲的那样，说她患上抑郁症（dépressive，这么说的同时牺牲了“忧郁”这个词的丰富内涵）。她的抑郁症，是毫无疑问的：在电影的前半部分，在她的婚礼派对上，她一直在与她心中感到的悲伤作斗争；电影的后半部分开始，她由于抑郁症的缘故完全陷入了瘫痪，几乎无法动弹。可是，她的悲伤从何而来？

让我们回想一下，《忧郁症》是一部以世界终结（fin du monde）为主题的电影：电影标题不仅指朱斯蒂娜的心埋状态，它还是一个“流氓”行星（planète «voyou»）的名字，Melancholia（与英语中忧郁症为同一单词——译注）行星已经脱离了自己的轨道，它在漫游宇宙的过程中随时可能撞到地球。根据科学家们的观点，几乎没有发生这种情况的可能性；他们认为可能会出现一种“逼近飞行”（fly by）：比地球大得多的 Melancholia 行星会来到与地球非常近的地方，然后稍稍调转方向，继续穿越太空。然而，有一个在互联网上非常活跃的少数派，他们一直谈论两个星球之间的“死亡之舞”（dance of death）；这些人的观点是，Melancholia 星球起初会“逼近飞行”，而后会绕着地球转圈——好似两个星球共舞——最后摧毁地球。

显然，这件事在人们中间引发了很多恐惧的情绪，对于朱斯蒂娜来说并非如此，她对这个消息一点也不感觉到困扰：行星对撞看起来越有可能，她就变得越来越“满意”，越不感觉难过。这是为什么？二者之间只是一种单纯的对应关系：如果说忧郁症患者总是梦想着世界终结，那是因为世界对他们来说不再有意义，不再具有内在连贯性；他们缺少的是作为一个（事物和存在之）整体的“世界”：正如冯·特里尔的电影《反基督者》（*Antichrist*）中狐狸说的那样，类似一个个“混沌王国”（chaos reigns）。关键问题或许不在忧郁之中的混沌，而更像是意义的湮灭（anéantissement），这意味着随着（导致湮灭的）行星逐渐逼近，朱斯蒂娜的世界开始“有意义”，这也许是她一生中第一次。

朱斯蒂娜如此期盼世界末日到来，我们对此应该如何解读？首先，世界终结揭示了许多神话的元素。我们之前提到的“死神之舞”（danse macabre）是一个中世纪的母题，它指向每个人面对死亡时的平等：无论我们的生活质量如何，我们最终都会到达同样的地方——换句话说，我们所有人有着同样的终结。其内涵并不仅仅局限于此。大家应该记得，这部电影是一部谈论星星的电影，特别是关于其中一颗名叫 Melancholia 的星星。然而，有一颗叫 Melancholia 的行星，我们认识它已经有很长的时间了，它的名字叫土星：正如潘诺夫斯基（Panofsky）所言，“土星，即忧郁之星”。我们从古代便知道，出生于土象星座出生的人更有可能变成忧郁之人。与此同时，他们更有可能被天赋触动：最著名的例子可能是马尔西利奥·费奇诺（Marsile Ficin），他意识到自己的忧郁既是风险、也是机会，忧郁既给了他不幸，也给了他天分。忧郁之人，也是具有巨大创造力的人。

既然如此，朱斯蒂娜在创造什么？她创造的，是世界之终结，即整体的湮灭。

应当肯定的是：如果 Melancholia 星球撞上地球，那是因为朱斯蒂娜，也只可能是朱斯蒂娜的缘故。一方面，我们的断言存在谬误：毕竟两个行星之间发生的事情是一种天文现象，与一个人没有任何关系。然而，如果考虑到电影的深层逻辑，情况确实如我们所说。有一组镜头（séquence）值得仔细考察。天黑了；朱斯蒂娜的姐姐克莱尔站在她家房前；她忧心地望着天空：左边是月亮，右边是 Melancholia。突然，朱斯蒂娜走出屋子，开始朝行星走去。克莱尔跟着她来到森林里，后来有一段时间还跟丢了。再次发现朱斯蒂娜的时候，克莱尔大吃一惊：朱斯蒂娜正躺在岩石上，身旁是一条小溪，她全身赤裸，沐浴在蓝色的光芒之中，这个光芒当然是来自 Melancholia 的。为了保持神话的调性，朱斯蒂娜成为一种吸引 Melancholia 靠近地球的奇异护符——说到底，两个行星之间的"舞蹈"，即 Melancholia 绕着地球转，从科学的角度来看是不可能的。在朱斯蒂娜和行星之间存在一种吸引力，如果说朱斯蒂娜吸引 Melancholia，是出于一个非常明确的原因："世界很邪恶"，就像她对姐姐说的话，"没有人会想念它"。似乎是一种救赎的神话。

但是，这不是一种救赎，因为没有什么能被拯救：这是整体的终结、完全的破灭（annihilation），这就是朱斯蒂娜想要得到的。非常简单，是终结——是世界的终结。

有人可能要说，世界的终结让讨论、交流、共同体成为不可能，除此之外，我们无法再谈出什么新的东西。然而，最伟大的共同体理论家——当然，我指的是南希——其被评论最多的一本书正是从这个主题开篇。《世界的意义》（*Le Sens du monde*）的第一章取题"世界的终结"。看上去可能很陌生：如果我们以结束开始，还怎么能去谈论世界的意义？实际上，我们可以在南希和冯·特里尔之间建立一种联系，因为后者也是以结束开始。电影《忧郁症》由两个主要部分组成，从某种程度上说，影片还有第三部分，也就是电影开场的十六个镜头；每个镜头都预示了电影中即将发生的事情。最后一个镜头是世界的终结：即 Melancholia 和地球的对撞。在这个镜头中，“对撞”这个词可能并不准确，因为地球几乎保持不动；唯一的运动来自 Melancholia：我们可以说，是它在追逐地球，为了摧毁地球不断地寻觅它，仿佛地球就是它的猎物。

但是，如果这种世界终结算不上一种敞开（ouverture），那它又是什么呢？换句话说，存在另一种理解世界终结的方式。一方面，它是整体的破灭，一切完结了、结束了。然而，南希和特里尔以各自的方式似乎同时在说另一件事。他们好像在说一些有关共同体的事情，它可能是：那些对共同体感兴趣的人，那些想要将共同体变成一个名副其实的共同空间的人，必须“向终结敞开”（s’ouvrir à la fin）：它必须敞开于一种可能性（不只是可能性，它是正在逼近的事情，虽然从遥远而来，但它一直在逼近），即世界即将终结；它必须面对每时每刻威胁着我们的终结，就在那里、处于我们面前或背后的终结。这也许是对南希在《世界的意义》中所说的“存在于”（l’être-à）的另一种思考方式：这个可以称之为“敞开于”（l’ouvert-à）的事物（或者人）无法选择，没有权利选择它即将敞开于何事物；敞开（ouvert）意味着对一切都敞开，包括终结，还有敞开于一种绝对的、没有救赎的终结。

但是，世界终结涉及的不仅仅是敞开，而是“消除阻隔”（«déclosion»）。我借用的是南希提出的新词，南希解释时说，“消除阻隔”不是我们习惯于想象的、朝向外部或向别处的敞开；消除阻隔，是一个存在朝向自己、敞开自身的运动，通过这个过程，存在成为自身的敞开——借助这个过程，存在向它“自己”的不恰当性（impropriété）敞开。然而，这恰好是电影开场（ouverture，与“敞开”为同一单词——译注）时发生的事情。

我们在看到 Melancholia 靠近地球的时候，能够非常清楚地理解这一点。Melancholia 是一颗巨大的行星，非常之蓝，颜色比地球的蓝色稍浅（二者放在一起看，它好似地球的一个更“纯净”的翻版）；其上还有白色，甚至可以说是一片片云。因此，我们立即非常清晰地明白了一点，Melancholia——与土星不同——并不是真正意义上的、**另一颗**行星：它可以说是地球的替身，它更像是对我们这颗行星一种不够精准的映照，是对我们的共同空间的——进而是我们的——一个畸形的扭曲。正是我们——我们的某一个翻版——在毁灭我们，它是我们自己、我们的世界的一个忧郁的翻版；这是一种死亡之舞，我们借助它敞开于身上那个忧郁的部分。如果是这样，我们也必须说，正是通过这种敞开，我们才能向自己的天分敞开——天分并不意味着我们的智力、已经习得的技能，而是我们的创造力，一种不超越技能、居于技能范畴之内的力量：它就是向后迈一步（就像跳舞一样），从而看到我们身上已经存在、已经在行动之中的天分。它又是一种正在被创造出来的事物，只要我们不把创造构想为添加到世界的某种事物，而是摆脱了这个世界——向它敞开——的事物。不是向其他事物敞开，而是我们身上已经存在的开口（béance）共消除阻隔的过程——这个开口并非作为一种缺失，而是一个属于我们的、本质的部分，它的作用是用来逃离……我们。

这个敞开没有什么复杂之处（甚至太过简单……）。我们每每做出意料之外的事情、做出不遵循一个状态、一个现在的逻辑之事的时候，这个敞开就是马上来临之事。因此，它就是一种世界的终结，是我们对世界的期望的终结；是一种破灭、一种灾难。它是共同体的不可能性，与此同时，也是它的条件。它古怪的一部分。

# 第二章　共同体的多元实践

## 四

## “白痴管弦乐团”
## ——兼谈真糟糕管弦乐团与克赛尔斯的作品

摩根·拉巴尔

通常而言，白痴（idiotie）具有排他性。当我们说“这很白痴”的时候，我们让讨论对象失去了资格，把它从“应该”存在的场域中剔除出去。希腊语中的 *idiotes* 指普通人，也就是没有受过教育亦不掌握特殊能力的人，他们缺乏参与城市生活所需的能力，因此被排除在城市之外。在 19 世纪，白痴是一种临床诊断[1]：即导致社交能力不足的智力缺陷或缺失。但是，如果说白痴将人排除在外，那么装傻则将人纳入其中。装傻的前提条件是有一个接受和承认这种假装

1　在《论精神疾病》（*Traité des maladies mentales*，1838）中，让·艾蒂安·多米尼克·埃斯基罗尔（Jean Étienne Dominique Esquirol）将白痴定义为一种先天或遗传的心智缺陷，与后天获得的痴呆症相对。*Cf.* Robert Samacher (dir.), *Psychologie clinique et psychopathologie: premier et second cycles universitaires,* Rosny, Bréal, 2005, p.71–73. *Cf.* également Arrieta Léonardo, «De certaines variétés de l'idiotie. Aux origines des pathologies psychiques de l'enfance», *Cliniques méditerranéennes* 2/2007 (n° 76).

愚蠢的公众、群体或共同体。艺术家装傻，是拒绝加入常识组成的共同体，所谓的常识包括操行良好、行为正常、具有良好的推理能力。装傻、扮演白痴的角色因此成为一种策略，旨在揭示这些排他的过程（processus d'exclusion）并将它们转化为包容的因素（facteurs d'inclusion）：那些因为他们的白痴（无能）而聚集在一起的、以白痴为乐或消遣的人组成了共同体，站在这种共同体对立面的，正是由专家们以及那些知道该如何行动、思考才对的人组成的共同体[1]。

本文探讨白痴与共同体之间可能具备的联系，并且重点关注一个已经形成的群体其包容和排斥问题。我们在文中谈到的白痴，指的是无能、失败和无价值；这一点将从两个"白痴管弦乐团"的案例入手而展开，准确地说，这些乐团并不是愚蠢的乐团。第一个案例来自音乐界：这是一个由苏格兰音乐爱好者组成的真糟糕管弦乐团（Really Terrible Orchestra，RTO），自 1995 年以来因故意演奏得很糟糕反而广受欢迎。2007 年，该乐团在伦敦卡杜甘音乐厅（Cardogan Hall）演出，而该音乐厅的驻场乐团是有名的伦敦交响乐团。2009 年，真糟糕管弦乐团在纽约城市政厅（City Town Hall）演出，现场座无虚席。第二个案例是美国艺术家马丁·克赛尔斯（Martin Kersels）于 2005 年在巴黎的乔治-菲利普与纳塔莉·瓦卢瓦（galerie Georges-Philippe et Nathalie Vallois）画廊举办的展览，展览主题为"献给白痴的管弦乐"[2]（«Orchestra for Idiots»）。

---

1 *Cf.* Jean-Yves Jouannais, *L'Idiotie, art, vie, politique – méthode*, Paris, Beaux-arts SAS, 2003.

2 马丁·克赛尔斯来自加利福尼亚州，曾在洛杉矶的加州艺术学院学习并任教，他的导师和同事包括保罗·麦卡锡（Paul McCarthy）和克里斯·伯顿（Chris Burden）等人。克赛尔斯目前是耶鲁大学艺术学院（*Yale School of Arts*）的雕塑系教授。他的作品曾在蓬皮杜艺术中心和纽约惠特尼美国艺术博物馆等展览中展出。他的作品在法国由巴黎乔治-菲利普与纳塔莉·瓦卢瓦画廊代理。

白痴管弦乐团、无能（incompétents）乐手组成的管弦乐团、非专业（non-professionnels）乐手组成的管弦乐团——其中一个由非音乐从业者，另外一个由非艺术从业者——尽管这两个说法非常不同，但它们都可以成为思考作为共同体要素的无能（incompétence）与非专业化（non-professionnalisation）的契机。此外，还能思考是否关乎创造反共同体（contre-communautés），也就是与分享品味、知识、技术本领、那些封闭的群体相对立的共同体（即这些管弦乐团）。这些白痴管弦乐团能否成为对机构的嘲弄，而这些机构正是文化资本的分配者，是手握着允许别人做出“这属于艺术”判断的钥匙（或密码）的人？通过质疑艺术品这一范畴，以上这些问题对于品味的本质、判定何为高雅（arbitres des élégances）的共同体及其存在提出了质疑，而这个共同体的成员，是一群由拥有权力决定什么属于艺术、什么不属于艺术领域的人。

选择管弦乐团并非出于偶然：它是一种传统形式，其特点是它的社会功能，如果没有礼节（*décorum*），没有规则，它也不存在。它的对立面是朋克乐团。管弦乐团代表了一整个世界，一种有组织的、等级化的社会观。因此，对于克赛尔斯和真糟糕管弦乐团来说，他们想要揭示定义艺术的社会和制度机制，同时质疑这种定义的社会功能：聚集在管弦乐团周围的人都有谁？我们借艺术之名聚集的是哪些人？[1]

真糟糕管弦乐团是由知名作家亚历山大·麦考尔-史密斯（Alexander McCall-Smith）于 1995 年在爱丁堡创办的乐团，亚历山大在业余时间还是一名巴松管演奏者。起初，这支乐团像英国许多业余

1 这里借用了蒂埃里·德·迪弗（Thierry de Duve）的表述“艺术之名”（«nom de l’art»）。*Cf. Nominalisme pictural*, Paris, Minuit, 1984；*Au nom de l’art, pour une archéologie de la modernité*, Paris, Minuit, 1989.

乐团一样，吸纳了一群共同怀揣着演奏心愿的非专业乐手，他们并不关心演奏的好坏。这个乐团的指挥由理查德·内维尔·托尔（Richard Neville Towle）担任，他指挥乐手在演奏的时候，用的是简化、重新编排、通常专供业余乐团使用的乐谱。

乐团的发展相当迅速，特别是在2000至2010年代中期，乐团开始得到观众非常积极的反馈，尽管他们演奏质量较差，差强人意的演奏片段屡屡出现，节奏与音调的突变更是屡见不鲜。低质量和屡次反复的演奏错误成了一种营销策略：不仅要容忍无能之举，反倒还要推广它。

我们在真糟糕管弦乐团的网站上可以读到以下信仰宣言，这段话同样出现在乐团每场音乐会的宣传册上：

> 真糟糕管弦乐团的存在，是为了鼓励那些因缺乏才华或其他因素被迫放弃演奏音乐的人们，鼓励他们在与受到类似影响的演奏者的陪伴下继续演奏音乐。我们乐团的方针，是不再划分演奏能力的熟练等级，不再区分各类音乐形式或拍号。真糟糕管弦乐团期待进一步降低标准，以此突显对贴近大众与实用的承诺。

这段文字坚持认为，乐团具有贴近听众以及开放的特性。它的宗旨是为每个人提供演奏机会，确保没有人被禁止演奏。这样，古典音乐便成为所有人可以进入的领域。然而，这种大众化的考虑和贴近大众的说辞并不具有社会学批评的性质，后者主要针对的是某个群体对“高级文化”（haute culture）的主导地位。真糟糕管弦乐团呼吁停止自我审查（s’autocensurer），这种呼吁背后的想法是，不能因为我们自觉没有进入博物馆或音乐厅的权力，或是因为我们没有理解展品或音乐的钥匙，抑或没有掌握规则，就不能走进博物馆或普莱耶尔音乐厅（Salle Pleyel）。真糟糕管弦乐团的成员完全掌握这些规则。相反，对他们而言，陌生的是技术，他们没有掌握技术。因此，这个乐团并非质疑阶级的文化。他们的观点不是批评性的，而是以娱乐为主要目的。

正是在这一点上，应当区分朋克的传统和真糟糕管弦乐团所代表的、贵族式的业余精神（amateurisme）。前者是一种带有政治维度的文化批评传统，通常具有无政府主义的倾向（anarchisant），它与某些前卫音乐运动一样[1]，基于一种政治意识——即文化是一种阶级现象——并且演奏得不好，或者说，是不去试着“好好”演奏。至于真糟糕管弦乐团，它延续了音乐爱好者（amateur dilettante）的传统：这种传统反对古来有之的闲暇 / 商业（*otium / negotium*）二分的专业主义（professionnalisme）：真糟糕管弦乐团不要把爱好变成职业，他们明确区分享乐和实用。演奏音乐应该仍然属于享乐的范围。事实上，真糟糕管弦乐团的成员并不是一群倡导音乐创作新方式的前卫艺术家。他们大多数属于较高的社会职业阶层：律师、医生、教授[2]。亚历山大·麦考尔-史密斯不仅拥有成功作家的身份，他之前在爱丁堡大学担任教授，讲授法律，目前已经荣休。真糟糕管弦乐团的无政治性（apolitisme），从某种方式上看，其实是某个阶级不问政事的态度。

但是，我们需要甄别这种非常——也许过于——截然的观点。尽管我们可以出于政治和意识形态的原因，责备娱乐至上主义（ludisme）压倒了批评的声音，仍要注意的是，真糟糕管弦乐团对它

---

1 *Cf.* Francesca Brittan, «Cultures of Musical Failure» dans Peter Nicholls et Sara Crangel (dir.), *On bathos. Literature, Music, Art,* Londres-New York, Continuum, 2010.

2 *Ibid.*

娱乐至上的精神绝对负责，这种精神甚至是它的基本元素之一。当我们强调真糟糕管弦乐团是一种阶级的娱乐时，我们忘记了它的一切建立在失败、毫无才华、没有能力的观念之上，这些因素往往还能产生滑稽的效果。在破坏交响乐团这个“神兽”时，甚至能感到某种倒退的快感。放在道德的领域，本属于污秽的事物——如果借用乔治·巴塔耶的词汇——在这里完全因为显露出娱乐至上的精神、主张非批判性（non-critique）而被消解。他们没有任何瞄准的靶子。本该是靶子的、矫揉造作的交响乐队消失不见了。最开始的时候，真糟糕管弦乐团可能被认作一种戏仿（parodie），现在却成了一个完全独立的实体。它并没有与传统乐团形成竞争，也不试图取笑后者。它的效果在于各种让听众入迷的失真（distorsions）效果，让他们置身于类似悬疑电影观众的处境：一边神经紧张地等待着，一边意识到某些事情会发生，但不知道会发生什么、发生在谁身上以及在哪个时刻发生。

所以，真糟糕管弦乐团是一个松散、灵活、基于开放的共同体。这也是它必然是非专业化的原因所在。在对无能进行审美（esthétique de l’incompétence）的过程中形成了共同体，而在更深的层次上，这种审美与意识到自己——在传统的标准下——做得很差劲。乐团的名字正是由此而来——Really Terrible Orchestra。美国艺术家马丁·克赛尔斯探讨了相关主题，根据他的观点，白痴管弦乐团与惯常的经典乐团之间的关系可能更为紧密。

马丁·克赛尔斯是美国艺术家，1960 年出生于洛杉矶。他现在在耶鲁生活和工作，但他的整个职业生涯都在家乡加利福尼亚州度过。在 80 年代，他是一个兼具疯狂与滑稽的表演集体 SHRIMPS 的成员。到了 90 年代，他的艺术实践分为用于摄影的行为艺术和物品创作。在他的摄影行为艺术中，他经常利用自己异常庞大的身体。有些照片呈现了他直挺挺地——面朝下或仰着——倒下的过程[1]，另一些则捕捉了他将朋友抛向空中的瞬间（*Tossing a friend*，1996年）。在物品创作方面，马丁自90年代中期开始制作一系列雕塑作品，将低成本（*low-cost*）技术产品（扩音器、麦克风、小型马达）和各种回收物品混在一起。这些作品介于机器人和雕塑之间，通常会产生声音，这些混合体（hybride）借助技术来产生与自身并不相称的效果：缠上许多电缆只为了发出一个微弱的声响，给人留下一种近乎可笑、奇异的印象。近段时间，这位艺术家在探索声响和音乐问题的同时，通过干预的方式重新定义了在他的实践中雕塑与表演的边界。《五首歌》（*Five Songs*）是2010年在纽约惠特尼博物馆（Withney Museum）双年展上展出的装置艺术品，由五个白色、黑色和橙色的模块组成，这些模块可用作乐器。这些元素构成了雕塑场景，等待着表演者、音乐家或歌手来激活它们。这件作品只存在于一种现场（live）激活的张力之中，而展出的空间里出现一个或多个活动的身体，才能使现场激活成为可能。

几年前，巴黎的乔治-菲利普与纳塔莉·瓦卢瓦画廊展出的“献给白痴的管弦乐”展览已经预示了这些问题。这场展览由20件左右介于家用工具（bricolage）和现成品（ready-made）之间的雕塑乐器（sculptures-instruments）和8张照片组成。雕塑用简单的材料组成，如木板、螺钉、链条、弹簧，还包括日常用品，如餐具、充气床垫专用的脚踩打气泵、乒乓球拍等。它们的目的在于被启动并发出声音。只有当展示空间中神圣不可侵犯的“请勿触碰”（拉丁语 *noli me tangere*）遭受质疑，作品才具有意义[2]。

---

1 *Falling*（1994）组照拍摄的是他仰着倒下，*Tripping*（1995）组照拍摄的是他趴着摔下。

2 基于杜尚作品《请求触摸》（*Prière de Toucher*，1947）开辟的视角，哪怕本文涉及的问题完全不同。对于克赛尔斯来说，他的目标是让观众成为作品主角，作品更接近乐器而非雕塑，而杜尚的目的主要是愉快与色情的挑逗。

马丁·克赛尔斯作品展“献给白痴管弦乐团”现场，2005年摄于乔治-菲利普与纳塔莉·瓦卢瓦画廊。鸣谢乔治-菲利普与纳塔莉·瓦卢瓦画廊。

为了不让人们错过这些作品“雕塑乐器”的身份，作品旁边配有8张照片，照片用来展示它们的使用方式。照片的标题直接指向这些奇怪物品的功能：因为每次在照片中所见到的，先是照片里的人的姓名，后面紧接着写上“乐团成员”（Members of the Orchestra），同他们一起摆造型的则是一把把乐器。背后是黑色衬景，照片中的人正襟危坐，有时甚至露出笨拙的神态，跟音乐会上演奏家们与乐器一起摆出的造型一个模样。从“艺术照”片的角度来看，这些照片笨拙、质量很差，它们类似于一种戏仿，亲切地拿专业音乐家们的肖像照开玩笑。但是它们提升了作品的模糊程度：从表面上看，这些艺术品似乎确实可以用作乐器。那么，马丁·克赛尔斯的提议是否具有讽刺的意味？初步的答案是否定的：这位艺术家的主张是一个真正的、为了白痴而组建的管弦乐团。他在预展当晚——更具体地说是“音乐会”上——组织的表演便能证明这一点。克赛尔斯站在“白痴指挥台”上，手拿乒乓球拍指挥一段愚蠢的交响乐，前后大约有七分钟的时间。

显然，白痴在这里被赋予了正面的价值。克赛尔斯将白痴描述为一种“让你与周围的人不同”的活动[1]。正因如此，克赛尔斯的表演被认作一种解放性的、摆脱束缚的时刻，其中的每个人都可以成为音乐家，参与正在创作的音乐。但是事情并不像它们表现出来的那样、也不像标题所暗示的那样白痴。

被问及这些作品的灵感来源时，这位艺术家解释道，他研究了电子音乐出现之前无线电广播中不同音效的产生方式。马丁·克赛尔斯将一些20世纪上半叶发明的、专门用于制造声响的机器改装成了非常个人化的、白痴的版本。最近，由音乐家、乐团指挥彼得·艾杜（Peter Aidu）创立的音乐实验室（Music Laboratory）准备根据档案材料记录的、这批20世纪20年代在苏联出现并被投入使用的机器，重新制造这些机器。2009年以来，这些“乐器”出现在俄罗斯（莫斯

“声音机器”，创作者：弗拉基米尔·波波夫（Vladimir Popov），1920年前后。由彼得·艾杜和音乐实验室重新制作。柏林贝塔宁艺术之家，“Z世代：新声”展览现场。本文作者摄制。

1 Martin Kersels, Conférence-performance au Centre Georges Pompidou le 2 avril 2014.

科、圣彼得堡、符拉迪沃斯托克）巡展“声响重建”（Reconstruction of noise）中，在 2012 年 1 月，又出现在柏林新媒体艺术节（festival CTM）的展览“Z 世代：新声”（Generation Z: renoise）上。

这些物品的功能与马丁·克赛尔斯作品展上的物品完全相同——每个物品都可以产生不同的、可识别的声音。譬如，这些俄罗斯的机器可以完美地模仿出机车头的声音[1]。但是，彼得·艾杜的音乐实验室采用的文献方法，与加州艺术家采用的艺术（或许还有社会的）方法形成了截然的对立。如果说这些雕塑-乐器其中一部分是对声音机器的直接模仿——其目的和结构非常相近，它们与克赛尔斯的雕塑在外观上明显不同。前者是简单的、原始的、朴素的装配艺术品。后者涂上了鲜艳甚至刺眼的颜色，明显来自手工活动。它们给人的感觉，仿佛是在洛杉矶当地随便哪一幢房子的车库里被造出来的。克赛尔斯的作品则来源于一种游戏性质的、感情丰富的手工，与音乐实验室对同样乐器的科学性重建中带有的朴素形成了对比。

克赛尔斯的器具碎杯机（Cup Breaker）无疑能明确地体现这种差别：地上的杯子和碟子是用来被扔进器具中并被打碎用的，一旁出现的茶壶更是增强了整体离奇的特性。

“白痴”这个术语是否会引发曲解？克赛尔斯的幽默是一种“冷面笑果”（pince-sans-rire）；他在呈现的作品中融入了一种不确定性，这种不确定性在实现严肃“闹剧”（slapstick）效果的同时，引导观众

1　参见 *Generation Z: renoise* au Künstlerhaus Kreuzberg（柏林贝哈尼亚艺术中心，2014）的展出目录以及安德烈·斯米尔诺夫的专著（Andrei Smirnov, *Sound in Z. Experiments in Sound and Electronic Music in Early 20th Century Russia*, Cologne, Walther Koenig, 2013.）。正如乔治-菲利普与纳塔莉·瓦卢瓦画廊展出的克赛尔斯作品，“音乐实验室”重建的机器在柏林展览时，可以由观众演奏：请触摸。有些音乐家太过热情，敲破了鼓面，一些机器很快就无法使用了。

发笑，同时怀疑自己是否应该微笑[1]。

“闹剧”是一种物理层面的幽默形式；好比有人的脸上被砸了一个奶油馅饼而被我们取笑。“闹剧”即便再有趣，也往往带有恶意、毫无原因，带有一些剧烈的程度。因此，制造声音一并带来的暴力或侵略性，与“闹剧”的运作机制有一些相近之处。除此之外，不可否认的是，马丁·克赛尔斯呈现的作品中有一种享乐的、退化的维度，可以通过物理层面的幽默对其进行思考：制造噪音、打碎物品、拿椰子壳当玩具。正是这些享乐的、退化的方面能够解释音乐会的名字“献给白痴的管弦乐”。我们不禁要问，克赛尔斯组织的“音乐会”上即兴演奏的音乐家，与拿着专门用来发出声响的玩具而产生声音——有时还很激烈——的孩子，二者有何区别。二者的相近之处显然在于物理的层面，也就是制造声响过程中对身体的动用（sollicitation）：借助器具的身体是制造性的。但是，物品作为中介是白痴的，因为产生的声音很简单，几乎没有经过雕琢——与真正的乐器产生的声音有所不同。

那么，是否应该把这位加州艺术家的作品重新归入绝对是现代的、艺术家-儿童（artiste-enfant）的传统中，就像兰波被白痴的油画画作所吸引一样？这种对童年的渴望，对真实性的渴望，对回归童年可以实现的自由的渴望，现代艺术中有一整块领域受到了它们的驱动。马丁·克赛尔斯耍弄艺术退化（régression artistique）的传统，正是通过儿童的形象却又不完全依附于它。不受拘束地演奏一个白痴的器具，不算纯粹的“闹剧”，也不是纯粹物理层面的幽默，亦非简单

1 参见萨拉托加泉唐氏教学博物馆与斯基德莫尔学院画廊（Saratoga Spring, Frances Young Tang Teaching Museum and Skidmore College Art Gallery）马丁·克赛尔斯展 *Heavyweight Champion* 展出目录中与伊安·贝瑞（Ian Berry）的对谈。马丁·克赛尔斯提到：“对我来说，灵感从巴斯特·基顿（Buster Keaton）那里来的，他跟卓别林滑稽搞笑正好相反。我喜欢冷面幽默那种倒霉蛋的感觉。”（第22页）

的退化；关键是装出与它们相关的样子。

率领着“献给白痴的管弦乐”的克赛尔斯并未将管弦乐团/听众拖入不受控制、具有无政府主义倾向的声音狂欢。恰恰相反，他的交响乐是朴素的，是校准好的[1]。展览之前有一场彩排，演奏者不是从预展随便挑选的观众，而是画廊的负责人和作品常驻画廊的艺术家（如阿尔曼、塔蒂亚娜·特鲁韦、理查德·杰克逊）[2]。正是如此，我们才有思考严肃“闹剧”的可能性：主要内容在于外观滑稽、白痴、至少算得上荒谬的机器发出的声响，而声响的制造属于一种物理层面的幽默。一方面，这些声响被制造出来的背景，是一种改变了真正管弦乐传统布局的舞台设景（演出的时候，艺术家指挥站在指挥台上摆出镇定的神色，“乐团成员”的照片更是强化了他给人的感觉），另一方面，这些声响是在精确计算、精细、分寸之中被制造出来的。表演永远不会转变成为狂欢，也不会成为一个喧嚣、节庆的宣泄场所。它有一种规律，朝着从未抵达的退化状态时刻保持着一种张力。现场包含着一种退化的、享乐性的远景，而它仅仅维持在远景的状态，虽然无处不在，却无法全然抵达。

通过管弦乐团，马丁·克赛尔斯提供了重新思考共同体的某些形式，与集体之间的关系的可能性。在现代艺术领域，在博物馆或画廊中，大家接触不到——本义与引申义层面上的——作品[3]。一个作品，

1　特此鸣谢乔治-菲利普与纳塔莉·瓦卢瓦画廊，我有幸听到预展前一天晚上由艺术家指挥的七分钟音乐会录音片段。

2　这些信息由瓦卢瓦画廊的玛丽安娜·勒梅泰耶（Marianne Le Métayer）提供，勒梅泰耶也参加了音乐会。

3　上世纪60年代进行了一些实验，特别是巴西的新具体主义（néo-concrétisme）艺术家的实验。莉吉娅·克拉克（Lygia Clark）的“野兽”（*Bîchos*）为金属雕塑，这部作品实际上由观众掌控，整体基于感官——严格来说是美学的——视角，而克赛尔斯的作品是出于实用主义和使用的视角：操纵物品以产生声音（作品因此具有了功能）。与此同时，莉吉娅·克拉克的作品调动的是触觉而非视觉，邀请观众操纵作品并从触觉的角度对其探索。

即便被认为是一个玩笑，也会保持严肃。通过从根本上质疑**高雅**与**低俗**（*high* and *low*）、高级文化与大众文化、严肃文化与滑稽文化之间的差别这种具有加州特质的传统，克赛尔斯将现代艺术活动（它发生在画廊，即先天具有商业性质的一个场所）转变为有些不羁、故作白痴的行为艺术。但是，这种白痴不应该被理论性话语所利用（或者不要过度利用），以至于被后者用来批评这、批评那，因为在它自身的存在之中，白痴拒绝连贯的、理论的、概念性的话语。

因此，真糟糕管弦乐团和马丁·克赛尔斯的工作在触及观众社会学的同时，使我们能够思考共同体。这种干预源于对艺术界的观察，并认为艺术界不应该是一个限制性意义上的群体，但它造成了事实上（*de facto*）的排斥。真糟糕管弦乐团和马丁·克赛尔斯提出的各种共同体，首先将自己认作反共同体（由白痴和无能之人组成的共同体），与此同时，它向往着一种本质上开放的共同体状态，其中的排斥可能翻转为包容。这也是真糟糕管弦乐团每个节目力求的效果，事实上，也是克赛尔斯任意邀请一位演奏“献给白痴的管弦乐”时产生的效果。

从思辨的角度来看，克赛尔斯呈现的内容可以被视为真糟糕管弦乐团在现实中献给观众的节目其模式化（modélisation）、一个兼具艺术性与虚构性的版本：一个空间。在这里，通常属于行内人或专业人士的事物被置于所有人可以接触的范围之内，无知识（non-savoir）得到重视。面对自己不会使用的乐器，观众孤独、无能，显得白痴；而在面对自己会使用的乐器时，我们重新成为学习过音乐规则和艺术规则的社会主体。

可是，尽管艺术家表达了期望（不知是否真诚？），以及出于种种的实际原因（避免损坏），这些雕塑乐器并没有向公众自由开放。在画廊的空间中，参观者不能随意触碰艺术品，但可以申请许可——经别人向他授权——并且有人向其解释操作方法。尽管艺术家的舞台排布与作品的形式特征引起了很多质疑，但这些游戏性物件似乎仍然无法完全摆脱严肃艺术品的身份[1]。

白痴以及与正确常识相对的无能，二者对正确常识组成的共同体提出质疑。这里的共同体在幽默中突然而至，准确地说，是在喜剧性退化中来到的。我们面对的不只是一个共同体的许多成员，或许还有它的共谋；而这个假设的共同体，其基石正是英国人所称的冷幽默（deadpan），即冷面笑果。可是，希望自身敞开的共同体，难道不会再次落入它此前想要避免的岔路：成为一个由内行组成共同体吗？我们装出白痴的样子但不是真的做傻事，我们一本正经地装傻却又装出与白痴不沾边的样子。而怀疑正是安身在这种白痴之中。

1　2014 年，巴黎青少年博物馆（Musée en Herbe）展演“献给白痴的管弦乐”作品的时候又遇到了新的难题：布展负责人多了一项任务，向孩子们解释展品的使用方法并鼓励他们演奏。

# 五

# 网络文学与作家共同体：在弗朗索瓦·邦门下

安娜-玛丽·珀蒂让

数字时代的到来引发了种种变革，其中一个便是文学写作实践和作者身份认同过程的范围随之扩大。这些转变把互联网发端时代一个最初的、解放性的（互联网实践者和理论家们试图不想忘却的[1]）梦想摆在了我们面前：它将数字技术视作所有人接触文化的一个手段，视作一个大众性的促进因素，它有益于再度审视皮埃尔·布尔迪厄（Pierre Bourdieu）点明的、文化精英群体存续带来的各种现象。在这个意义上，这些变革与“共同体”这个术语的第一层含义之间产生了独特的共鸣：共同体作为对共同财产的向往、作为公共文化的组建，要么被理解为世界化、同一化的，要么被思考为世界各文化的均等分享（partage égalitaire）。除了掌握一种对某些人来说绝对是“新”的工具所带来的技术难度之外，在使用和分享文化“共同财产”方面已不存在任何界限。我们可以看到，这种媒体乌托邦和文化乌托邦的结合可能走向何处，它有可能让“人人参与”的文学工厂成形，而这个目标正是超现实主义者们在洛特雷阿蒙（Lautréamont）作品中特别读到的内容[2]。

---

1 Serge Proulx et Anne Goldenberg, «Internet et la culture de la gratuité», *Revue du MAUSS* 1/2010 (n° 35), p.503-517; *Cf.* Philippe Aigrain, *Internet & Création*, LibroVeritas, 2008.

2 “诗歌应由所有人写成。而非一个人。”让-吕克·斯坦梅茨（Jean-Luc Steinmetz）在“七星文库”全集附注中解释说，《诗歌·第二卷》（*Poésies II*）中的这句话经常被过度阐释，对于“所有人”（tous）的理解，从“所有灵魂（转下页）

下文的描述着眼于当代实践的现实层面，在一个近几年聚集在弗朗索瓦·邦这个人物周围的法国作家共同体的小范围内，观察这样的向往所形成的事物。实际上，对于调查网络文学实践而言，《弗朗索瓦·邦与〈皮埃尔·梅纳尔〉》一文成了无法绕过的参考文献[1]。我们发现，写作工作坊的教师与活动主持人形成的圈子以及数字文学（littérature numérique）专著均提到了这篇文章。其受欢迎的程度促使让-米歇尔·勒博（Jean-Michel Le Baut）在新书发布之际，专门为“教学咖啡馆”网站（Café pédagogique）撰写了述评文章，题目是《学习创造：弗朗索瓦·邦终于开创流派？》[2]。“流派”（école）一词从表示“学校”的教学意义，狡黠地滑向了——我们在此通过勾勒网络作家这个特殊“共同体”的轮廓进而更加深入探寻的——文学意义（标题中“门下”兼取“流派”与“学校”之义——译注）。我们能否将他们的重组（regroupement）称作文学流派？将他们联合在一起的事物属于数字、还是文学场域？数字工具能够改变作家集群的传统组态，这个例子向我们说明了什么？根据他们中的一员达尼埃尔·布里永（Daniel Bourrion）在其博客“脸屏”（*Face écran*）上记录的内容，我们在多大的程度上可以相信这种转变等同于一种“重大范式转变”？[3]

---

（接上页）现象”再到“全部所有人类”，五花八门。（Lautréamont, *Œuvres complètes*, Bibliothèque de La Pléiade, Gallimard, 2009, note 76, p.680.）保罗·艾吕雅（Paul Éluard）将这句话作为现代诗歌的准则（“……的时间已经到了”）：它是诗人意识的现代性，这些诗人“深深地扎在［……］共同的生活之中”。

1　Petitjean &Houdart-Merot, *Numérique et Écriture littéraire*, Hermann, 2015, p.16.

2　Jean-Michel Le Baut, «Apprendre l’invention: François Bon fera-t-il enfin école?», *Le Café pédagogique*, 2021.

3　达尼埃尔·布里永在《缘何我在 Publie.net 的船上》（Pourquoi je suis dans le navire Publie.net）写道：“我深深地相信，目前在我们领域（数字、图书、图书馆等）发生的是一次重大的范式转变。同样地，我也深信 publie.net/publiepapier 的出现，将会是出版史上的一次转折。错过见证如此时刻、并能稍稍参与其中的机会，该叫人多遗憾！”

## *辨认作者共同体*

弗朗索瓦·邦（François Bon）在网络上的存在和可见度，因他在《书之后》（*Après le livre*，2012）表达出置身于当代文学变革之断层线上的信念，而有了更加生动的面貌。以下三个网站能体现这种存在的特点，并能使我们辨认出他对于网络参与者之间联络方式的影响：他的个人网站“tierslivre.net”，以及两个由他创立的集体网站“remue.net”与“publie.net”，二者分别于1996与2008年交由他人维护。

“remue.net”是一个“文学创作和评论网站”[1]，2001年以来，网站一直采用协会制度，目前由塞巴斯蒂安·龙吉耶（Sébastien Rongier）主管。网站的共同体运作模式旨在创立一份文学杂志，并从文学杂志借鉴了相关术语和组织方式（“专栏”“短评”“专题”或“连载”等版块中加入了超链接或多模态）。编辑委员会的名单列出了42位现任或曾经的委员姓名，委员会又因“欢迎作家参与”，产生了19人的新名单，有时显得过于冗杂[2]。“publie.net”则是一个编辑合作社（coopérative d’édition），这家网站销售已有网络发表的作家的电子书、按照需求为某些作品提供纸质样册，从而推广“基于数字媒介的当代文学”。网站的标签页分类尝试借用“目录”“书店”“出版社”等名称，不至于让习惯了纸质出版物的读者不知所云。团队介绍同样使用了易于用户辨识的术语系统，如“编辑委员会”“丛书主编”“合伙

---

1 格扎维埃·德·拉·波尔特（Xavier de La Porte）在法国文化广播电台（France Culture）使用的词是“网上的广场”。

2 除去法律信息栏内提到的全体人员名单，名单包括：Sébastien Rongier, Philippe Rahmy, Chantal Hibou, José Morel Cinq-Mars, François Bon, Jean-Marie Barnaud, Laurent Grisel, Dominique Dussidour，网站特别强调“作家参与的开放性”，并在此基础上加入了以下人员：Sereine Berlottier, Miguel Aubouy, Yun-Sun Limet, Jacques Josse, Fabienne Swiatly, Claude Favre, Éric Pessan, Cathie Barreau, Patrick Chatelier, Guénaël Boutouillet, Catherine Pomparat……

人”，团队共包含 24 人，不同项目有时会重复出现同一班人马。两家网站均列出一系列博客链接与微博客（microblogging）的实时流，这些内容希望邀请读者拓展由网站构建的、原先较为局限的圈子，却不可避免地在引用链接的接力之中丧失了网站的痕迹。“tierslivre.net”通过 Netvibes 服务列出 130 条“文学与互联网”博客的链接。“nerval.fr”也是同样的情况，这本在线小说与网络文学杂志隶属于“tierslivre.net”，它的宗旨是让读者认识崭露头角的新声音。2015 年 3 月，“nerval.fr”网站暂停运营，弗朗索瓦·邦借此表示：“寻求其他线上杂志的支持时不要犹豫，这个领域里的一切都发展得很快，又让人充满干劲。”通过数字实践得到认可，既能标识作者群体的身份，也标志着作者群体在互联网实践的全球化网络中不断瓦解。或许有人认为，这在查阅互联网（consultation du web）的实践中，是一个难以被估量的因素，但我们观察到，这种网状构型是通过一种特殊的方式被组织起来的，它的名义是将归属于——作为完美的互文性场域的——文学场域作为首要原则。例如，在同一份已发表的名单里，可以看到来自不同国家和时代加盟“publie.net”网站作者——维吉尔与马吉冈·勒帕热（Mahigan Lepage）同时在列——以及一些通常分属不同领域的“数字创作者”（créateurs numériques），从造型艺术家到网络开发员皆属此类。由此，我们可以看到一种——可以将其认作为弗朗索瓦·邦本人的——想要消除创作者类别之间的某些边界、将留下文学遗产的作家置于数字编织的网络之中的愿望。我们可以清晰地把握到这个网络的结构化历程，虽然与互联网用户大规模迁徙带来的偶然性毫无关联，它却通过离心圆的方式，将其推向了博尔赫斯式（borgésienne）世界之书的无限性。这个网络并不局限于被互联网用户理解为一个有形的现实，有时还会在节目现场或像 2013 年 11 月在法国国家图书馆举办的“数字时代书籍与阅读的变革”[1]研讨会上以个人群体形式出现。说到“网络作家”的存在，弗朗索瓦·邦的名字周围环绕着十多个人名，他们有时会放弃社交网络上假名带来的匿名状态，譬如菲利普·迪亚（Philippe Diaz），大家熟悉他用来向博尔赫斯的一部短篇小说致敬的网名——皮埃尔·梅纳尔（Pierre Ménard）[2]。这种可辨认的、受限的、在适当时刻解开自身面纱的“团体”所具有的现实性，试图抵消“网络”逐渐消失的、无法掌控的特性，这里的“网络”的意思是以上这些网站用户飘忽不定的实践，还有博主之间难以确定的见面情况。对比出现在法国国家图书馆讲坛上的网络作家名单以及两个集体网站列举的委员会成员，我们可以发现这个群体不断扩大，最终又消解于一个尽可能开阔的网络之中。

“remue.net”：“杂志的协调、出版的选择由编委会负责，该委员会的人员组成根据每位编委的空闲时间而变化。”

“publie.net”：“团队由丛书负责人、校对、程序员、排版员组成，他们身边是各种体裁的作者、翻译、摄影师和执行人等核心成员。此处无法全部列出名单……”（Revue-net 协会 2011 年年会会议记录）

作家小团体更似一种舞台布景——这个说法符合经典的再现方式——而对于当代的批评家来说，这种形式或许显得过时，但它取代了或是尝试取代文学中数字化的、对过去的全盘抛弃（*tabula rasa*）。如果说“nerval.fr”杂志在第一年的运营报告中提到了美国杂志的运作模式，那么一定是基于同行的共同体模式，这种模式可以使新成员

1 这次研讨会是由法国教育总局、文学与应用艺术总局主办，法国国家图书馆、法国圣艾蒂安高等艺术与图像设计工业学院、巴黎四大信息与通信科学高级研究学院（CELSA）合办。全国研讨会“书籍与阅读的变革”，2012 年 11 月 25 至 27 日。

2 《〈吉诃德〉的作者皮埃尔·梅纳尔》是博尔赫斯《虚构集》（*Fictions*）中的短篇小说。

以作家的地位获得一种职业身份。然而，塞巴斯蒂安·龙吉耶阐述“remue.net”运作方式的特征时，特别提到在法语世界更出名的、下设评审委员会的文学杂志：

“杂志里面——特别是在创作单元——发表的文章，作者是谁连我们都不知道。这样一来，便完全符合我们大家熟知的杂志所具有的历史与功能，譬如《法兰西信使》(*Mercure de France*，一译为《法兰西水星》——译注)在1900年前后已经如此：它是捧红作家的地方，也是发现新人的地方。”

*文学网络与象征资本*

在弗朗索瓦·邦周围，谈到网络作家共同体，尤其涉及“大写的文学”(Littérature)，大家会因为“大写的文学”与其载体相互独立这个前提条件而感到忧虑。所以，与其说是革命，不如说是传承，将一个文学共同体限定在一个数字实践之外的完美的合乎传承的逻辑；与此同时，消除或尝试在过程中消除雅克·迪布瓦(Jacques Dubois)在《文学的建制》(*L'Institution de la littérature*)中强调的内容：“关于建制的分析让我们看到，不存在‘大写的文学’，只有特别的、独特的、同时作用于语言与想象的实践，语言与想象这二者的统一只能在社会运行与群体融入的某些社会结构层面才能得以实现。”[1]

运作于上述网站的共同体逻辑的首要标志是信念，面对在文学和网民组成的世界中通过不连续的方式获得表达的、截然相反的立场，信念的树立类似一种承认的标志[2]。这一条原则认为，当今文学

---

1 Jacques Dubois, *L'Institution de la littérature*, Bruxelles, Nathan/Labor [1978] 2005, p.11.

2 例如，网络文学的趋势是拒绝任何编辑的介入。

创作的时代应被置于数字场域，所谓“数字场域”既可以被理解为出于实用的彻底转变，也可以被理解为对纸质书传统的一种观念性传承。如将网络扩大到上述三家网站的链接，我们从一个帖子读到另一个帖子，便可以发现文学的现代性无法绕过数字这个观念。为了具有文学性，这种现代性亦不能规避思考“大写的文学”分配给不同载体的各个空间彼此毗连的问题。譬如，在“tierslivre.net”网站上可以读到如下表述：“对于先通过网站数字出版从而找到其重心的事物，印刷书只是它们的一种方式。”过往时代的作家圈子建立在一个诗学意图（intention poétique）之上，这个圈子先于或与其艺术实现同时出现，与其相反，我们面对着一个基于联合原则（principe fédérateur）的集合，用布尔迪厄的话来说，这个联合原则确保了象征的资本。

此处的象征资本，正如在文化资产（biens culturels）领域内所受到的期待那样，不乏社会与经济层面的内涵。因而，大家可以谈论一种与传统出版生产相互区分的意愿，谈论反对当代文学业已建立的生产、传播、评估的流程，却也能谈到经典作品某些标准得到沿用，特别是作者的个体化形象，这些内容在大家看来，确保了作为对象的“大写的文学”，也满足了文学性的诸条标准。在数字编辑的形式中引入相关经济模型的问题最早起源于“publie.net”，这个网站发明了一种可以替代出版物传播的系统，它还意识到，数字对于重新整合出版生态提供了新的可能。这其中还要加上对伽利玛出版流程的抵抗，因为伽利玛的出版流程使得作者兼文学评论家参与到为旗下作者的授予职衔的过程。针对认可作者的现象，自《文学的建制》出版以来，我们知道应当重视同一场域内的其他生产者与参与者，而非整体的社会，前两者才是文学建制的催化因素。我们在这里观察到，正是对共同体内其他伙伴的评价确保了生产的文字所具有的价值，并且有一整套相关的社会符号决定了数字作者的地位。文学场域自19世纪以来通过其他方式获得了自治，这种自治倾向于在内行人玩弄话语的同时，借助当代数字沟通的种种手段对自身进行重新创造。十多年来，我们见证了一群独立艺术家崭露头角，他们建立了自己的运行准则与规则，这些准则与规则确立了群体内部的权威与合法性，还能凸显受制于经济法则的大规模生产与有文学修养、有学问的、只在有限圈子里阅读和评论的生产之间的分野，掌控后者的是一个共同的、试图逃避市场、组建一个新“神职身份”（cléricature）的准则。借助类似“连通器”（vases communicants）的实践，网站之间两两交换文本的做法加强了自我认可（auto-reconnaissance）的现象：“乐团指挥”每个月确定约稿的规程[1]，这个机制让共同体每个成员得以在友邻的博客上发布一篇文章。这些交换更多地来源于对他人书写的好奇（或许——从创作的逻辑来看——来自在个人的博客中穿插不同于自身的书写），而非彼此引流读者从而证明文本其文学价值。具体到这个情况，我们可以发现，确保文学合法性乃至名声的价值观的观念整体（*doxa*），归根结底是从相邻的、纸质文学的场域引进而来的，我们却一贯抵制它的经济模式与社会组成。这种悖论产生了一种争议性的制度，其运转类似一种生产的原动力，以及围绕着某几个关键人物、不断重组的集体所具有的凝聚力。在它的历史上，这种争议性制度遇到了进一步凝结群体的各种议题，尤其是在司法和法律方面提出的议题，如未授权的出版、数字出版权改革方案[2]。因此，当我们发现，这个争议性的制度有时运作起来与自身背道而驰，也不会感到惊讶，其奠基人之一

1 2009至2014年由布里吉特·塞勒里耶（Brigitte Celerier）负责。

2 这个集体具有的反叛精神体现在许多事务之上，网络本身四处宣扬他们的反叛精神（例如海明威的出版权），他们优先对立法问题发难，还包括“编辑的死板以及编辑无法用‘大数据’时代能够推动发行的数据为图书发行加码”。

洛朗·马尔冈坦（Laurent Margantin）[1]更是将在这个网络戏谑地比作"成吉思汗的帝国"（empire de Gengis Khan）。"作者网络协会"（web-association des auteurs）的提议，质疑的究其根本是一个受领军人物庇护的文学流派这样的观念。2013 年以来，马尔冈坦组建的新网络在术语选择、对纸质版缺点进行复制和粘贴的过程中，明显在尝试摆脱任何能被发现的"诗的老套"（vieillerie poétique），与此同时，他再度意识到封闭空间与公共空间之间不可避免的紧张关系，而这种紧张关系无疑体现出数字写作的特点。比方说，所谓的"连通器"在他那里被替换成名为"散布"的交换系统，它所遵循的，是在"开放作品"网站上可以读到的、拒绝封闭的相同理念。因此，争议成为重组网络的动力以及宣布"共同财产"的契机，塞巴斯蒂安·龙吉耶在他执笔的文章《Remue.net 这十年》中写道：

"我（和其他几个人一起）追随弗朗索瓦的数字历险，现在已有十几年的时间。因为他欢迎你，给你位置，信赖你。要问'remue.net'或者'publie.net'网站上发生了什么事？一次围绕着文学、人与数字的历险！你们知道许多像这样的类似经历吧。大家在这里收获的一切，是对这种**共同**、对文学、对友谊的兴味。对不住，没任何**资本**可以瓜分！说到象征资本，可以说它非常……具有**象征性**。漠不关心和轻蔑常常占上风。甚至延续到了今天。让人继续坚持的东西，要数友谊和文学。"

在法国出版界，这一项常被称为"历险"或"航船"[2]、被视作

1 2013 年 6 月 23 日，洛朗·马尔冈坦发表文章《构建一个作者的网络协会》，并写道："一段时间以来，借着数字出版的名头所做的事情，越来越像为了逃避他们、从而驱使我们来到网络的那些东西，对此我已经非常厌倦了。[……] 完全像传统编辑流程那样，有编辑部，有老板，还有经济顾虑的网络出版，我提出替代它的并非一个全新的事物，不过它的势头与日俱减：我叫它作者网络协会。"

2 Daniel Bourrion, «Pourquoi je suis dans le navire Publie.net».

极为勇敢的集体事业——我们梳理其历史沿革是为了奠定它的合法性——没有从根基上颠覆作品文学价值的认定程序，也没改变作者的面貌。对于这些网站来说，确认作者的个体身份，乃至通过关注者数目衡量其个人魅力，仍然是一个非常重要的问题，这一点并不妨碍有人在网站上表达对于个体之间真实相遇的愿望：

“我认为在互联网上写作意味着在公共空间写作。一个相聚却不需要表明‘我是谁’或‘我想要什么’的空间。即没有透明度。一个大家突然拉近彼此、像真人一样认出对方的空间。即没有距离。这种新的亲近感不会因为被破译、被针对、被销售而消解。即没有侵害。这样说来，我们或许更加清楚地看到它也是一个政治问题。而这个问题，它就是：写作对于互联网的改变。”

塞西尔·波尔捷发表在“remue.net”的这些话，奇特地将“没有透明度”和“没有距离”这两句连在一起，暗含邀请读者们认识数字作者身份的独特性，揭开身份并非必须，读者遇到数字作者身份时便更容易接近。然而，波尔捷特别提到她参与弗朗索瓦·邦的社区好似住进了德廉美修道院（abbaye de Thélème），这是一个面含微笑的乌托邦，撞到数字经济的现实、用钱换来的关注度、被大数据（big data）贩卖也丝毫不会颤动[1]。

*文学经典，还是实验写作？*

借用保罗·利科的术语，问题究竟在于何种“共享符号秩序”（«ordre symbolique partagé»）呢？作为当代文学创作“重心”的数字

1 *Cf. Digital studies*, Bernard Stiegler (dir.), FYP éditions (France), 2014; *Cf.* également Yves Citton (dir.), *L'Économie de l'attention. Nouvel horizon du capitalisme?* Paris, éditions La Découverte, 2014.

化，对于所生产的作品和创作活动的形式并非没有影响，这种数字化与永恒的大写文学（Littérature éternelle）的本质主义观念恰好相反，后者在其历史上获得了不同的精神支持，仿佛在尝试证明关于从卷轴书（*volumen*）过渡到翻页书（*codex*）亘古不变的套话。其中精细的改变非常复杂，足以在人文科学的层面促成一门新的、特别受到研究与创新学院（Institut de Recherche et d'Innovation）研究的“知识乐器学”（«organologie des savoirs»）[1]。从这个视角出发，我们可以从上述三个网站中找出一条保护性（conservatoire）的逻辑：模仿纸张的页面布局、文末签名、篇幅未加限制……评论以插入句或者放入括号插入正文的情况十分常见，足以作为阅读起来非常有难度的借口，甚至可以用来恭维网民耐心十足[2]。当然，这些网站上可以找到跳转到共同写作（écriture collaborative）经验的链接。其中一例是“remue.net”网站支持的“安斯坦将军计划”（dispositif Général Instin）。这项计划的组建源自一张真实的墓碑照片，根据项目发起人找到的文字游戏，这位安斯坦将军或是“被推广”的将军（“将军”法语词为 général，“推广”为 généraliser，似前者衍生出来的动词——译注）游历了数个国家，演变为不同的形式，其中包括表演的形式。这个项目使得辨认个体作者成为了不可能，它将人物的概念消解于抽象的概念之中，拷问着艺术之间、虚构与真实之间的不严密性。蒂塔·开普勒（Dita Kepler）的人物也是如此，她的设计者安娜·萨韦利（Anne Savelli）[3]

1 *Cf.* Bernard Stiegler, *op. cit.*

2 弗朗索瓦·邦在 tierslivre 网站的一篇文章里，用顽皮的口吻讲：“我放了一张与此不相干的照片，因为文字太长了”，直到文章最后他才揭晓“葫芦”照片与抗议文字之间的实际联系。

3 我们不仅可以通过博客“窗户开放空间”（fenêtres open space）追踪安娜·萨韦利，还可以从“publie.net”网站上由皮埃尔·梅纳尔主编、萨韦利参办的杂志《从这到那》（*D'ici là*）关注到她的动态。

在讲述构思历程时说：

“我开始构思蒂塔·开普勒是在2006年，当时正在第二人生（Second Life）的平台上写一篇文章。我想，为何不借用网络角色的特性呢？为何要将角色局限于单一角色？为何不将其变为混合体，一个兼具场景、角色和虚拟化身特色的存在（décorpersonnageavatar），它像我们一样，也许能收获进步，虽说同样困难，但还拥有其他的品质（最开始的时候，蒂塔·开普勒可以飞行、滑翔和变身，后来成了能穿墙的人，或许有的时候，能够裂变成两个甚至三个人）。现在的她就在“remue.net”上，可以说是虚拟网站上的虚拟人物，她最开始出现在推特，得益于皮埃尔·梅纳尔。先以角色的名义开通了推特账户（开通账户是另一位作者：皮埃尔·梅纳尔）。[……] 她就这样存在于我的文字中，当然，也存在于第二人生平台上（她当时是我的网络角色），也在魔兽世界里（由他人操控，使她不断进化，但不写作），她在第三人称的对话里，在第四人称的文字里……”

通过这些实例，我们可以看到，数字语言以及诸如电子游戏的相关文化所具有的潜力是如何改变人物以及个体化作者身份（auctorialité individuée）的概念的。譬如，脑海中一直留存着超越屏幕表面的错觉，或像是在蒂塔·开普勒第九回里那样，页面上的一行行文字被程序设计成随着光标移动交替消失和出现，此时的阅读行为完全被推翻。网络艺术（net-art）[1]，以及在全世界范围内[2]越来越明显地将书写归入艺术流派，这些做法关照到所谓启发性（heuristique）和现象学方法的维度。

1　*Cf.* Jean-Paul Fourmentraux, *Art et Internet*, Paris, CNRS éd., [2005] 2010.

2　例如，大家可以参见弗朗索瓦·邦在巴黎-塞尔吉国立高等艺术学校（ENSAPC）率领的“文学创作”方向课程（section «création littéraire»），也可以参见美国布朗大学的“文学艺术”课程（section «*Literary arts*»）。

可以发现，这个实验性的视角并不是与我们相关的作家共同体竞逐的地方。这或许可以解释，为什么塞尔日·布沙东（Serge Bouchardon）——他在信息与传播科学领域的研究揭示了数字文学日益明确的结构——在谈到这个话题时说道："来自印刷文学的众多作者，其代表是弗朗索瓦·邦，他们养活了我们可以称之为'博客文学'（*littérature blog*）的事物，'博客文学'处于数字文学与传统文学的交界地带。"[1] 一本书甚至在标题里都包含着让读者认识"数字文学"独有价值的想法，对它而言，"博客文学"的命名无疑具有限制性的内涵。"交界地带"的文学并不是要尝试探索数字语言的潜力，它更是一种将自身的统一交给网络的、文学性的观念。

在以上这些标准中，需要明确语言特定用法的特点。它是一种抵抗性语言，通过区分日常用法与文学、学术的用法而紧紧地抓住读者，这个观念在链接中的博客上凝结成不同的形式，而这些博客让读者将风格视为联合集体的标准。句法层面的省略性特征、避免使用代词、丰富的引用以及话语性伦理（*ethos* discursif）在任何叙事或诗歌形式中的跨越性存在，这些似乎是同一种写作方式其反复出现、症候式的特点。当然，这里谈到的不是内容管理系统（CMS）的限制或软件格式的问题，而是关于文学创作的当代语言形成的隐性共识。但在建立语言模型的过程中仍需考量数字习惯（habitus numérique）的问题。匆匆浏览博客的行为，安娜·萨韦利在"remue.net"网站上将这种思维方式形象地描述为"又蹦又跳"，她说："聚合、衍射、留下悬念。改变主意、查阅文献、随意浏览。"达尼埃尔·布里永在脸屏网站（Face-écran）上将这种行为比作数个作品片段形成的沉积作用：

1 Serge Bouchardon, *La Valeur heuristique de la littérature numérique*, Hermann, 2014, p. 90.

“沉积：言说诞生于网络的一段经历或一种书写”，在阿尔诺·马伊塞蒂（Arnaud Maïsetti）看来，它们像“语言的尝试、重新开始，中止是重启的动力，在目之所及的公共场域，除了重新开始没有其他目标”。在皮埃尔·梅纳尔的笔下，借用甚至成为一种沿用叙事学术语的诗学原则：

“我用别人的词语写作，我说过的，我在重复自己。我没有词语。我读到的就是我写出来的。我应该标明所有的借用，明确指出所有博客借给我的东西，阅读这些博客滋养我、给我生命、让我呼吸，我时而将这些从博客上借来的词语与其他网站上找到的词语混合，写出更属于那些被我借用词语之人、而不属于我的文字。让我感兴趣的是处于两者中间的部分，那也是我写作的地方。这也是我赋予我的写作的唯一价值。叠刻（palimpseste）并不局限于已经写好的句子或现成品，叠刻也不一定只是修改他人的文字，而是包括他们的痕迹、他们的共鸣、他们的印记、他们的方案，以便对这些事物进行结构、批评，意识到它们质疑的力量抑或仅仅是愉悦的力量。”[1]

最终，创作行为本身成为一个持续进行的过程，它不再受限于图书对象的固定性而是依据数字习惯被模型化了。创作的可视化，甚至——与他人思维接触的——思维构想过程的可视化，有助于对落实在行为层面的文学不断地提出思考：

“出版的相关概念、日常书写与最终作品之间的关系是一样的：然而，当我们基于网络出版，出版的时间性、读者共同体的概念在叙事的构成过程中成为现时的形式工具。发挥作用的事物，并非我工作中某个点上已经完结的外貌局部，不是一本书接着另一本问世，而是

1　皮埃尔·梅纳尔，《意义不是想要言说的内容，而是它所指向的方向》，参见 Liminaire 网站。

网站的文本，我是其中的一名文字工匠，通过人机工程、浏览、编程成为网站上的一名手艺人——文字也好，人机工程、浏览、编程也好，我接受它们成为工作中不可或缺的功能”。

数字提供的手段使得作家的工作被场景化，作家的写作超越了记录研究笔记的古老做法。在探测过往作者的创作模式时，我们发现了一些关联之处，例如“tierslivre.net”网站上的“洛夫克拉夫特纪念碑”（Lovecraft Monument）计划，构思这一计划的出发点最初是带有反对传统观念或权威的遗产保护行动：“不论美国人怎么看，我们应当爱洛夫克拉夫特。”对弗朗索瓦·邦来说，这项计划不仅仅局限于提供译文、邀请读者评论，还在于“为了接近洛夫克拉夫特而设计一个生态系统”，在尽可能贴近那个时代的报刊与通信的条件下，追溯其思维可能经历的过程。对创作发展历程进行考古学研究，可以揭示影响其创作模式的因素，并且通过假定的方式模仿出一个由过往作者“建立”的博客。由此可以看出，数字时代之前作者的创作过程与“publie.net”旗下作者使用博客之间存在一种对等。文学的树形结构一如从前，当代的各式手段使我们梦想可以再次构建这样的树形结构，并将洛夫克拉夫特作品自诞生以来便显现的不断改编和重写的连续性延伸到当代作家之中。

因此，这里涌现的是文学创作理论的若干原则，它们与弗朗索瓦·邦作品特有的诗性极度契合。需要注意的是，弗朗索瓦有关文学创作的尝试以及他孜孜不倦地主持工作坊，其中都包含着构建一种诗学的雄心，而这种诗学基于一种与文学传统教益不同的类型学。《所有词语都成熟了》（*Tous les mots sont adultes*）[1] 介绍了一些“圈子”，弗朗索瓦在他欣赏的作家身上找到了他所说的“写作的固定组成部分”，

1　François Bon, *Tous les mots sont adultes*, Fayard, [2000] 2005.

这些作家并非按照世纪、类型划分，而是按照他们与场所、声音、梦境之间的关系。多米尼克·维亚尔（Dominique Viart）将这种美学原则定义为表现主义的艺术，它不断扭曲并且质疑再现的方式[1]。然而，依旧可以在不同网站下属的个人博客中找到这种诗学的诸多痕迹，它们借助数字工具提供的可能性，演变成各种特殊的形式。最受欢迎的一个例子——被他周围的共同体广为接纳的——便是寻找某个地点的记号，特别是城市中距离他的感知现实最近的地点。

“最为简单的原始记号。被记录的文本其物理空间应当对应它被感知的时间。”

对于佩雷克（Pérec）或情境主义漂移（dérive situationniste）的最初情感，现如今，在朱丽叶·梅桑克（Juliette Mézenc）或皮埃尔·梅纳尔的网站上，已经转变为一张张利用卫星资源拍摄的数码相片，用费尔南·德利尼（Fernand Deligny）的话说，它们转变为一根根“足迹线条”（lignes d’erres），在 Liminaire 网站上，它们又变成一根根“欲望线”（lignes de désirs）[2],转变为写作工作坊利用线上虚拟半球地图的多重经验[3]。交换地点的照片——或许是最没意义的事物，而它却作为真正把握到现实的独立信号——甚至成为一种“连通器”原则，因此，可以将它看作在感知现实的过程中一个重构共同基础（commun dénominateur）的集体努力。

同样，弗朗索瓦·邦（François Bon）对“物品”（创新技术的产物，但与《物品自传》中的“物品”同样过时）的迷恋，也可以

---

1 Dominique Viart, *François Bon. Étude de l’œuvre*, Paris, Éditions Bordas, coll. «Écrivains au présent», 2008.

2 电子杂志《电子路径》第 7 期使用了谷歌地图与珍珠树（Pearltrees）网站。

3 我们可以在 Liminaire 网站、巴黎政治学院工作坊的账户、南特大学永河畔拉罗什理工科技学院博客等网站找到一些例子。

从他博客链接的许多网站中读到。根据布里吉特·沙普兰（Brigitte Chapelain）与皮埃尔-路易·福尔（Pierre-Louis Fort）在《数字与文学写作》（*Numérique et Écriture littéraire*）[1]中的分析，这种方法能让我们明白，为何作家共同体对数字技术的依赖大幅超越了作家博客常能见到的、推广性或批判性的使用。而它更像一个美学的、与当代写作普遍趋势相吻合的原则，亚历山大·热方（Alexandre Gefen）在《网络对文学的影响：社交网络、微博与创作》（«Ce que les réseaux font à la littérature. Réseaux sociaux, microblogging et création»）中描述这种趋势的特点时写道："文学对它所遇见的、各种各样的技术装置（dispositifs techniques）进行投资，形式主义的现代品味加强了这种趋势，它通过受到约束的文学（littérature à contraintes）和具有计划的文学（littérature à programmes）所具有的不同形式，见证了作家创造出自身的奴役状态。"[2]

福柯的异托邦可以满足在数字领域为文学创作找到一个新的空间的要求。总体来说，我们可以说数字时代质疑的，是作为行动场域（champ d'actions）而非被动接受场域的文学场域。网民比较熟悉的、即刻回应请求的机制，使我们从接受作品的文化（culture de la réception de l'écrit）转变为书写过程的文化（culture du processus d'écriture），换言之，从一个作品社会（société de l'écrit）转变为书写社会（société de l'écriture），同时将链接构成了网络。数字技术引发的这些"变形"不仅仅局限于再度推动关于自由支配的文化（culture

1 Brigitte Chapelain et Pierre-Louis Fort, «Pratiques et représentations média tiques des écrivains à l'heure des réseaux», in *Numérique et Écriture littéraire*, Anne-Marie Petitjean et Violaine Houdart-Merot (dir.), Hermann, 2015, pp. 139–154.

2 Alexandre Gefen, «Ce que les réseaux font à la littérature», *Itinéraires*, 2010, pp. 155–166.

à libre disposition）与文化产业的争辩——后者在网络上永远处于不断重组的状态——，而是标志着一种集体的、适应文学各个要素的新模式，哪怕是最经典的要素。其中的作者形象，甚至文学流派的观念均会遭到质疑。在我们观察到的集体层面，如马克·奥热（Marc Augé）定义的“适合个体构思与内心想象”的文学性，只有注意到与其相关的、共同的构想，才能辨认出作为社会现实的数字共同体所具有的“确立的、集体的”特征[1]。弗朗索瓦·邦注入他身边的网络中的美学，并非利奥塔（Lyotard）式、具有现代化动力的美学，后者强调没有层级结构的网络并废除了中心的必要性。弗朗索瓦的美学，更像是一种差分美学（esthétique de la distinction），它与将文学视作竞逐之地的观念取得了一致。在这个案例中，向集体性迁移的原初假设并未得到印证，但是文学创作却在去经典的再现中发生了转变。作品常被理解为摆放在图书馆书架上的卷册，与作品的固定不动与封闭截然相反，文学通过持续的重组并受到外部因素的牵连，此处更被看重的，是文学的内在活力。

1 Marc Augé, *Un Ethnologue dans le métro*, Fayard, [1986] 2013, p. 54.

# 六

# 身份、少数群体、共同体
# ——中世纪末期阿拉贡王国中的犹太人

克莱尔·苏桑

*身份、少数群体、共同体:*

在思考一个或多个共同体的框架下，研究共同体的概念在历史上的意义及其多样的衍变，能给今天的共同体研究以许多启示。中世纪提供了一块丰富、肥沃的土地，特别是中世纪时期处于不同甚至相互冲突的文化和传统交汇处的伊比利亚半岛。在一个整体化（totalisante）的社会，或者说，在神的国度到来之时，在一个基于末世论（eschatologique）视角希望成为整体化的社会中，宗教少数群体（犹太教和伊斯兰教）的问题至关重要。这些少数群体拒绝被信基督教的多数同化，也就是说，他们拒绝改宗，并且在当地形成了——至少在宗教层面上——与社会其他群体不同的共同体。因此，我们可以考察神权和俗权权威（autorités spirituelles et temporelles）如何对待这些共同体，特别是因为前者将它们视为需要纠正的反常，后者则认为，犹太共同体能以不同的名义为自己服务，必须对其施以实际的手段。

中世纪后期，即 13 到 15 世纪，在此期间的阿拉贡王国中的犹太少数群体构成一个绝佳的角度，我们可以借此观察中世纪的人对于共同体因素感知的变迁及其涉及的诸多重要问题。13 世纪之前被认可的、某种程度上受到扶持的共同体，后来被视作播撒异质文化的作乱者（fauteuse），由此成了不受欢迎的族群。想要理解这个范式的转变，其关键因素在于中世纪最后三百年发生于伊比利亚半岛的政治和宗教语境的重大转变。自 13 世纪初期以来，收复失地运动（*Reconquista*，Reconquête）不断推进，各个基督教王国的统治不断扩张。格拉纳达穆斯林王国不再是倭马亚王朝后裔建立的科尔多瓦哈里发国（le califat omeyyade de Cordoue）中微不足道的一部分，犹太人也不再是收复失地运动初期，对信仰基督教的君王来说不可或缺的纽带。基于这个事实，各个共同体，也就是说当地的少数族群，被另眼相待。

*结构化与组织化的共同体*

根据实际的文献档案，具体到本文情况，即阿拉贡王国档案汇编[1]，犹太人组成的实体通常被看作由大大小小的共同体构成。我们在文献中遇到的、最能精准地反映这个现实情况的拉丁语单词是 *universalis*（根据《加菲奥拉丁语–法语辞典》，universalis 的义项之一为“总体，整体，集合”——译注），文献中也可以读到使用 communitas（参考同前，communitas 的主要义项为“共同体，共同的状态”）一词的地方。当时的人会说“犹太共同体”或“犹太整体”（communitas ou universitas iudeorum）。文献用这两个词的情况相对少见，但对应从阿拉伯语词衍生而来、通俗语言中的 aljama 在文献中极为常见。不可否认，在王权看来，犹太少数族群确实构成了共同体。大卫・拜勒（David Biale）认为，《巴比伦塔木德》“巴巴・巴特拉”8b 一章（*Talmud de Babylone*，traité Baba Batra 8b）中，构成共同体的犹太少数族群已被理论化，而“巴巴・巴特拉”后来成为散居

1　这些材料被保存于巴塞罗那阿拉贡皇家档案馆（Archives de la Couronne d’Aragon，下称 ACA）。

世界各地的犹太人组织其生活方式的参考[1]。因此，有两种必要性交汇于此：一是多数族群认为少数族群构成了一个个共同体，这些实体更容易从“管理”（administratif）的角度上被领会，所以有必要了解少数族群，二是少数族群将共同体视作对于某些特权的保证，所以他们有必要看到共同体的存在。

1. aljama 或共同体：一个无处不在、规范化的结构

犹太共同体或 aljama 究竟是什么？希伯来语和拉丁语文献均能证实，十个人组成的集群就是一个犹太共同体。无论是宗教意义上的共同体，即只有聚集多人，大多数宗教行为才被视为有效的，特别是对于一项非常基础的活动 kaddich（一译为卡第绪祭文——译注），也就是为死者祷告，这项活动使得共同体扎根过去；还是“民间共同体”（communauté civile），即被认可为对话公权力的组织，但在这个情况下，凑齐十户的集群才具有决定性的意义——二者都是实际情况。1284 年，国王佩德罗三世（Pedro III）对巴伦西亚王国（royaume de Valence）的审判官说：“……我们听说在巴伦西亚王国一些地方，凑不齐十户犹太人，因此这些犹太人不必穿上面说到的斗篷……”[2]国王在这份文件中下令，在犹太人集群达不到十户的情况下，特许巴伦西亚的犹太人不必穿戴历任教皇强制推行的区分标志。实际上，阿拉贡联合王国的君主长期忽视了第四次拉特朗公会议（concile de Latran

1 David Biale, *Power and Powerlessness in Jewish History*, New York, 1986, p. 55. 此处涉及的是 *Dina de Malkhuta Dina* 原则（字面意思为“所在国的法律就是法律”），有些国家并不受犹太律法的制约，而这些犹太律法原则上用于管理犹太人的生活，对于流散于这些国家的犹太人，*Dina de Malkhuta Dina* 规定了他们的生活方式。

2 巴塞罗那阿拉贡皇家档案馆，编号：reg 46 f°152v, Barcelone 11.01.1284，Régné n°1106。拉丁语原文：“*...cum intellegimus quod in locis regni Valencie in quibus non fuerint x domus iudeorum, ipsi iudei ad predictas capas portandas aliquatenus - non ?- teneantur nisi prout iuxta consuetudinem barchinone fieri extitit consuetum...*”。

IV）于1215年颁布的、在基督教内部区分犹太人与穆斯林人的教廷命令，教廷要求犹太人穿戴区分彼此的服饰，即圆形斗篷，同时王国的君主们还特许一些特例和免于穿戴的情况。豁免原因没有得到明确说明，或许与小型共同体的成员容易遭受攻击有关。无论如何，对犹太人来说，一个共同体起码需要十个人，对于基督徒来说，则至少需要十户。aljama是具有代表性的机构，某些规则能够体现出这个当地共同体组织与运作的特点。

1280年，于1276年继承海梅一世（Jacques I$^{er}$）王位的佩德罗三世，向加泰罗尼亚的犹太共同体颁布敕令，规定组织和人员的一些原则："……每个aljama必须由2—7个正直的（probe）人组成……"[1]。有趣的是，描述这些人的词与西方基督教用来指称当地地方事务的负责人的词一模一样，即正派（honnête）之人。

1297年，佩德罗三世之子海梅二世（Jacques II）再次提请犹太共同体注意他们可以选出代表的数量，并追加了一些明确的细节："我们特别允许以上提到的adelantati（见下文），无论是现在还是将来，这些人以及他们中最杰出的人，可以制定并改进tachanas，即共同体的构成与决议，以及alatmas，即誓愿、驱逐成员和其他律令，时间为每年一次，也可以为了共同体获得实利，运转良好，根据他们的想法择期举行。"[2]

---

1　巴塞罗那阿拉贡皇家档案馆，编号：reg 44 f°187v-188, Tarragone, 31.07.1280, Régné n° 823。

2　巴塞罗那阿拉贡皇家档案馆，编号：reg 195 f°44r, Lérida 05.06.1297。拉丁语原文："*...Concedimus etiam predictis adelantatis presentibus et futuris quod ipsi vel maior pars eorum possint facere, statuere, aptare meliorare prout iam consueverunt tachanas constituciones seu stabilimenta, alatmes, vetitos sive excommunicaciones et alias ordinaciones quolibet anno vel ad minus tempus si voluerint ad utilitatem, bonum legimem dicte aliame prout eis videlicet faciendum.*"。（正文按照原书正文中的法语翻译译出，下同——译注）

被称为 adelantati 的共同体负责人拥有相当大的操作空间。共同体集会频率根据需要确定，其成员受制于各项决定，成员必须遵守，否则会受到处罚——被逐出共同体。负责人同样掌握财政权，他们还要负责“……灶税、人头税、贡税及其他公共事务”[1]。在本文研究的这段时间，君主们屡次颁布关于 aljama 内部组织的法令。这些具有共同体性质的坚固结构，使得散居各地的犹太少数族群与阿拉贡联合王国土地上的犹太实体得以维系相对自治的生活，同时使其成员和竭力阻止混合的基督教权威都感到满意。

2. aljama：拥有特定特权的机构

• 使用作为参考的犹太律法

在本文分析的空间范围内，承认犹太人具有一种特有身份的标志便是，aljama 拥有设立规章法令的特权。adelantati 开会时形成决定，后以文字形式公布，这个文本被称为 tachanot。做出各项决定需要遵照犹太律法或哈拉卡（Halakha），这里的哈拉卡是在生活各个领域指导犹太人的律法。以上决定组成的整体，构成了不同 aljama 中生效的法规总和。在必要时，王权也会批准这个来自希伯来语的 tachanot。于是在 1292 年，有一位巴伦西亚的犹太人认为 aljama 的决定不公正决定继续上告，国王批准了他提出的赦免之情。文件里规定：“上文提到的犹太人根据犹太法律形成了一份 tachanot，即一条法规、一条法令，对于这份 tachanot 的决定以及据此可能遭受的刑法，巴伦西亚王国行政长官阿里布莱托·德·梅迪亚纳（Aliebreto de Mediana）应为萨缪埃尔（Samuel）开具一封免于处

1　巴塞罗那阿拉贡皇家档案馆，编号：reg 195 f°44r, Lérida 05.06.1297，Régné n°2629。拉丁语原文：“*...et etiam in factas, questiarum, talliarum, tributorum in aliis comunibus missionibus.*”。

分的信函。"[1]1345 年，佩德罗四世（Pierre IV）声明，有必要参考 tachanot 的内容以及在执行时应当遵守犹太教的原则。他还强调，共同体负责人有惩处不遵守 tachanot 之人的权力。这种运作方式、自我管理的机制历史悠久，在我们讨论的这段时间之内，其原则一直保持不变。

本·阿德雷特（Ben Adret）补充了 aljama 采纳 tachanot 的相关信息。有些 tachanot 具有非常基础的重要性，因此要对其进行形式上的加工，尽可能保证法令得到遵守。共同体一旦做出决定，由公证人或书记员记录并公布，而在有些共同体中，为了避免后续产生争议，披露决定的文件需要由两位证人署名[2]。在下午的仪式上，犹太教堂的唱诗班将宣布决定。这是一种确保共同体的官方决定得到公开的方式，哪怕大家都想得到，并不是所有成员都会参加礼拜。口头传播的不同转告方式将继续传播决定的内容。

这些由 / 为了一个特定的共同体而被采纳的决定，需要参照特定的法律，正如上文提到，这个法律就是每个犹太人都该遵守的哈拉卡（halakha）(《妥拉》明确提出的规则以及《塔木德》对这些规则的说明，这二者形成的法令整体就是哈拉卡)。哈拉卡虽是宗教法律，它也具有实用和政治层面的意义。违反哈拉卡的人跟任何违反律法的人一样，都会被移交给司法机构。然而司法是犹太共同体享有真正特权的领域之一，但它们在其内部也有司法职能。

---

1　巴塞罗那阿拉贡皇家档案馆，编号：ACA reg 86 f° 99v–100r, Valence, 30.04.1292, Régné n° 2439。拉丁语原文："*...Et licet idem Samuel obtinuerit litteram absolutionis ab Aliebreto de Mediana tenente locum nostrum in procu- ratione regni valencie de pena quam ipse Samuel incurrit ut dicitur ex tam predicta azuna predictam tachanam et statutum et ordinacionem factam per iudeis predictos...*"。

2　*Cf.* Isidore Epstein, *The Responsa of Rabbi Solomon Ben Adret,* p. 44, renvoie au *responsum* n° 680, 1[re] partie.

• 作为“官方语言”的希伯来语及其工具化的可能性

最后一个值得强调的要素，它同样也是犹太身份存在的标志——希伯来语言的特殊地位。

语言是个在很多方面都很重要的主题。语言涉及犹太共同体与基督教共同体之间的关系，同样涉及犹太共同体内部，也就是在 aljama 框架下的沟通问题。对于西方基督教来说，双语现象（bilinguisme）已不是一个新话题，对于用当地语言（langues vernaculaires）说话、用拉丁语阅读和写字的文人来说，掌握两门语言是个再明显不过的事情。至于另一部分犹太人，我们还要考虑到三语现象，因为在上述两种语言之外还要加上希伯来语。在利比里亚半岛，犹太人用于日常交流的语言有当地语言、加泰罗尼亚语（catalan）、卡斯蒂利亚语（castillan），在其他地方，如巴伦西亚王国，还要算上阿拉伯语，但是，知识性的语言，也就是用来书写和阅读语言是希伯来语。只有少数基督徒学习拉丁语，与此不同的是，学习希伯来语关乎整个犹太人的社会。让我们回想一下，事实上，加入犹太共同体的重大仪式，便是在犹太教堂里当着具体的共同体成员的面庄重地朗读一段《妥拉》。所以，年纪成熟与掌握和理解阅读是联系在一起的。由此，他们与文字的关系比基督徒更加直接。这里说的文字使用希伯来语、而不是拉丁语写成，公共机构出具的大多数文件，特别是关于犹太人与基督徒关系的文件都使用这门语言。其中包括公正过的证书、司法决议、王室演讲。虽然少数犹太人会说拉丁语，但大多数犹太人都不会拉丁语，他们无法验证与其相关的文件内容。为了弥补这个缺陷，1286年，佩德罗三世致信正直的人（hommes probes）以及巴伦西亚的各个机构：“……希望你们遵守犹太人之间用希伯来语写成的、关于嫁妆和订婚礼物的契据、文件以及其他必须遵守的文件。”因此，犹太人可以使用希伯来语订立契据。这一项特权适用于所有类型的合同，如出现欺诈的情况，则会引发一些问题。国王会要求其代表，确保合同中所有措施都得到执行[1]。我们可以想到，对于不精通希伯来语的人来说，这一点并不容易。档案中常常出现 *cum instrumento ebrayco*（拉丁语，字面意为“用希伯来的工具”——译注）用来指代用希伯来语书写的文件。对巴伦西亚和哈蒂瓦（Xativa）犹太人收税时，则参考希伯来语文件。我们因此推断，已经确定的征税规则在形成文字、传达给共同体成员时用的是希伯来语[2]。

总的来说，犹太少数族群在阿拉贡联合王国内部得到了官方认可并且享有重要的特权，但到了地方，犹太共同体则是合法的、与当地或王室权威交流的话事人。

然而，中世纪最后两百年见证了情况的转变。

*范式转变：疏远的少数族群与共同体*

1. 几个严格化的标志

这一变化主要通过以下两个标志体现：一是通过佩戴特定标志从而区分少数族群，二是划出他们必须居住的街区，而这些区域或多或少只住着犹太人。这个过程缓慢、渐进，它主要通过教会言论对人口施加潜移默化的影响，而教会自始至终都坚持这些界限。

实际上，自 13 世纪初期以来，教会便试图通过在衣服外面佩戴特定标志的方式将犹太人和穆斯林与社会的其他成员区分开来。在此

1 巴塞罗那阿拉贡皇家档案馆，编号：reg 66 f°203v, Valence 18.09.1286，Régné n° 1637。拉丁语原文：“*...ipsas cartas eisdem et etiam alia instrumenta ebrayca confacta inter judeos super dotibus seu sponsaliciis aut aliis contractibus observetis iudeos pro quibus ipsa instrumenta... pro ut observari debeant...*”。

2 巴塞罗那阿拉贡皇家档案馆，编号：reg 57 f°222v, Barcelone 22.10.1285, Régné n°1458。拉丁语原文“*...judeos Valencie et Xative extitit iam conventum cum instrumento ebrayco...*”。

之前，对于少数族群的人来说，穿戴特定服饰更像是一种习惯性的做法。但在 1215 年的第四次拉特朗公会议，这次全体教会参加的会议确立了主内犹太人和穆斯林必须佩戴特定标志的规矩[1]。各个时期、不同国家的君主在实行这些措施的时候却各有不同。在前后数十年的时间里，有些君主特许犹太人免于佩戴，后来才开始贯彻教会提出的原则。在阿拉贡王国，少数族群有权选择佩戴不同的区别标志，要么是加泰罗尼亚地区犹太人佩戴的、传统的圆形斗篷，要么在外衣别上一种圆圈形织物（rouelle），1323 年的一份王室文件规定："……在我们的土地和国家，凡不必佩戴犹太人斗篷的，应当在上衣佩戴一个环饰，其料子颜色须与衣服颜色不同。"[2]

这一项区别政策的第二条方针，便是将犹太人聚集在特定的街区。在拉特朗公会议设定法规之前，早已出现了犹太人街区，但在 13 世纪之前，这些街区是不同个体出于共同的习俗和需要聚集在一起形成的结果，从 1328 年开始，街区成为神权和俗权专断乃至强制推行的政策。根据王室档案记载可以让我们了解 1328 至 1342 年间赛尔韦拉（Cervera）城内犹太人街区的发展过程。我们看到，共同体的有些成员申请免于住在街区，得到国王特批的数量微乎其微，却依然遭到该城主教的反对。从这一点出发，犹太街区可以看作一个限制犹太族群与他者接触的手段之一。无论是对个人还是对集体，区分并分隔才是最重要的事情。

2. 另一种逻辑的胜利：犹太特性的分裂性

中世纪最后两百年，事实上是针对犹太人模棱两可的态度到达顶

1 拉特朗公会议第 68 条。Mansi, *Sacrorum conciliorum nova et amplissima collectio*, Florence-Venise, 1758–1798, tome XXII.

2 巴塞罗那阿拉贡皇家档案馆，编号：reg 224 f°49, Barcelone 11.07.1323, Régné n° 3272。

点的时期。应当强调的是，自犹太人开始出现在基督教世界，出现了一种自相矛盾的双重情绪，它一方面要尽可能消除犹太人的特性，另一方面又要在日常生活中将他们的特性标示出来。在这里交汇的是两条逻辑线：一是长时间的逻辑，它是为了促进不同信仰间同化从而消除差异的宗教性逻辑——这一点是基督教初期根据圣奥古斯丁的理论（théorie augustinienne）而推行的观点；二是短时间——当下时间——的逻辑，这一条逻辑考虑到了社会的“必然”或现实。最终，从13世纪末开始，特别是在阿拉贡王国内部，现实情况是：要么改宗，要么惩罚，目的是为了消除差异。如果将这个推理过程推到极致，那么其目标便是消灭作为少数族群制度性目标与符号的共同体。

在西方世界的其他地方，驱逐犹太人已经成为12世纪以来的常态，在阿拉贡王国，占主导的是改宗的想法。这种从承认共同体的事实到排斥他异性（altérité）的变化与范式转变，并非没有逻辑可循：在中世纪早期，教会的态度相对缓和，依靠宗教的文化同化，渐进地、近乎不声不响地从一种宗教转变到另一种宗教；经过几百年的共存，特别是在信仰扩张的背景下，基督教战胜了对手并将其局限于自身，更具有进攻性的逻辑占了上风。用来解经、参与论争的早期文献（sources exégétiques et polémiques）完全反应出这种转变。

多明我会修士拉蒙·马蒂（Raymond Martin）是13世纪下半叶两部重要论战著作的作者，如马蒂一般的神学家恰好身处两大趋势的交汇之处：他希望继续用理智劝说对手，话语间却逐渐沾染上攻击性。例如他在谈到改宗问题的时候写道：“以色列人未来很长一段时间都不会有真正的宗教，但他们肯定会改宗”[1]，因此改宗问题被带到宗教、政治、社会舞台的前端。

---

1　*Pugio Fidei*, chap. 23, dist. 3, III^e^ partie.

在14世纪的前三十多年，阿方索·博诺姆（Alphonse Bonhomme）在《书信》（*Epistola*）中向前更进一步[1]。他虚构出两位生活在公元1000年前后的犹太贤士，两人就犹太人无尽的苦难与他们在基督教世界不可挽回的命运进行了长长的对谈，在此之后，博诺姆通过其中一位贤士的思路得出结论，认为改变信仰是唯一可能的解决办法。考虑到14世纪中叶改宗现象日益增多，两位贤士的对话与当时产生了共鸣。这部文本被后人长期奉读，15世纪初被翻译为加泰罗尼亚语，成为当时精美书店书架上的"畅销书"[2]。

根据这种逻辑，在基督徒占大多数的地方，犹太人的特殊性及其存在的特性，似乎成了符合大家心愿的、宗教同一的阻碍。1391年暴动过后，大批犹太人被迫改宗。1424年，国王阿方索五世（Alphonse le Magnanime）在敕令中再次提到30年前巴塞罗那发生的事件："我们犹然记得，那些年巴塞罗那城中的人民表现出反对犹太人的激动情绪，当时除了少数人之外，犹太人纷纷放弃犹太律法，接受天主教的神圣洗礼并改信……"[3]从中期来看，这一事件对巴塞罗那的犹太共同体产生了灾难性的后果，因为当国王1424年再次提到这些事实的时候，实际上就是他确认废除aljama，即城市中犹太人共同体。事实

1 《虔诚的萨缪埃尔拉比致教堂教授伊萨克拉比的信》，《拉丁教会圣师著作全集》第149卷。

2 *Cf.* Jaume Riera i Sans, «Literatura antijueva en Català: textos i difusió», in *Estudi General,* 1989, núm. 9, p. 215–236. *Cf.* également Ora Limor, «The Epistle of Rabbi Samuel of Morocco: A Best-Seller in the World of Polemics», in Ora Limor and Guy G. Stroumsa eds, *Contra Iudaeos: Ancient and Medieval Polemics Between Christians and Jews,* Tübingen, Mohr, 1996, p. 177–194.

3 巴塞罗那城市历史档案馆（下称AHCB），编号1B.V–13 f°63r。加泰罗尼亚语原文："[...] *a nostra memoria les grans concitacions dels pobles que en los anys no ha molt passats foren en la ciutat de Barchinona contra los Juheus habitants en aquells temps en la ciutat damunt dita en los quals los dits juheus exceptats pochs qui lexada la ley judayca demanants levament del sant babtisme a la fe catholica son convertits* [...]"。

上，在 1391 年的事件过后，自 14 世纪末以来，市政部门一直努力争取废除犹太共同体[1]。经过几年的抗争，国王半推半就地允诺了文献中所说的特权：巴塞罗那的 aljama 走向终结[2]。在前后 30 年的时间里，犹太人成了城市中不受欢迎的人，尤其是因为他们对已改宗的人构成威胁。许多措施出台，对各族群活动空间和场域的划分越来越明确，尽管如此，大家仍担心不同族群之间依旧保持联络，一直怀疑已经改宗的人回归之前的信仰，这些都是促使他们永久消失的原因。

*结语*

在 15 世纪最后三十年，国王对于当地共同体所采取的众多措施便能说明，犹太少数族群的身份标识，从理论上看仍得到了加强，尽管走到了驱逐这一境地，即便如此，犹太民族的存续仍是一个问题。少数族群与多数族群陷入了一个无法逾越的矛盾中：这些身份标志原本是信仰持久性的保证，而这种信仰如今却变得不那么——或者根本算不上——合法。这些共同体象征着让人无法忍受的他异性，似乎成了基督教这个不可分割的身体上长出的囊肿（kystes）。13 世纪末以来少数族群命运之坎坷到达了顶峰，以至于驱逐他们才是这个无法解决的问题的唯一办法。

1 值得一提的是，1393 至 1394 年间，市政当局对国王调查 1391 年事件的举动提出了抗议。抗议的原因在于，调查给城市居民带来了许多麻烦。

2 巴塞罗那城市历史档案馆，编号：1B.V-13, f°63r。加泰罗尼亚语原文："*Per nos e per qualsevol nostres succehidors statuim, provehim, ordonam e volem solemnament daqui avant e perpetual e irrevocable privilegi fahents que daqui avant james en algun temps en la ciutat damunt dita o en los termens daquella no sie o pusque esser fet, hedifficat o construit en qualsevol manera call o juyaria ne juheus qualsevol puxen o gosen fer o tenir lurs domicilis en la ciutat e tremens dessusdits.*"。

# 第三章 法语共同体？

## 七

## 法语作家及其国家、地区、国际上的接受情况——“部落”还是“共同体”？

克里斯蒂安娜·肖莱-阿舒尔

让我们一起回顾“部落”（tribu）和“共同体”（communauté）这两个术语的惯用定义：

“部落——2. 在工业社会以前的社会中，基于实际或推定的种族亲缘关系（parenté ethnique）的社会和政治团体。3. 人数众多的群体：成员众多的大家族。”

“共同体——1. 成员生活在一起或拥有共同财产、共同利益的社会集体［……］**国家共同体**，指国家、民族。3. 国家组成的集体。国家，具有共性的特点［……］”

这篇文章延续了本人长期以来对大学教育赋予法语作家的独特性、赋予其关键或边缘地位的研究的相关思考，基于此，这篇文章将进而思考哪些问题呢？这番思考并不基于抽象的思辨，而是关乎作家、研究素材和相对具体的传播实践。它还得益于与法国本土之外的语境所进行的比较，特别是阿尔及利亚、海地和安的列斯地区。

2006 年，法国“文本与法语国家”研究中心（CRTF）出版文集《汇聚法语国家》（*Convergences francophones*），本文将基于这本信息宝库继而提出思考。重要的是反思，而非确定的答案：在法语文学这个广阔的领域中，作家的接受以及我们对其的感知素来处于再定义（re-définition）的过程之中。

*何为法语作家？*

我们首先需要明确“法语作家”一词的含义，以免重复一些过时的论点，并且将我们的思考集中在这些作家的接受度上。

法语单词 francophonie 首次出现在 1886 年：当时的语境是什么？法国地理学家奥内西姆·勒刻吕（Onésime Reclus，1837–1916）是这个词的发明者。他 20 岁参军，加入了第一佐阿夫团，前往阿尔及利亚服役。由于身体原因，他不得不放弃兵役，于 1860 年进入阿歇特（Hachette）出版社工作。1871 年，他加入了巴黎公社（Commune de Paris），巴黎公社失败之后流亡海外。1886 年，勒刻吕在阿歇特出版社出版了《法国、阿尔及利亚和殖民地》（*France, Algérie et colonies*）一书，书中使用了 francophonie 一词。那么这个词的含义是什么？在当时殖民竞争的背景下，这个词指的是法语以及说法语的人即将加入的法国所展现的卓越品质（excellence），这些人是“所有正在使用或似乎注定要使用我们语言的人”。关于这个词及其暗示的内涵，罗穆亚尔德·冯库阿（Romuald Fonkoua）强调“其 19 世纪末地理语言学（géolinguistique）的根源，彼时的法国殖民精神席卷了全世界”[1]。

1　Romuald Fonkoua, « Pour une histoire littéraire de la francophonie », Paris, *Le Magazine littéraire*, « Défense et illustration des langues françaises », n° 451, mars 2006, p. 30.

1962年，列奥波尔德·塞达·桑戈尔（Léopold Sédar Senghor）提出了一个共识性的定义：“法语国家共同体（Francophonie），是围绕着地球编织而成的完整的人文主义：是趁着彼此互补的热量而苏醒的、所有大陆和所有种族的‘沉睡着的能量’之间的共生（symbiose）。”我们可以看到，这里不仅仅关乎纯粹的语言地理学（géographie linguistique），还涉及法国文化、法兰西文明的精神及其在全世界的发扬。它的结果曾是——对一些来人说仍是——将这个法语国家共同体呈现为同质的、严密的整体，在这当中，语言的统一及其影响消弭了语言落地生根展现出的多样性——就法语国家的情况而言，法语从来不是相关国家通行语言门类之中的唯一，与此同时，还将各种冲突、暴力的紧张态势、强加于历史的内容拉到同一水平。常用词典用上面这个意义来定义 francophonie 的概念。

随着时间推移，作为后殖民制度的法语国家共同体，连同其一系列机构，已经成为国际性的组织，在对其内部机构进行现代化的过程中，法语国家共同体仍保留了统治与文化干预（intervention culturelle）残留的部分。正如多米尼克·沃尔顿（Dominique Wolton）写到的那样，这个词“哪怕开始走出柜子，仍然散发着殖民化（colonisation）的尸臭”。许多分析文章拆解了这个系统，展示这个词的来龙去脉，基于这个事实，一些将法语列为通用语言之一的国家拒绝成为法语国家共同体成员，也就是说，它们拒绝加入打着语言“共同体”的幌子，实为法语国家之间的政治“共同体”。

文学研究选择将这个概念变为复数，并通过“文学法语共同体”（francophonies littéraires）一词来指母语或第一语言非法语的作者用法语写成的作品，从而将文学层面的特性与司法层面的推定（使用一门语言就有了这个语言的国籍）区分开来。法语文学似乎更像是有待构建、分析、差异化的研究素材，而非同质的、趋于和平的文学“共同体”的一项证据。

上述原因在于，很难抹除历史、地区和民族层面的差异，否则会流露出一种不顾现实的超脱态度（angélisme）：法语作家和法国作家，对于加在他们身上、我们每天观察到的、我们惯于使用却并不总是意识到的接受情况来说，区分法语作家和法国作家已经成为一种必然。

针对大写的“敏感性”（Sensibilité）一词，莱奥诺拉·米亚诺（Léonora Miano）在她的网站上写下这段话：

“在法语‘世界文学’（littérature-monde）的时代，其中所有的法语作者都被认为得到平等的重视，即便如此，法国似乎仍然难以摆脱这样一种观念：可能存在一种伟大的法国文学，它还有个法语文学的小妹妹。来自非洲、加勒比地区或法国郊区的作家仍未被视作具有独特性和美学方案的艺术家。他们的作品仍然被当作纪实（témoignage），而没有真正被当作具有才智的作品去阅读。”

“文学法语共同体”（francophonies littéraires）这个术语似乎选择了一种摆脱殖民统治的含意：它没有抹去殖民统治，反倒关注到殖民统治，一如它关注到，由文本组成的研究素材、这个“部落”或这个“共同体”经历了相对重要的拓展，从而导致它们的名称（appellation）发生了转变。对我们来说，这个精炼的、能从我们日常赋予它的含意中被直接领会的名称来源于实际的应用[1]。大家知道，如果法语作家

1　更改称谓并不能解决问题。参考罗杰·利特尔的提议，他认为“法语书写者”（francographe）比“法语使用者”（francophone）更好，因为他认为 francographie 是一个“中立而清晰的词，指的是所有用法语书写、无论其地理来源、各地的人可以通过法语理解的东西（……）所有法国（Hexagone）文学大师——六边形（hexagone）是个完美的几何形状，它展现出对自己的完美洋洋自得，并对外来事物心有戒备——当然还有那些用法语写作的外国人”。*Cf.* «Pourquoi ne sommes-nous plus francophones» dans *Agotem*, n°2, *Poètes francographes?* Février 2005. Dublin, 19 mars 2004, Semaine de la Francophonie. 法语国家共同体的大奖颁给了罗杰·利特尔。他却没拒领！

只是用法语写作的作家，那么它还包括所有的法国作家。然而，在日常语言中，francophone 这个形容词指的是某些作家，它所指的群体毫不含混：有些作者“选择”用法语写作却不是法国人，也/或不在法国出生，或者无论他们的身份“证件”上怎么写，也不被认作法国人或法国出生的人。“南方”（Sud[s]，表示与“南方国家”的区分——译注）[1] 的法语文学诞生于冲突的语境，它们构建了一种文化间对话以及一种将“南方”带向“北方”的人文主义。francophonies 的名称引发了如此之多的争论，它单纯地指其出身不能让他们有能力用法语进行创造性表达的作家们所形成的文学整体（ensembles littéraires）。

如今，随着我们与殖民历史的距离渐远，“文学法语共同体”指的是一种极其复杂的文学现实，其分布遵循三个方向：“南方”的法语文学（不同类型的前殖民地：种植地、移民地、开采地、保护国……），“北方”的法语文学（北美和北欧），以及中欧和东欧的法语共同体。必须承认，我们讲的“法语作家”主要指前者。我甚至认为，正是与第一种法语文学相关的辩论开启了通往另两个法语文学的大门：作为证明，“文本与法语国家”研究中心的研究人员将研究东欧用法语写作的作家的学术会议命名为“另一种法语国家共同体”（L’Autre francophonie）！

出身于殖民地的法语作家与其他法语作家——无论由于个人选择，还是特定的集体历史——之间的区别，必然体现在他们相对于法语的立场之上，他们并没有“受邀”使用法语，法语被强加给他们，至少是强加在他们上一辈身上。相反，埃杜瓦多·马奈（Eduardo

1 这个“南方”名称包括全世界仍处于统治之下——并且着眼于历史上受到统治——的地区，这些地区的作家们能够提出与决策中心不同的视角和再现方式。

Manet）出于个人选择用法语写作，他谈到因为法语而来又在法语之中找到“未曾谋面的调性、远方的音乐和别处景观”，并且表示：“没有人会迈着急步，一边摔门而入、一边发号施令，走进请你做客的人的家中。”另一种立场的代表，可以用阿尔及利亚作家卡提布·亚辛（Kateb Yacine）一句强劲有力的名言加以概括：“法语是我们的战利品”，抑或像达尼·拉费里埃（Dany Laferrière）说的那样，他在魁北克的时候“娶了”法语，将法语视为一种被统治的语言[1]。在殖民地法语使用者和其他法语使用者之间，存在着两个平行但并非同义的对应关系：主人 / 客人和统治者 / 被统治者。

但是，不能支配创作语言就无法成为作家，这个适应的过程正是作家们希望谈论的：本文的目的不是探讨创作和创造，而在于探索这些作品和作家的接受。爱德华·格里桑（Édouard Glissant）站作家这边（而不是批评的接受者），他谈到那些……（未言明的法语作家）……他们的创作语言，也就是法语“面对着世界上所有的语言”被书写。当被问到“您是法语作家吗？”，格里桑回答：

“我支持写作中的多语现象（multilinguisme），我们写作的语言与其他所有语言相互交融。也就是说，只是出于缘分的关系，我面对着世界上所有的语言写作，其中还包括那些我不理解的语言。这是当代文学、现今敏感性的一个新的特点：根据这么多提供给我们的语言，通过沉浸在这些语言之中，还要加上电视、讲座、世界上各种音乐、冰岛诗歌或非洲歌曲，从而创造出自己的语言。这并不是杂乱无章的文字，而是这些语言在你的语言中的一种深刻或被隐藏的存在。”[2]

1　*Libération*, n°7730 du 16 mars 2006, dossier, p. 33.
2　*Le Monde*, 17 mars 2006, p. 10.

*复杂的文学整体*

在讨论不同的接受度之前，我们需要回顾一下当今文学法语共同体各不相同的研究素材；因为在后殖民时期，这些文学整体的轮廓越发复杂。我们可以区分出两个文学整体，它们本身可以进一步细分：

——前法国殖民地、后来成为独立国家的文学作品，这些作品与当地其他语言的文学作品共存。这些作品与法语作品之间的语言“共同体”并非一个伪问题：这个问题之所以值得思考，是因为要思考在这些国家，相比用其他语言写作的作品，这些作品的地位究竟如何。我们还需要思考，法语作品在民族“共同体”内的地位以及内部作家与外部作家或多或少的紧张关系。

——流亡作家（exil）和散居作家（diaspora）的文学作品，这些作品选择法语作为创作语言，其中许多生活在法国和欧洲的作家经历过其他帝国统治，他们因为后殖民国家的政权专制流亡到其他国家。同样在这个集体中，还必须考虑到移民作品涌现与确立的问题，这些文学整体在移居人口中确立身份，他们接受法语教育、定居法国，视自己为法国人，却还保留着关于自己出身的记忆。

——为了理解这些文学整体，还有必要考虑到后殖民理论的发展趋势，无论是其在美国起源的语境中，还是其在欧洲重新适应的语境下：我们不能忽视弗朗茨·法农（Frantz Fanon）的理论突破，还有来自魁北克的关于移民写作的丰沃思想，以及阿希尔·姆本贝（Achille Mbembe）定义的后殖民思想。

从更为总体的角度出发，所有在法国官方 / 合法文化（culture officielle / légitime）的边缘或外围创作的作品都将被视为 francophone（二者之间必然存在互动），这些作品出现于将法语列入其语言光谱

（spectre linguistique）的社会——也就是说，诞生于社会内部的文化间与复调（polyphonie）——的语境之中。因此，语言工具在遭受质疑的同时被定义：使用语言工具不是自然而然，它不能代表一个具有均质化功能的汇聚空间，亦非支持“共同体”的论据。

*接受之一——法语作家在他们的国家与地区的接受情况*

不将与法国联系在一起的“法语文学”作为进入这些作品的唯一门户，这样做可以兼顾以下历史现实：非洲确实进行了去殖民化并诞生了国家“共同体”。加勒比地区已经进行了去殖民化，但法属安的列斯和其他岛屿（留尼汪、新喀里多尼亚以及其他太平洋岛屿）在其中较为特殊，这些地区的作品很难完全融入所谓的“民族”遗产及其传承。这个问题对于在亚洲的前殖民地不一样，但确实存在。

因此，我们在研究所有这些国家的作家时，应当有条理地进行，这些国家都拥有自己的选集、词典，都有制作、发行和传播作品的机构，即使这些机构与前宗主国（ex-métropole）的相关机构并不构成竞争，我们不能颠倒主次，在研究他们的时候抹去民族性（le national）。相关的案例非常之多。与殖民历史一同诞生却被语言问题遮蔽的，还有语言之间的张力与冲突，因此在独立后，很多人开始怀疑仍然使用前殖民者（ex-colonisateur）语言的作家。相关辩论现今仍然存在，非常激烈，它们构成了这些作家在其国家或地区的接受中的一部分。这些辩论导致了“听得见”的沉默……以及许多作家流亡海外，这清楚地表明，这个问题实际上并不简单。

最后，从民族的角度来看，在区域层面显然也建立了另一个“共同体”。就文学而言，我们可以谈到马格里布、加勒比、撒哈拉以南等地的共同体……

*接受之二——法语作家在法国的接受*

在法国国内，甚至更广泛地说，在他们的祖国之外，法语作家们正作为因“人权语言”而丰富的文学法兰西（France littéraire）“大使”（无论他们是否情愿），因而身处一种矛盾的立场之中——关于这重悖论，既有归属感，又有排斥感，本文将不再赘述。几位作家的看法可以说明这一点，并且能补充前文引用的莱奥诺拉·米亚诺的观点。

刚果作家阿兰·马邦库（Alain Mabanckou）指责大学教育中法语文学流传的路径太少：

“如果说自从殖民地解放以来，法国存在对法语文学的真正‘封隔’（ghettoïsation），可能是由于我们令人烦恼的排外情绪所致。令人唏嘘的是，这个现象同样也因为大学教育体系的薄弱。法国目前是教授法语文学最少的法语国家。迄今为止，一代又一代文学科班生从大学毕业，却从未读过非洲或加勒比的作品。说到教授，当然还有一些，比如在索邦（Sorbonne）和高等社会科学研究院（EHESS）任职，但只是一个小圈子，往好里说，他们的传播力量充其量只能算得上是边缘。在这一方面，美国的情况完全不同。”[1]

2006 法语国家年期间，玛丽·德普莱珊（Marie Desplechin）没有拐弯抹角，她直接指出：

“在 francophonie 一词背后，是殖民地的影响，梦想着影响力、追求崇高在这个民族身上的残余。[……] 世界上有法国法语，正常的、合法的、自然而然的法语，还有另一种法语，必然带有异国情调、有些出乎意料、习得而来的法语。类似将比利时、瑞士、马格里布、非洲、魁北克等‘剩菜’混合在一起的‘菜泥’。世界上的有些

1 《世界报》“巴黎书展特别增刊”第 10 页（2006 年 3 月 17 日周五发行）。

人根据属地原则是土地所有者，其他人则是租户，偶尔被请来喝上一杯，以便保持良好的关系［……］法国梦想自己成为一个辐射中心，它借助各个政府部门，优雅地将它美妙的语言传播到全世界。”[1]

作家拒绝标签，尤其当这个标签具有区别对待（discriminante）的意味，譬如“法语的”（francophone）对应于“法国的”（français）——非常平和的作家阿明·马洛夫（Amin Maalouf）在《反对法语文学》（*Contre la littérature francophone*）[2]一文中对此提出强烈谴责——这个现象不需要身体力行便能领会。对他来说，应该选用“以法语写作的作家”（écrivain de langue française）的说法，“避免去翻找证件、搜查行李、查看他的名字和肤色”！事实上，如果不对克里斯蒂安·博班（Christian Bobin）、西尔维·热尔曼（Sylvie Germain）、菲利普·德莱姆（Philippe Delerm）或其他坚定忠诚的法国人，甚至对比利时作家阿梅丽·诺冬（Amélie Nothomb）加以区分，二者的区分依旧存在。拒绝称谓不能消除它所引发的问题。法语“共同体”存在，它具有区别对待的意味，但它不能与“法兰西共同体”（communauté française）混为一谈。我们应该消除的歧视，正是针对那些希望成为法国人的作家；对于其他人而言，我们应该保持分别且不加歧视。亚历山大·纳贾尔（Alexandre Najjar）赞同阿明·马洛夫的部分观点，但他明确表示，二者之分只是从实际操作出发，这种区分从作家现状来看其实非

1 布鲁塞尔《晚报》（*Le Soir*）2006年3月22日文章《瓦贝里、拉马什、德普莱珊共话：法语使用者？》。时值法国法语活动节（Festival Francophone en France，2006年3月至10月），我们看到非常多作家表明自己立场，评论家分析层出不穷：《解放报》（2006年3月16日，总第7730期）、《文学杂志》（2006年3月刊，总第451期）、《法语活动节每周咨询》（见网站）、法国国际出版总署（BIEF）通讯、巴黎书展特别增刊（2006年3月，第69期）……关于francophone这个称谓，有人主张，有人接受，有人拒绝！

2 需要废除的是无用的、歧视性的对立：“北方”文学对“南方”文学；白人文学对黑人文学；大都市文学对边缘地区文学……法语不应成为那些选择它的人另一个流放之地！这种没有区别的想法很振奋人心，但现实却很少如此。

常精准：

“若将阿明·马洛夫的观点推到极限，他的观点则会消除所有特点，并对语言和国籍进行抽象，最终导致一种‘无护照作家’的出现。尽管听上去很诱人，但这种观点具有空想的性质，与保护文化多样性和抵制全球化危险的努力背道而驰。此外，《塔尼奥斯的岩石》（*Rocher de Tanios*）作者的想法不能很好地反应我们作为在法国之外定居、使用‘法语’或‘用法语表达’的作家所具有的实际经验。

将黎巴嫩、魁北克、突尼斯、塞内加尔的作家称为‘法语作家’并不是约简之举，实际上恰恰相反。”

亚历山大·纳贾尔提出，区别法国人和法语使用者对双方来说是一个契机，因为二者之间存在“长期潜移默化、富有成效的合作以及彼此让对方更加丰富”[1]。

2006年，法语世界文学的代言人阿兰·马邦库表示，情况正在发生转变：

“有些价值观被共享，有一种身份被创造，在使用伏尔泰和塞泽尔的语言的作家之间有一种‘默契’。事实上，法语作家共同经历了文化重叠，许多人出生在前殖民地，使用当地的许多语言，这最终带来了寄于创作之中的真正团结。”[2]

亨利·洛佩斯（Henri Lopès）则宣布：

“比方说，我是一位从共同的文化资源中汲取养分的法国作家。如果我将自己定义为法语作家，是因为我认为自己有权利根据文化需求来改变法语［……］总之，一个人是法语作家，那他不会只属于某

---

1 《世界报》2006年3月24日“论坛”版刊出文章《法语国家共同体是另一次机会》，此文旨在回应3月10日阿明·马洛夫发表的文章《反对法语文学》。

2 《法语活动节每周咨讯》第31期，2006年2月31日。这次访谈预告了马邦库2006年3月1日在法国国家图书馆的讲座，他的讲座标题《复数的法语文学：法国文学的未来？》与本书关切的问题是一致的。

一个团队，他不会只住在某一个房间里。”[1]

阿尔及利亚作家穆罕默德·迪布（Mohammed Dib）为了避免在自己的国家被捕，自 1958 年起旅居法国。他在 1998 年写道：

“我们听说在巴黎有一群人也写书，就像我们一样。有时候会引发一些轰动，好让大家相信。

他们用和我们相同的语言写作。看上去可能很奇怪。他们也是用法语的人。毫无疑问，我们不是唯一发明 francophonie 这个词的人。他们肯定也发明了类似的东西。

无论如何，我们并不认识他们。我们也不知道他们在写什么，以及他们是怎么写的。无论从哪一方面来看，我们都没有想过要仔细思考这个问题：他们没和我们一起养骆驼，而我们也没有跟他们一起养猪（garder les cochons 为法语谚语，指双方因共同的生活经验而彼此很熟——译注）。

实际上，我们不知道另一群用法语的人是谁。我们用法语写作，至于他们，谁知道他们用什么样的法语写作。因为归根结底，我希望承认他们是法国人，而我们不是。

当然，问题不在于此。而在于*最好的*才能胜出！得要一方（我们）或另一方（他们）关心、想要了解谁赢谁输的问题。”[2]

### *“部落”抑或“共同体”……*

让人感到棘手的是，法语作家与法兰西民族共同体的作家形成了直接竞争。由于法语作家在媒体上的曝光度比在本国更高，他们接受度的模糊性到达了最高点，并对他们在国际上的曝光度产生了影响。

1 Entretien, *Lettre d'information du Festival*, n°32, 2 mars 2006.
2 Mohammed Dib, *L'Arbre à dires*, Paris, Albin Michel, 1998, pp. 197–198.

即使他们在本国备受媒体关注，但在法国却鲜为人知，由于使用法语以及某些戏剧性的事件，使得他们突然被前宗主国的读者们关注。弗兰克蒂安（Franckétienne）以及海地作家是一个很好的例子（尽管我无法详细阐述）；此外，布阿莱姆·桑萨尔（Boualem Sansal）或迈伊莎·贝（Maïssa Bey）等作家在媒体上的形象演变也能说明这一点。

在我看来，目前可以根据不同的情况、时代和地点，提出这些作家所属各不相同的共同体：

——首先是他们**参考的共同体**（*communauté de référence*），即他们出身的共同体，无论他们选择居住在何处，他们都不会放弃这个共同体，传播的媒介也不会放弃这个共同体，因为后者总是将他们称为“法籍某某裔”（franco-quelque chose）：阿明·马洛夫《致命身份》（*Identités meurtrières*）开篇头几页明确表达了这一点。

——当他们进行国际交流时——也就是走出他们的国家和法国——他们基于写作语言，因而属于**过渡的共同体**（*communauté de transition*）……“法国万岁！”（Cocorico!）……

——最后，碰到书展活动，我们可以根据不同的文化活动谈论**情境和流通共同体**（*communauté de circonstance et de circulation*）：在这种情况下，大家更愿意将这个群体称为“部落”。我们中有人经常参加书展，依据作家代表国家以及每人时间的不同，大家肯定见过由一位突尼斯人、一位刚果人、一位海地人、一位马提尼克人、一位毛里求斯人、一位阿尔及利亚人等组成的“部落”。他们是否属于“民族共同体”——无论是他们自己的，还是法国的[1]——并不重要。米歇

1 我们注意到，在一位伟大作家去世时——有时在去世前——会出现“僭取”（récupération）的现象。对于这一点，安德烈·舍迪特（Andrée Chedid）的案例就非常有意思。而穆罕默德·迪布或贾梅勒·埃丁·邦切克（Jamel Eddine Bencheikh）的情况正在逐渐明朗，法国、摩洛哥、阿尔及利亚等国参与了争夺。这个现象涉及“文化遗产”（patrimoine littéraire）的概念，有待细致的辨析。

尔·勒布里（Michel Le Bris）和让·鲁奥（Jean Rouaud）所著的《走向世界文学》（*Pour une littérature-monde*）一书（2007 年，伽利玛出版社）是一个很好的例子。封面上列出了 27 个作家的名字，可以说……法国作家相形见绌！

如果对他们作品的分析和阅读不变，以上这些可能只是媒体炒作的噱头：他们在法国被视为认同、融入享有盛名的法国文学体系，却在法语与另一种文化和 / 或用来表示亲近和感情的语言形成竞争的原籍国家展露出一种颠覆性的存在。一些在本国知名的法语作家，据说因为过时的民族主义或所谓的“社群主义”从未得到认可。

*可供继续思考的例子*

对于那些希望通过创作得到认可的作家们来说，道路十分艰辛。最后，我们可以举出四个相关的例子：三位法语作家和一套最新出版的丛书。

这三位生活在法国的作家，他们与出生国家的共同体之间保持着较为紧密的联系，未来前景却各不相同。

法图·迪奥姆（Fatou Diome），如果考察她所有目前出版的作品，她似乎对为了创作固有的、必须经历的流浪生活（nomadisme，一译为“游牧主义”，此处按本义译出——译注）以及她所属的三个文学场域——两个民族性的，其中一个法国、一个塞内加尔，第三个是跨民族（transnational）的，即法语作家——而按照国籍对作家进行分类的做法提出了质疑。我们能够将“文学场域”的概念与“共同体”的概念相重叠吗？矛盾在于——她越来越成功地融合——以下两个方面：一是调和根源、乡土、自己国家和岛屿的历史与她的流浪生涯、居住在一个与她出生国家存在冲突历史的国度；二是在新兴的法语作家"部落"中找到位置，而大家刚刚开始意识到，这个部落作为撼动决策中心的力量具有积极的重要性。她既是驻地的作家（écrivaine de l'ancrage）——关键词是根、身份的极化——也是移居的作家（écrivaine du déplacement）——关键词是不安、流浪生活。她形成了我在另一篇研究中称之为双重写作（écriture duelle），而不是横贯写作（écriture traversière）的独特写作方式[1]。她巧妙地糅合了生平踪迹与美学探索，却仍然无法逃避她自身是历史产物的事实：在这个历史中，她所代表的国家在欧洲的大合唱中处于边缘的地位。所以，无论她多么渴望从历史的偶然性中获得解放，都会遭遇客观和主观的阻碍，这使她在叙事情节、主题、人物和重大主题等各个层面上表现出一种双重性。在最近的创作中，她似乎从双重写作中汲取了养分，走向了一种横贯写作的方式，她在这种写作方式中摆脱了苦涩的统治历史，成为一个自主的、创造性的、不再驻扎唯一地点的移民个体。法图·迪奥姆在两个"中心"之间摇摆不定，其中一个中心与她拒绝的"宗主国"的概念相互关联，她不断对抗却无法（在一种离心的、偏向的运动中）摆脱这个概念，另一个她的文化的中心与复原历史联系在了一起（并朝向'她的'中心做向心运动，在制度和意识形态层面遭到了"这个中心"的拒斥）。

这种定性的尝试说明，我们不能将她——连同其他许多当代法语作家[2]——归入某个单一的极端，因为她的作品或多或少地在两个极

1 Christiane Chaulet Achour, «Écritures duelles, écritures traversières» in *Latitudes – Espaces transnationaux et imaginaires nomades en Europe*, Jérôme Ceccon et Molly Lunch (coord.), CRTF-UCP/Encrage édition-Amiens, 2008, pp. 49–62.

2 参见《世界报》2006年3月17日增刊，应晨的文章《一个不可说的区隔》："我是一个漂泊的存在，无法对我自己、对世界和对语言有一个明确的想法，无法属于某一个文化。我相信所有带着勇气和纯真、一头扎进一门不靠遗传得来的语言的那些人，这门语言是他们在生命之中获得的礼物或必需品，他们必须永远放弃所谓民族语言的概念，相反，他们梦想着语言的完整性，希望每种语言都能接纳最广阔的世界和最特殊的个体。"

端之间来回摇摆。一极，是大地、根源、历史、人民组成的极端，另一极，是移民、迁移、旅行、运动组成的极端。这位女性作家没有一个明确限定的立场，而是根据经历、居住地、个人选择、受到的限制、她的接受情况，在不同的极端之间选择不同的定位。

南希·休斯顿（Nancy Huston）享受到北半球法语作家能很快接受的曝光度，她在融入法国的民族文化底色之外，经常提出有关作家的“民族划分”和写作的“游牧主义”（nomadisme）的问题。在1996年的文章《身份的衰退？》（*Le Déclin de l'identité ?*）[1]中，她提出了另一种分类。她首先指出，大家已经根据民族的空间划分文学：

“过去有法国文学、英国文学、德国文学、俄国文学、西班牙文学……这些定语具有意义，是因为小说实际上反映了（或者更确切地说，凝聚了）作者所住的国家的重要面貌［……］如果作家旅行，他们会为国内读者带来异国情调的描写［……］即使是长期定居外国的作家也不会有任何疑问；哪怕屠格涅夫在法国过了二十年，他小说的情节、氛围、核心问题、人物依然带有俄国风格。”[2]

但她认为，现在一切都变了。她提出了三种类型作家，而我们只关注其中的两种，第二种似乎与我们并不相关，它不过是程度更深的第三种作家。第一类是“从一块土地、一段历史、一个民族中汲取灵感”的极化作家（écrivains polarisés）[3]。她将他们定位在文学尚处于“萌发”阶段的国家，并且举出两个例子：马提尼克和魁北克。这些文学来自需要证明自己的国家。然而，其他国家没有想要证明的事情。“极化作家”并不一定身处冲突之间。他们在自己的群体或土

---

1　写于1996年的文字，选自 *Âmes et Corps, Textes choisis–1981–2003*, Leméac, Actes Sud, pp. 49–65.

2　*Ibid.*, p. 54.

3　*Ibid.*, p. 55.

地中寻找他们希望探索的一切，例如托妮·莫里森（Toni Morrison）。第二类（在她的文章中属于第三类）是“分裂”作家（écrivains «divisés»），近一个世纪以来才出现。她将其定义为那些改变国家和语言并因此遭受痛苦的人，而这种痛苦是被归入该类别的必要成分：“换句话说，必须要让迁移对你本来的身份提出质疑，迁移要成为重要主题，时不时纠缠着你的生活。”[1]。她特别提到了卡夫卡以及所有被称为“法语作家”的作家，包括南希·休斯顿本人和其他被放逐、“迁移”到其他语言和地方的作家[2]。休斯顿从“根”（racine）的角度欣赏这群作家，她明确指出：

“随着20世纪不断向前推进，人口迁移、交通和通信手段越发迅捷、更加完善，分裂作家越来越多［……］这些作家既不**扎根**（enracinés）也不**根绝**（déracinés）；他们常常将根的概念视为一种幻觉，甚至是一种危险的隐喻。他们既不是**定居的人**（sédentaires）也不是**游牧民族**（nomades）。他们是被放逐的人。”[3]

这些作家在任何地方都没有归属感，他们在哪里都不自在，这种无处归属和不自在正是他们创作的源动力。对于休斯顿来说，他们在间隔（écart）中而非在介入（engagement）中进行写作。他们不站在一方对抗另一方的立场，而是保留着让他们苦恼、促使他们写作的间隔。这群作家的身份容易招致疑问，他们知道“**我是另一个**（*je est un autre*）这件事是不可避免的。我们从一开始就是多样的”[4]。在她看

1 写于1996年的文字，选自 *Âmes et corps, Textes choisis–1981–2003*, Léméac, Actes Sud, p. 58.

2 在所有极化作家中，可以看到屠格涅夫、沙尔万、乔伊斯、托妮·莫里森、鲁塞尔·班克斯（Russell Banks）的名字，在分裂作家中，可以看到萨尔曼·拉什迪、贝克特等作家的名字。

3 Nancy Huston, art. cit., p. 59.

4 *Ibid.*, p. 62.

来，双重归属感比极化更不稳定，因为双重归属感让人意识到身份的相对性。

我们在此讨论“共同体”或“部落”的问题，相较之下，休斯顿提供了一个新的视角，这个视角也无法反映出法图·迪奥姆和下文简要提及的莱奥诺拉·米亚诺的立场。南希·休斯顿忽略了施加在“南方”法语作家身上的某些历史和社会制约。

在最新一届圣马洛图书电影节（Festival de Sain-Malo）“非凡旅人”（Étonnants voyageurs）的嘉宾名单中，有关莱奥诺拉·米亚诺的介绍如下：

“高中生龚古尔文学奖（Goncourt des lycéens）得主，1973年生于喀麦隆，莱奥诺拉·米亚诺是非洲流散文学（diaspora littéraire）的新兴之秀。黑暗与充满诗意的《非洲序曲》（*Suite africaine*）描绘了撒哈拉以南非洲的内战和奴隶贸易的往事，此后，这位喀麦隆小说家在巴黎定居了20年，现在开始探索黑色法国（France noire）的灵魂。对‘边界身份’（identités frontières）充满激情的她，尝试对她所谓‘非洲裔欧洲人’（Afropéens）赋予文学性的存在。”

我最近在另一份研究[1]中提到，我认为，米亚诺与艾梅·塞泽尔（Aimé Césaire）非常相似，塞泽尔在1987年曾说过：

“是的，我们确实构成了一个共同体，这是一个非常特殊的共同体，它可以通过以下特征来识别：首先，它是一个遭受压迫的共同体（communauté d’oppression subie），一个不得不接受被排斥的共同体（communauté d’exclusion imposée），一个深受歧视的共同体

1 2013年5月22日，塞尔吉-蓬图瓦兹大学“文本与法语国家”研究中心（CRTF）主办纪念废除奴隶制暨艾梅·塞泽尔百年诞辰研讨会：“奴隶制的想象与回忆：直面奴隶制的塞泽尔、非洲后裔与非洲大陆人”。会议文集将通过fabula网站发布。

（communauté de discrimination profonde）。当然，这也是一个由持续的抵抗、为了自由而做的坚决抗争、顽强的希望组成的共同体，这也它的荣耀所在。”[1]

这两位作家——特别是后者——明确指出了美国的非裔美国人社区（有共同的历史、语言和文化）与法国的“黑人”共同体之间的差异，尽管法国社会没有给予后者应有的地位，但他们仍然将自己看作法国社会的一部分。他们像布列塔尼人或科西嘉人一样，在不脱离民族共同体的前提下保持着对原来共同体的归属。

在文集《为说而写》（*Écrits pour la parole*）中“不安宁之人”（In-tranquilles）这一部分，莱奥诺拉·米亚诺通过戏剧化的处理，将“共同体”一词拓展为演讲，其中的一位人物使用第二人称，面对读者和听众慷慨陈词。在这里，我们可以看到另一种双重写作的例子。

人物叙述者（personnage-énonciateur）说回“他的共同体”，发现人们对它的存在指指点点，因为这违背了法兰西共和国的理想，法国不承认“那些声称具有某种特定共同点的人群，但凡有一个群体主张它，特定的东西会损害其他一切，因此这些都应该停留在私密的领域中”[2]。

在私人领域，每个人可以做自己想做的事，然而，让个人的事溢入所有人的公共领域是不恰当的。否认这种对差异的恐惧，其实是否认身份的多样性。这种否认与“你”被问及、与“你”的历史相关的所有问题、与你作为“外国文化的保留者必然与他们疏远”的事实是相互冲突的。对他们来说，“你”仍然是带有各种歧视的“法国什么

---

1　1987 年 2 月 26 日，在佛罗里达国际大学主办的半球会议，塞泽尔发表演讲《论黑人性》。*Cf.* Aimé Césaire, *Discours sur le colonialisme suivi du Discours sur la Négritude*, Présence Africaine, 2004, pp. 77–92. Citations p. 81 et 83.

2　Léonora Miano, *Écrits pour la parole*, *op. cit.*, «Communauté», pp. 29–38.

裔”。他们频频提醒你的出身，如此频繁，以至于你的混血身份被黑色的血所取代，而你想要的，只是在这个国家里过上消停的、像人一样的生活，而这，是你唯一了解的国家。为什么你的共同体让人如此恐惧？如果我们从内部开始探寻，为什么这个共同体本身，它不支持想要摆脱困境的人，反倒双臂交叉、眼看他溺死，而当这个人获得了一丁点机会或成就，这个共同体就要求分享好处呢？

再次念出贯穿这段充满愤怒和讽刺的独白的主题句：“所有人都在谈论共同体，谈论你的共同体，你也一样……”，并借此表达矛盾的双重欲望：既希望超越这个共同体，离开它却又无法而生活。然而，很快响起了指责他“社群主义”（communautarisme）的声音，然而“介于自我和他者之间”却从未被定性为社群主义[1]！在持续的观察和审视中，你的愤怒可能爆发，别人却无法理解。你知道，“太多冷酷的幻灭，太多的脆弱，太多的不安宁，太多无法与他人接触的无奈”……你成为“无效愤怒的代表”[2],这才加入了“你的”共同体，因为只有在这个共同体内部，“你才能发出你在其余时间里压抑着的呐喊”，而别人经常称你为“黑人”（*Black*），将你简化为一种肤色，忘记了个体。作家想要再现的，是一种危机和矛盾的境况，她的意愿是突显那些机制失灵的地方。如果我们考虑米亚诺的整体立场，她对共同体的论述不止于此：每个人身上都带着血统的共同体，我们应该平静地体验它，因为它不会威胁到更广阔的身份归属。

对于我们今天讨论的内容来说，这个文本以及莱奥诺拉·米亚诺出版的所有小说都非常有趣。与法图·迪奥姆和南希·休斯顿不同，即使她梦想着能够受到跨民族认可的“边界身份”，她很清楚地懂得，

1 Léonora Miano, *Écrits pour la parole*, *op. cit.*, p. 34.
2 *Ibid.*, p. 37.

这并非我们目前正在经历的阶段。当今世界将她无情地带回了排斥、或轻或重的种族隔离，而当下的写作不能忽视这一点。她很好地把握了身份回缩（replis identitaires）引发的紧张情绪——也就是对于冒犯的回应与意识到一个“身份”由多种组成部分构成并且它是一个过程之间的关系。

在分析以上三个例子之后，我们可以说，无论这位法语作家是在自己的国家还是在法国之外，每个人的经历都有待研究。也许经过许多分析，我们才能发现一些趋同的特征，这些趋同的特征基于面对其他语言、其他文化用法语写作的现实，将上述法语作家形成了“一个共同体”。

本文最后一个例子暨结语押在了一套丛书上。这套丛书自去年 1 月开始出版，每半年推出四部书，每年为阅读和传播市场带来八部针对法语文学的分析专著，很快就会迎来 21 世纪文学书库的开门红！

2013 年 1 月推出首批四部书：艾梅·塞泽尔的《暴风雨》（*Une Tempête*）；弗朗茨·法农的《黑皮肤 白面具》（*Peau noire masques blancs*）；阿玛杜·库鲁玛（Ahmadou Kourouma）的《独立的太阳》（*Les Soleils des indépendances*）；让-约瑟夫·拉贝阿利维洛的《近乎梦想》（*Presque-Songes*）。

2013 年 5 月推出接下来的四部书：艾梅·塞泽尔的《刚果一季》（*Une Saison au Congo*）；阿玛杜·库鲁玛的《人间的事，安拉也会出错》（*Allah n'est pas obligé*）；穆鲁德·玛梅利的《鸦片与大棒》（*L'Opium et le Bâton*）；达尼埃尔·马克西曼的《孤独的太阳》（*L'Isolé Soleil*）。

第三批将于 2014 年 1 月出版，包括以下作品的研究：阿祖兹·贝加（Azouz Begag）的《来自沙巴的小伙子》（*Le Gone du Châaba*），阿西娅·杰巴尔（Assia Djebar）的《天真的云雀》（*Les*

*Alouettes naïves*），瓦吉·穆阿瓦德（Wajdi Mouawad）的《烈火焚身》（*Incendies*）和提耶诺·莫内南波（Tierno Monénembo）的《孤儿的长子》（*L'Aîné des orphelins*）。

这套书的作者群体非常多元：涵盖了“南方”法语世界，从最经典的作家一直到当代的作家。大家可以随手做一个小测试：你是否认识他们？他们来自哪个国家？他们住在哪里？他们的作品属于哪种文学类型？这套丛书与预设的文学分类截然不同，希望可以弥补对这些作品分析工具的缺失。然而，距离这些作品被列入法国教学大纲还有一段很长的路要走。与此同时，在这套丛书在传播的过程中，与作家有关的国家都要求对来自他们共同体的作家展开更多的研究。马达加斯加、马提尼克、阿尔及利亚都明确提出了这样的要求。法语文学对于法语作家共同体的整体认知不足，法国的传播机构（教育、媒体等）则倾向于对……任何人都不提出特别需求。这也是我为何在之前的研究中提出假设，认为根据语境不同有多样的共同体归属，我之前的研究提出关于多元共同体归属的假设，这个问题则有待进一步的思考。

# 八

# 重新思考非洲的共同体和文学场域：文学与克里奥尔化

阿卜杜拉耶·伊莫鲁

在形成叙述（mise en récit）的层面，非洲共同体和非洲文学场域彼此相伴，二者的建立者主要是“黑人性”（Négritude）运动的支持者[1]。阿卜杜拉赫曼·A·瓦贝里（Abdourahman A. Waberi）所称的“后殖民地的孩子们”（enfants de la postcolonie）[2] 的这一代作家对克里奥尔化（créolisation，一译作“混融”——译注）的兴趣日益增长，非洲共同体的概念随之逐步衍变，本文希望展现这些变化对文学场域的结构所产生的影响。基于这个视角，我首先将研究这一代作家与前辈之间断裂的本质。接下来，我将证明这种断裂使他们放弃了与民族达成协议的想法，他们反倒更倾向于与非洲大陆建立契约。最后，我将思考由此而来的新语境可能在多大程度上推动非洲文学场域动用制度性的论据（argument institutionnel）以取代身份性的论据（argument identitaire）。

## *断裂*

20 世纪 90 年代末，阿卜杜拉赫曼·A·瓦贝里对非洲法语文学

1 David K. N'Goran, *Le Champ littéraire africain. Essai pour une théorie*, Paris, L'Harmattan, coll. «Critiques littéraires», 2009.

2 Abdourahman A. Waberi, «Les enfants de la postcolonie. Esquisse d'une nouvelle génération d'écrivains francophones d'Afrique noire», *Notre Librairie*, n° 135, septembre-décembre 1998, pp. 8–15.

进行分期，由此分出前后四代人："先驱者的一代（1910—1930年代）、支持'黑人性'运动的一代（1930—1960年代）、去殖民和后殖民祛魅的一代（从1970年代开始）"[1]，以及他所属的后殖民地的孩子们（从1990年代开始）。据他说，最后一代人"使用双重护照时毫不犹豫"，因此与前几代人有所区别[2]。这一代人逆转了与流亡、与迁居之间的关系，强调自身价值、赞美混杂（métissage）：

"这第四代将带来新的东西，他们将通常令人恐惧、具有灭绝性、痛苦的流亡转化为一次丰富的、快乐的流浪，借此将他们的存在合理化。不能从怀旧、痛苦——总之是'痛苦有益论'（doloriste）——的角度来看待他们的流浪。"[3]

消除阻隔（décloisonnement），特别是后殖民主义、全球史的逻辑盛行的背景，使得与流亡之间的关系逆转更加具有现实意义。这些逻辑认为，鉴于共同的——尤其是殖民史——历史和全球化的事实，空间和时间是相互连接的，不再可能将文化场地（aires culturelles）视为相互孤立的[4]。他们意识到边界越来越模糊，并且认为对于世界的看法不能仅仅以种族为中心[5]。

此外，这种转变得以实现，还因为非洲文学从未完全以非洲为中心（afrocentrée）。实际上，我们可以看到，尽管非洲作家率先谈论到非洲本真性（authenticité africaine），但一直采用与其他人相同的

1 Abdourahman A. Waberi, «Les enfants de la postcolonie. Esquisse d'une nouvelle génération d'écrivains francophones d'Afrique noire», *Notre Librairie*, n°135, septembre-décembre 1998, p. 8.

2 *Ibid.*, p. 11.

3 *Ibid.*, p. 15.

4 Laurent Testot (dir.), *Histoire globale. Un autre regard sur le monde*, Auxerre, Éditions Sciences humaines, 2008.

5 Dipesh Chakrabarty, *Provincializing Europe. Postcolonial Thought and Historical Difference*, Princeton, Princeton University Press, 2000.

写作策略和技巧。常被认为是非洲特有的元素远非仅仅出现在这块大陆上。除非我们认为麦弗森（Macpherson）和莪相（Ossian）的诗歌属于非洲，口语性（oralité）和民间传说（tradition）才仅仅属于非洲；抑或设想魏尔伦提出“音乐先于一切”（de la musique avant toute chose）[1]的时候邀请他在非洲的同侪写作非洲诗歌，否则节奏与韵律贯穿始终的写作并不仅仅属于非洲。批评基于同一类的观念，希望通过一些要素坐实差异化的论据（argument différentialiste），但我们应该注意到，这些要素有其薄弱之处。在《文学与发展》（*Littérature et développement*）一书中，贝尔纳·穆拉利（Bernard Mouralis）表明，批评试图以不同标准（语言、文化、意识形态等）来表达非洲文学的特殊性，但这些标准带有一定的局限[2]。

事实情况却是，前辈的作品可能传达出绝对他异性（altérité absolue）以及截然不同的非洲共同体的观念。他们也可以像《模棱两可的冒险》（*L'Aventure ambigüe*）里呈现的那样，表达出对混生（hybridation）的怀疑以及对同化（assimilation）和文化适应（acculturation）的恐惧[3]。但是大多数作家的流动性，并不比后殖民地的孩子们更少。因此，二者的断裂更多体现在对不同文化相互接触这个现象的评价之上。阿卜杜拉赫曼·A·瓦贝里这一代人坚决主张混杂与混生性（hybridité），这两个概念放在以前可能会引发问题[4]。

---

1 Paul Verlaine, «Art poétique», dans *Jadis et Naguère*, Paris, Léon Vanier, 1884.

2 Bernard Mouralis, *Littérature et développement*, Paris, Silex, 1984. Voir précisément la deuxième partie: «Définition de la littérature négro-africaine d'expression française», pp. 141–382.

3 Cheikh Hamidou Kane, *L'aventure ambiguë,* Paris, Julliard, 1961.

4 然而，需要看到同时还存在其他思潮，它们并不完全承袭老一辈的观点，对于克里奥尔化的拥护也更少一些。*Cf.* Abdoulaye Imorou, «Localiser le champ littéraire africain. Le territoire et le lieu», *Nottingham French Studies*, à paraitre, 2016.

基于这个视角，以阿希尔·姆本贝和莱奥诺拉·米亚诺为代表的作家分别提出了非洲都市主义（afropolitanisme）和非裔欧洲主义（afropéanisme）的概念[1]。

尽管这些概念的构思基于不同的背景：第一个概念的背景是非洲首次承认其具有世界性（cosmopolite）的维度，第二个概念的背景是法国黑人的亲身经历，但是二者最终指向了同一个过程。这两个概念表达了对唯一根源的拒斥，并且认识到，别处（l'ailleurs）存在于此地（l'ici）、此地存在于别处：

"这两位出生于喀麦隆的知识分子，先是基于自己的个人经历来建立自己的话语。他们承认欧洲对于自身话语所具有的贡献，并且在原生的非洲之外，邀请美洲、加勒比、亚洲和中东加入其中。两人的观点围绕着相似的关键要素（éléments-clefs）展开：一是将流通视为身份建构的载体，视为非洲土地上流动性的历史特点，尤其是殖民之前的特点，视为人与文化流通的世界性面貌；二是重新思考非洲性（africanité），并将创造行为置于核心地位的必要性。"[2]

实际上，比起混杂与混生性，以上两条路径更多地涉及格里桑提出的克里奥尔化："我称之为克里奥尔化，是在世界–地球（monde-terre）现实化的整体中，各种文化之间的相遇、干涉、冲突、和谐与不和谐。"[3] 与格里桑一样，在姆本贝和米亚诺看来，彼此相遇的不同文化无法区分出等级的高低，其结果更是不可预测："克里奥尔化是混杂，它的附加值就是不可预测性。"[4] 此外，艾丽斯·勒菲耶尔指出，

1　Léonora Miano, *Habiter la frontière*, Paris, L'Arche, 2012.

2　Alice Lefilleul, «Afropéanisme, identités frontalières et afropolitanisme. Penser les nouvelles circulations», *Africultures*: *Afropéa, un territoire culturel à inventer*, n° 99–100, décembre 2014, pp. 84–91.

3　Édouard Glissant, *Traité du Tout-monde*, Paris, Gallimard, 1997, p. 194.

4　Édouard Glissant *Introduction à une poétique du Divers*, Paris, Gallimard, 1996, p. 19.

克里奥而化并不会被介绍为一个新现象。倡导非洲都市主义和非裔欧洲主义的人暗示，他们没有生造什么东西，只不过是记录了一直在塑造非洲共同体的过程，而这个共同体，可以说从其起源就已经克里奥尔化了。

《明天，我二十岁》（*Demain j'aurai vingt ans*）[1]描绘了早在 20 世纪 70 年代已与世界相连的刚果。《影子季节》（*La Saison de l'ombre*）[2]则上溯到更早的时期，暗示克里奥而化现象早在非洲奴隶贸易萌发之时便已在非洲显露。事实上，后面这部作品描绘了一个名为贝巴耶迪（Bebayedi）的村庄，村民是为了逃避黑奴贩子逮捕而来、出身于不同共同体的成员，每个人让自己的语言、知识、风俗习惯成为共同的语言、知识、风俗习惯。这些例子足以说明，任何共同体诞生于与其他不同共同体之间的相遇。但他们的这种做法使得与某个民族签订独家契约的想法陷入了困境。

### *从契约（pacte）到合同（contrat）*

建立非洲文学与非洲大陆之间的契约，这个原则与“黑人性”一起成为了必然，它的大框架是希望将一个自治的文学场域合法化，这里合法化指的是它可能独立于法语场域而存在。捍卫这条原则至少具有两个维度。首先，它将民族的概念应用到非洲大陆范围内甚至扩展到整个非洲流散族群，其托词是，黑人尽管身处不同地方，他们仍共享着相同的文化。桑戈尔通过区分文明和文化证明了这一想法的合理性：“文明是一个民族的全部成就，而文化代表着这种文明的精

1 Alain Mabanckou, *Demain j'aurai vingt ans*, Paris, Gallimard, 2010.
2 Léonora Miano, *La Saison de l'ombre*, Paris, Grasset & Fasquelle, 2013.

神。”[1]。“黑人性”的支持者处于类似观念的范畴之中，他们用黑人经历组成的共同体——奴隶制、殖民和其他形式的统治——将民族概念扩展到最大限度[2]。其次，“黑人性”运动断言只有黑人有资格说非洲。基于这样的观点，桑戈尔确信黑人对世界有一种特殊的、本质上属于情感范畴的看法：

“黑人性是任何话语和/或任何‘非洲思想’（pensée africaine）唯一甚至无法绕过的参照。因此，它宣称诗歌（也就是说，将超越作为赋予黑人的天然特征）是其他学科、其他任何学科（知识）实践借此获得合法性的实践或主要科学。”[3]

然而，如果说这个策略能在获得作者功能、确认非洲文学场域自治的过程中发挥效用，是因为它承载着一种与其他任何文学都不同的文学，而它的结果在于，将这种文学置于需要不断展现非洲性外在特征的境地。出于这个目标，“黑人性”将口语性和民间传说当作非洲特性的主要标志。它使作家们不得不委身于不断陈述这种特殊性的命令，而作家自身又会通过贝尔纳·穆拉利所说的“有关文学的话语”（discours sur la littérature）让这道命令发挥效力。这种话语与作家们的艺术创作并行，它的目标在于说出非洲文学应该是什么[4]。它将口语性和民间传统的母题作为合理化的标准，捍卫作为集体行为的文学这个观念，包括作家作为非洲社会的代言人，应捍卫非洲社会的价值观并谴责殖民主义的敲诈恶行。

这种话语引入了一种排他模式（modèle exclusif），任何作者不

---

1 Léopold Sédar Senghor cité par Bernard Mouralis, *Littérature et Développement*, *op. cit*., p. 187.

2 Bernard Mouralis, «L’évolution du concept de littérature nationale en Afrique». *Research in African Literatures*, n° 18–3, 1987, pp. 272–279.

3 David K. N’Goran, *Le Champ littéraire africain*, *op. cit*., p. 169.

4 Bernard Mouralis, *Littérature et Développement*, *op. cit*., p. 464.

遵守其规定的原则，都将被逐出共同体。巴卡里·迪亚洛（Bakary Diallo）的《仁慈的力量》（*Force-Bonté*）[1]的接受情况、卡马拉·拉耶（Camara Laye）的《黑色的孩子》（*L'Enfant noir*）[2]引发的辩论和扬博·乌洛格姆（Yambo Ouologuem）的《暴力的义务》（*Le Devoir de violence*）[3]遭受强烈谴责便足以证明这一点。这三部小说分别被控诉称颂殖民主义，抵制殖民的态度不够坚决，描绘了与通常流传的理想化画面不符的殖民前非洲。还有一种普遍的看法可以证明，它认为非黑人作家进入非洲文学领域是不可想象的。

归根结底，与民族签订契约的原则——正如它在非洲文学场域内被构思的那样——使文学展现出非洲共同体的面貌，这个共同体希望自己是真实的、独特的，并打算一直保持下去。此外，这个原则表露出非洲国家与其文学之间的关系是自然的，黑人作家和非洲共同体之间具有本能的、深入的联系。

实际上，作家们从来没有完全遵守关于文学的话语所提出的要求，尤其是作为代言人或是将写作视为再现口语性与民间传统的时候。在这些方面，他们在话语和实践之间保持了某种程度的距离[4]。然而，他们中的大多数似乎一直在验证与非洲大陆之间具有本能的关系，或者说，至少一直在演绎这种关系。他们经常通过展示与非洲的关系，用以证明自己在文学场域的位置具有合理性。仿佛文学的质量可以通过与非洲的关系的真实性来衡量。大卫·恩戈朗（David N'goran）阐述了弗雷德里克·蒂廷加·帕塞雷（Frédéric Titinga Pacéré）和贝尔纳·扎迪·扎乌鲁（Bernard Zadi Zaourou）是如何分别在作品中展现

---

1 Bakary Diallo, *Force-Bonté*, (1926), Paris, Nouvelles Éditions Africaines, 1985.

2 Camara Laye, *L'Enfant noir*, Paris, Plon, 1953.

3 Yambo Ouologuem, *Le Devoir de violence*, Paris, Seuil, 1968.

4 *Ibid.*, p. 468.

击鼓艺术——前者写的是研究达姆达姆鼓的学问（bendrologie），后者写的是迪迪加乐弓（didiga）——从而在作家中拔得头筹。两位作家自视为这些古老实践的继承人，希望被认作桑戈尔和塞泽尔最有资格的接班人选[1]。塞洛姆·科姆兰·巴努（Sélom Komlan Gbanou）举出以下这个例子："库鲁马写到了马林科族猎人的叙事歌谣（donsomana malinké）[……]它一方面来自托瓦里（Towaly），托瓦里在《他们那张脸》（*Leur figure-là*，1985）里再次讲到埃维族人叙述者的言语，另一方面来自阿迪亚非（Adiaffi），阿迪亚非将阿格尼族（agni）的历法融入了他的小说《身份证》（*La Carte d'identité*，1993）"[2]。

针对这一点，"后殖民地的孩子们"想要的断裂实际上只是相对而言。尽管断裂体现在不同的层面，却同样展示了他们与非洲之间的紧密关联。这些作家涉及的主题从某种程度上说全都与非洲相关，哪怕把情节设定在其他地方的文本也是如此。例如提耶诺·莫内南波（Tierno Monénembo）和萨米·恰克（Sami Tchak）的"南美洲"小说，仍然出现了非洲人物或至少与非洲相关的问题。在写作的层面，大家仍然在探寻通常认为具有非洲特色的风格效果。莱奥诺拉·米亚诺说："我用标点符号并不总遵循正统。它寻求一种非欧洲的节奏。在句子的底层，还有许多其他语言。"[3]在莫内南波的小说《富拉尼人》（*Peuls*）[4]中，作家创造了一种"戏谑亲属式叙事者"（narrateur-parent-à-plaisanteries）的角色[5]。

---

1　David N'goran, *Le Champ littéraire africain*, *op. cit*.

2　Sélom Komlan Gbanou, «La traversée des signes: roman africain et renouvellement du discours», *Revue de l'Université de Moncton*, vol. 37, n° 1, 2006, p. 39–66.

3　Léonora Miano, *Habiter la frontière*, *op. cit*., pp. 28–29.

4　Tierno Monénembo, *Peuls*, Paris, seuil, 2004.

5　Bernard Mouralis, «Du roman à l'histoire: *Peuls* de Tierno Monénembo», dans *L'Illusion de l'altérité. Études de littératures africaines*, Paris, Champion, 2007, pp. 133–142.

这些立场同样在衡量与非洲关系的分寸。如果不再自称为非洲民族的代言人，就要像莱奥诺拉·米亚诺一样担任斗士的角色。还有一些作家则寄希望于重回大陆。这种回归可以是象征性的，类似阿兰·马邦库在《明天,我二十岁》《黑角之光》[1]《小辣椒》[2]等作品中，运用了不同形式的自我书写（écriture de soi）来讲述他离开法国之前在刚果度过的生活，这种写法带来了一种浪子回归的效应。马邦库在布拉柴维尔“非凡旅人”图书和电影节上的讲话也是朝着这个方向。但这种回归也可以是身体上的：近年来，莫内南波一直住在几内亚。

然而，应当注意到，促使后殖民时代的孩子们寻求与非洲建立联系的背景具有重要的意义。这些作家面临一种新的现象——他们的非洲性遭受质疑。批评者指责巴卡里·迪亚洛（Bakary Diallo）、卡马拉·拉耶、扬博·乌洛格姆等作家在为西方服务。他们要么说这些作家选择了另外一个阵营[3]，要么说他们离开非洲太年轻或离开时间太久，已经西化了，与这片他们不再熟悉的大陆没有关系，以此来拒绝作家身上非洲人的特性[4]。在这种情况下，找到与非洲建立联系的策略，表明他们属于非洲文学场域则变得不可或缺。与此同时，这些策略具有如此的重要性也揭示出另一个重要的事实。它表明非洲作家未必会得到这个场域的认可，也就是说，这种联系可能并不是自动产生的。因此，非洲文学场域像其他场域一样，是在社会和制度的层面上被构建起来的空间，仅仅是黑人并不足以成为其中的一员。玛丽·恩迪亚耶（Marie NDiaye）成功选择了跻身法国文学场域的策略，也证

1 Alain Mabanckou, *Lumières de Pointe-Noire*, Paris, Seuil, 2013.

2 Alain Mabanckou, *Petit Piment*, Paris, Seuil, 2015.

3 Raoul Nkuitchou Nkouatchet, «Alain Mabanckou écrit-il pour les Blancs ?», *SlateAfrique.com*, 4 avril 2012.

4 Moussa Konaté, *L'Afrique noire est-elle maudite ?*, Paris, Fayard, 2010, p. 92.

实了这一点。

以上的事实对与民族签订契约的观念提出了质疑，并揭示出自然地、必然地归属于这个观念预设的场域其实是空想。取而代之的是契约原则，这意味着经过协商的关系，是一种有条件并受到偶然性规则约束的归属。非洲文学场域的结构不可避免会受到这个原则的影响。

*构建一种制度性的论据*

对于非洲文学场域的思考围绕着一种共同体叙事，这个叙事以横贯大陆的非洲民族为基础，所谓非洲民族由真正的黑人组成，拥有一种定义明确的文化。通过融合跨民族主义（transnationalisme）与克里奥尔化，后殖民地的孩子们改变了这个叙事。然而，他们的行动似乎建立在一个仍未被思考的问题之上。事实上，他们仍然遵循把自己与非洲联系起来的律令，从他们的立场以及作品中典型的非洲风格、充满与这块大陆相关的特定主题便可见得。基于这个事实，起源问题在非洲文学场域的结构中仍然占据着重要地位，而这个场域依赖一种身份论据甚至可以说是种族论据，因为只有黑人作家才有可能被纳入其中。这种配置导致了一个悖论：瓦贝里这一代捍卫的，是在一个种族化的框架之下经克里奥尔化的非洲共同体的观念，它意识到，在这个其结构只认可“此地”的文学场域中，“别处”存在于“此地”，而“此地”又存在于“别处”。问题在于，这样一个文学场域在多大程度上能够符合作家们的期待。

还有一些因素可以解释，为什么后殖民地的孩子们似乎并未全然意识到他们处境的悖逆性。这些作家大多数在非洲出生、在非洲生活，由于他们在不同的东道国仍被视为外国人，他们与这片大陆保持着比肉身更深刻的关系。值得注意的是，这些国家的文学场域，并不像法国那样试图挖掘昆德拉这样的作家。关于这个问题，伽利玛出版社的“白色文库”（la collection blanche）于2010年出版《明天，我二十岁》仍然被视为相对重要的事件，这足以证明法国文学场域对黑人作家的看法。在这样的情况下，非洲文学场域所采用的身份论据只可能继续给人幻想。

然而，我们不能忽视的事实在于，这种论据限制了写作的可能。即使像阿兰·马邦库这样的作家，声称有权在书里讲到“桦树、石头、尘埃、冬季、玫瑰，或者仅仅是为了美而美”[1]，他们也很少允许自己这样做。伊萨克·巴齐耶（Isaac Bazié）指出，非洲作家胆敢冒险走出主流，就会落入被读者和评论忽视的境地[2]。以巴齐耶以扎卡里亚·林加内（Zakaria Lingané）为例，林加内的小说《哪个男人不往坏处想》(*Qui mâle y pense*)[3] 的“参照框架中没有任何东西可以与后殖民暴力下的非洲、作者的出身之间建立起关联”[4]，很快便被读者遗忘。

人们对非洲文学的期望，在很大程度上导致大家认为非洲文学只涉及非洲大陆，只涉及仅仅与非洲社会相关的主题。正如莱奥诺拉·米亚诺指出，大家不认为非洲的文本具有任何普遍性的潜力：

“对西方读者来说，大多数情况下，包括在学院内部，一切都以这样一种方式发生：小说中表现的人物只是遥远的研究对象，就像动物园里的动物，我们可能会同情他们，但他们的经历永远不会在他们自身之外的空间找到回声。于是，自打学术界开始阅读撒哈拉以南非

1 Alain Mabanckou, *Verre cassé*, Paris, Seuil, 2005, p. 200.

2 Isaac Bazié, « Violences postcoloniales et *Weltliteratur :* de l'écart éthique à la norme esthétique. Francophonie littéraire et comparatisme », dans Abdoulaye Imorou (dir.), *La Littérature africaine francophone. Mesures d'une présence au monde*, Dijon, EUD, 2014, p. 45–60.

3 Zakaria Lingané, *Qui mâle y pense*, Montréal, Lanctôt éditeur, 2000. 159 Isaac Bazié, « Violences postcoloniales et *Weltliteratur* », *art. cit.*, p. 53.

4 Isaac Bazié, « Violences postcoloniales et *Weltliteratur* », *art. cit.*, p. 53.

洲作家的作品，这群作家似乎一直未能塑造出像堂吉诃德、雾都孤儿、道林·格雷那样形象。[……]简单来说，在西方，人们在阅读非洲文学时默默地但又极其坚定地认为，非洲文学是非普遍性（non-universalité）的。”[1]

莱奥诺拉·米亚诺将这种非普遍性的责难解释为西方对于非洲的种族主义视角。但不得不说，非洲文学场域的种族化结构使绝对他者的观念成为现实，并不利于普遍性观念的形成。在任何情况下被牺牲的，永远是非洲作家想要被当作完全有能力向世界说话的艺术家这个愿景。这就带出了下一个问题：在当前语境下，根植于非洲大陆的迫切要求是否恰当。

最开始的时候，有人为了解释其紧迫性，说非洲文学场域有必要用身份性论据填补制度性论据的缺失。事实上，由于这个场域主要是移居国外的人（用外国语言撰写成的文本、巴黎的出版社、在非洲之外定居的作家等等），而为了说明其自主性，说明其有别于法国场域，除了强调文化层面他性书写（écriture culturellement autre）的观念之外别无选择[2]。但在今天，非洲文学场域的现实性已得到证明，我们可以思考调用身份性论据是否仍然必要；思考为非洲文学场域赋予一种更具有制度性的根基（assise plus institutionnelle）具有哪些可能性是不是更为合适。这么做的前提是，重新思考这个场域用来——比方说，通过呈现身份性论据而说明其本质——讲述自我的叙述，也就是说，它是一个文学策略，而非参考的框架。大卫·恩戈朗在《非洲性的幻想》（*Les Illusions de l'africanité*）提出的观点正是如此[3]。

1　Léonora Miano, *Habiter la frontière*, Paris, L'Arche, 2012, p. 43.

2　Abdoulaye Imorou, «Localiser le champ littéraire africain», *Nottingham French Studies*, à paraitre, 2016.

3　David K. N'goran, *Les Illusions de l'africanité. Une analyse socio-discursive du champ littéraire*, Paris, Publibook, 2012.

向制度性论据的转变更有必要，尤其因为后殖民地的孩子们中最年轻一代，他们不一定能接受牢牢扎根在非洲大陆的要求。事实上，正在上升的这一代人其独特之处在于，他们与非洲的联系要松散得多。他们中的许多人出生于西方，使用身份证的时候毫无顾虑可言，就像他们大多数人拒绝接受“郊区作家”这一归类，因为他们认为，这样的称呼想要以出身为标准将他们局限起来。诸如莱奥诺拉·米亚诺这样的作家对此非常清楚。这一点从她在《蓝调致爱丽丝》（*Blues pour Élise*）中对夏乐这一人物形象的想象之中便可以看出。夏乐是一位在法国长大的年轻黑人艺术家，她毫不掩饰祖国对她没有丝毫吸引力[1]。此外，她创作的系列作品《桑博的真实生活》（*La Vraie Vie de Sambo*）与其说是关注非洲问题，不如说是表达了一个缺失父爱的小女孩所经历的伤痛。

在此之上，正在上升的这一代似乎拒绝仅仅根据共同体的基础——哪怕这些基础已经克里奥尔化——来思考自己的身份。他们谈论的是个人的和主体的身份：

“我们感到迫切需要通过一套能够解释这个宇宙的文字来讲述这一点：移民的儿女不仅生活在其家族祖上的文化和法国文化之间，而且还生活在由完全主体性的混合体组成的第三空间！”[2]

从本质上看，这种主体性的要求与身份归属（allégeance identitaire）的要求并不相容。它使非洲文学领域面临着作家与非洲的第三种关系。用瓦贝里的话来说，我们最初自认为是黑人，然后自认为是作家、附带是黑人，或许我们最终只会自认为是作家。

这个新的视角使非洲文学场域不得不展示出它的真实面貌，非洲

1 Léonora Miano, *Blues pour Élise*, Paris, Plon, 2010, p. 63.
2 Aminata Aidara, «Exister à bout de plume: Manifeste», 2012.

文学场域不是一个身份的空间，而是一个社会和制度性的空间，是个招募、挑选一些有前途的作家，解雇另一些的竞争市场[1]。对这个场域来说，除非冒着失去市场的风险，否则，用制度性论据取代身份性的论据或许不再是一种选择。“郊区作家”的存在就提醒了我们这一点。非洲场域和法国场域都忽视了这群作家。谁能发掘他们的潜力、谁能为他们提供无法拒绝的吸纳条件，有待进一步的认识。

## *结语*

非洲文学场域诞生于作家移居海外、没有制度性根基的背景之下，除了依靠身份性的论据没有其他的选择。非洲文学场域借用了同期发展的非洲共同体这一概念，即便非洲共同体在非洲之外，它仍然是一种不同于其他任何文化的宝库。这一策略可谓富有成效，因为它使得非洲文学场域有别于法国文学场域。它也强加了一种对非洲共同体的还原概念，其特点是捍卫真实件，其结果便是：对文化适应心生恐惧。后殖民地的孩子们对克里奥尔化原则非常敏锐，他们借此引入了一种较少关注自己的非洲共同体的看法。我想指出的是，如果不同时改写非洲文学场域用以讲述自身的叙述，就不可能完全地实现由此表达出的、对普遍性甚至对共同体的追求。

1　诸如让–埃里克·布兰（Jean-Éric Boulin）的作家很有可能被“解雇”，因为他对法国社会和文学场域非常失望。*Cf.* minata Aidara, «Interview de Jean-Éric Boulin réalisée par Aminata Aidara», 3 mai 2012.

# 九

# 三代加勒比裔作家身份与共同体的迁移——塞泽尔、格里桑、夏穆瓦佐及《克里奥尔性赞歌》的作者

卡林娜·鲁凯-布吕丁

马提尼克诗人艾梅·塞泽尔（Aimé Césaire）（以及1930年代同名的黑人性运动）宣称自己的黑人性，以此标志一个有奴隶制的经历、向非洲回归、流散黑人群体与非洲世界紧密团结所组成的共同体迈上世界的舞台。随后几代安的列斯作家兼思想家，如爱德华·格里桑、帕特里克·夏穆瓦佐（Patrick Chamoiseau）以及《克里奥尔性赞歌》（*L'Éloge de la créolité*，下称《赞歌》）的作者让·贝尔纳贝（Jean Bernabé）和拉斐尔·孔菲昂（Raphaël Confiant），从未停止迁移、解构、重组这个黑人性运动呼唤的共同体：对格里桑来说，他将这个共同体重新分配到安的列斯性（antillanité）与克里奥尔化的概念之中，对夏穆瓦佐和《克里奥尔性赞歌》的作者们来说，他们在这个共同体与克里奥尔语之间建起脐带一般的联系。

这些作家来自遗失于加勒比海、离美国比离欧洲更近的小岛，独特的地理和地缘政治环境激发了作家们投身质疑和身份重组（recompositions identitaires）的运动，这些运动不间断地拆解、甚至让建成的大厦产生裂缝，其中不仅有“黑人性”的大厦还有法语国家共同体的大厦，用朗西埃的话说，他们的目标在于“绘制可能出现的共同体的分布图”[1]。我将在下文中向诸位指出，这一段从庆祝“黑人

1 Rancière Jacques, *Le Partage du sensible：Esthétique et politique*, La fabrique éditions, 2000.

性”，过渡到 2007 年《为法语世界文学》（*Pour une littérature-monde en français*）宣言都尚未让人想象到的共同体世界（communauté monde）以及一个更为广阔并且以其他方式联结的整体世界（totalité monde）的观念，再到《赞歌》的作者们提出克里奥尔共同体的观念这一整个历程。

*塞泽尔与黑人性运动*

被一致誉为开山鼻祖的诗人艾梅·塞泽尔，他是“让黑人重新获得尊严的人”，他是“与他人一起，用黑人的呼喊撼动了全世界殖民主义和种族主义根基的先辈”[1]。塞泽尔同利奥波德·塞达·桑戈尔、莱昂·达玛马斯一道，在与“哈莱姆文艺复兴”运动（*Black renaissance*）保持联系的同时，为一个基于政治意识、扎根于种族、回归非洲的共同体打开了世界舞台。黑人性希望成为世界性的运动：这是一场拥抱世界上所有黑人、谴责殖民主义、拒绝西方统治、捍卫“黑人自我”（soi noir）概念的运动。这场运动围绕着共同的遗产，将所有非洲黑人和散居海外的非洲人聚集在了一起。

雅克·朗西埃留意到这一次有力的行动，他发现，这场行动中那些不被看作人类的人，他们亮出的参与者姿态让人敬服，而他们参与其中的，是一场平等个体之间的讨论，是一个历史的时刻，“在这个时刻，通过文学的事实，沉默的、被束缚于某一道律令的身体开始发出声音，开始移动，开始让所有人和他们自己看见自己”[2]。

塞泽尔认为，黑人性指人类状况的一种历史形式：在历史上的

1　Bernabé Jean, Chamoiseau Patrick, Confiant Raphaël, *Éloge de la créolité,* Gallimard, 1989.

2　Rancière Jacques, *op. cit.*

某个时刻经历过各种暴力、压迫和歧视的人类群体意识到了这个事实。这种意识的结果，不仅有1987年《论黑人性》(*Le Discours sur la négritude*)给出的定义："一个经历——说实话——非常独特的共同体，包括人口被放逐、人口从一个大陆被转移到另一个大陆、对遥远信仰的记忆、被破坏的文化残迹"，还有书写一项从殖民历史中被消隐的共同体及其历史的计划，这项计划是"一项由我们自己恢复我们的价值观，由我们自己深入探索我们的过去，由我们自己重新扎根于历史、地理和文化的事业。"[1] 它轰轰烈烈地进入了集体意识，除此之外，它还是一种新诗学、一种新美学、一种让我们得以重新思考人与人关系的意识形态的诞生。

塞泽尔与后面几代作家之间的决裂，一方面是由于重回非洲和对于一个——有名无实的——非洲进行理想化的问题，另一方面因为有人谴责他用殖民者的语言发出反抗的呼声。

爱德华·格里桑和帕特里克·夏穆瓦佐将安的列斯身份的问题，从塞泽尔将其定位的非洲，迁移到了安的列斯群岛与另一个美洲(Autre Amérique)之上。爱德华·格里通过明确一种多重根源的、根茎般交织的和向世界开放的身份，将安的列斯身份重新聚焦在不同文化、文明、宗教汇聚的加勒比群岛。

### *爱德华·格里桑：全世界在克里奥尔化*

加勒比群岛是格里桑灵感、小说和思想的熔炉，孕育出诸如群岛思想(pensée archipélique)、混合文化(culture composite)、克里奥尔化(créolisation)、记忆痕迹(traces-mémoires)等概念。即便他自

1 Césaire Aimé, *Discours sur le colonialisme* suivi de *Discours sur la Négritude,* Présence Africaine, 2000.

称马提尼克作家，“完全世界”（*Tout-monde*）、“世界性”（mondialité）和“多元性”（diversalité）等概念则反映出，他的视野覆盖了多样化的整个世界。格里桑的天才之处在于，他意识到了全球化的过程；他试图通过“世界性”的概念（他反对局限于经济和金融进程的“全球化”）为全球化过程中各国人民的生存确定一种诗意的、基于身份的方法：“世界性”对他来说，是“在尊重多样性（Divers）的同时各种文化汇聚（mise en présence）的状态”[1]。

格里桑加入黑人性运动之后提出了安的列斯性的概念，这个概念试图将加勒比身份定位于“另一个美洲”：“今天，安的列斯人不再否认其存在中的非洲部分；作为一种反应，他不再主张它（安的列斯性）是排他的”。[2]

以下是他如何继弗朗茨·法农之后重新关注安的列斯人身份双重割裂的问题。

“马提尼克人在一种敞开的、不可逆转的分割（与非洲的故土）和一种痛苦的、必要的、不可能的断裂（与梦想中的法国）之间挣扎着生存。”[3]

格里桑借用吉尔·德勒兹（Gilles Deleuze）和菲利克斯·加塔利（Félix Guattari）在《千高原》（*Mille plateaux*）中提出的根茎概念并将其应用于身份，并借此提出与“身份—根源”（identité-racine）相对的“身份—根茎”（identité-rhizome）、与返祖文化（cultures ataviques）相对的“混合”文化（cultures «composites»），以及一种“群岛式”的身份观念（vision identitaire «archipélique»）。

1　Glissant Édouard, *Introduction à une poétique du Divers,* Gallimard, 1996.
2　Glissant Édouard, *Le Discours antillais*, Folio Essais, 1997.
3　*Ibid.*

*身份—根茎与身份—根源*

法属安的列斯是不同文化、文明、语言、想象和宗教的交汇之地：美洲印第安人、欧洲殖民者、非洲族群以及废除奴隶制之后来自印度、中国、日本、叙利亚、黎巴嫩、马德拉群岛和其他南美洲国家的工人和商人都在此汇聚。这些民族互相交流彼此的文化实践和烹饪系统；这种混合创造了格里桑所称的混合文化："我所说的克里奥尔化，是指世界某个特定地方的文化交流，其结果不是简单的混合，而是一种与混沌世界（chaos-monde）概念相关的不可预测的结果。我们可以预见混杂，但无法预见克里奥尔化。"[1] 克里奥尔化产生的文化并不一定以克里奥尔文化为特征，因为它们诞生于一个绝对异质的信息在某一个地点和时间彼此相遇之处，而这个地方又以惊人的速度制造出一种复杂而多样的新文化。全世界都在克里奥尔化，这并不意味着全世界变成了克里奥尔文化，而是形成了一种向世界敞开的多重身份。对于格里桑来说，巴西是一片克里奥尔化的土地。"完全世界"则是一个差异无限、身份无限的地方。

因此，安的列斯身份认同是一个由多个根源构成的混合身份，是一种根茎形态的身份（identité en rhizome）。根茎的形象让人想起地表之下（而非地层深处）相互交错、紧密连接、不断增殖的微小根系。组成"身份—根茎"的元素相互强化，"身份—根茎"与以祖先文化归属为基础的"身份—根源"相互对立；"身份—根茎"承认一个多元的身份，这个身份并非源于过去，而是来自当下建立的关系，它向世界敞开，将不同文化联系在一起。格里桑宣称，我们正在见证的世界性的混杂已经在克里奥尔人的身上得到了体现，而所有与混合相关

1 *Introduction à une Poétique du Divers*, *op. cit.*

的问题都已经在加勒比地区得到了预示和研究。

*返祖文化与混合文化*

同样，格里桑将混合文化与返祖文化进行对比。返祖文化指与一种深入地下、摧毁周围一切的单一根源相关的文化：这种文化认为有必要创造一个创世神话，一个与其现状相关、关于其“自身起源”的神话。这个神话满足两个要求：承袭的要求与合法性的要求。它的主要功能是在某一块领土（territoire）上的共同体得到认可，它能够证明土地的合法性（légitimité de la terre），因此有必要扩大领土、对其他领土进行殖民。格里桑引用了《旧约》《伊利亚特》、古埃及《亡灵书》和古印度《薄伽梵歌》(*Baghava Gita*)。通过我们的使用，这些故事更能让共同体坚定相信自身的命运，并将他人排除在这个共同体之外。格里桑明确表示，正是我们使用这些书的方式可以让占有一片土地具有合法性，这些书事实上都是伟大的流浪之书（livres d’errance）。

混合文化没有办法创造这些神话，因为它们是生于历史的文化：

“寻找身份的安的列斯民族，无法依靠像以色列民族那样在历史上曾占据那片土地的神话，或像一些非洲民族承袭王室祖先的神话。奴隶贸易不仅夺走了非洲人的家园，还摧毁了他们的文化纽带。”[1]

由于所有非洲语言都消之于船腹之中，混合文化通过“记忆痕迹”重新构建语言、历史和艺术实践。因此，克里奥尔语是一种融合非洲语言句法和庇卡底、布列塔尼、诺曼底地区词汇的语言。民间故事则从原住民和被驱逐者的“记忆痕迹”中汲取灵感：非洲人带来了他们的神、他们的习俗和语言的痕迹，神话则是传统文化建构历史同

---

1　*Introduction à une Poétique du Divers*, *op. cit.*

时排斥他者的方式。

这也是格里桑为何想到将民间故事和神话融合在一起，呼唤一种新史诗文学，将赎罪的受害者排除在外。重要的是“调和神话和故事的写作方式、创世记的记忆和预知关系”。必须恢复文化之间的联系，而每个文化应保持不透明性和厚重的阴影。作家“面对世界上所有的语言写作”。

他呼吁他预感即将出现的文学，也就是世界的文学（littératures du monde）。“完全世界”这一概念的基础是，我们既愿意接受统一性，也愿意接受多样性，既愿意设想我们的差异，也不惧怕他人的差异。

这一点促使格里桑对法语国家共同体提出了批判性的看法：“这也是我从未接受诸如法语国家共同体那种模棱两可的联合（vague ralliement）的原因。”他从中看到了偏移性文化（cultures déviantes）继续进行殖民、再教育、残害的行径：

“在大家所说的法语国家共同体这个并不明确的背景下，显然，简单的想法是认为法语先验地承载着价值观，通过这些价值观，法语纠正各种——完全或部分倚赖法语进行表达的——文化中的无政府倾向。与其说法语国家共同体像它承认的那样是一个文化融合的团结聚会，不如讲它是对脱离传统文化（déculturation）及其引发的各种令人扼腕的后果所采取的一种普遍性的预防（prophylaxie）。这样，我们至少可以分析其最初一批倡导人的话语。”[1]

*帕特里克·夏穆瓦佐及《赞歌》的作者们：克里奥尔共同体的出现*

夏穆瓦佐和在 1990 年以英文和法文出版——这一点非常重要——

1 Glissant Édouard, *Poétique de la relation, (Poétique III)*, Gallimard, 1990.

《克里奥尔性赞歌》的作者们延续了爱德华·格里桑的思考，与此同时，他们强调克里奥尔人的语言和遗产："我们宣称自己是克里奥尔人，既不是欧洲人，也不是非洲人，亦非亚洲人。"[1] 他们与格里桑之间的分歧在于，格里桑认为克里奥尔化是一个过程，而《赞歌》的作者们所宣称的克里奥尔性（créolité）是一种结果：属于一个初始人类实体的事实最终从这个过程中解脱出来，这些民族在同一空间内的文化对抗导致了一种被称为克里奥尔的、诸多元素混合（syncrétique）的文化的诞生[2]。在政治层面，他们呼吁在加勒比群岛建立首个可能出现的联合组织，类似加勒比国家联盟或联邦，"海地、马提尼克、圣卢西亚、多米尼加、瓜德罗普和圭亚那的说克里奥尔语（créolophones）的各民族彼此拉进关系，只是与说英语、说西班牙语的邻国结为更广泛联盟的前奏"。由此证实了与法国和欧洲决裂的动机："我们先团结邻近岛屿的兄弟，其次团结南美洲国家。"但是，这个新的共同体其轮廓不仅仅停留在地理层面：当然要与群岛上所有民族在地缘政治层面实现团结，"而且是与非洲、留尼汪、亚洲、波利尼西亚所有具有克里奥尔特征的民族团结，这些民族与我们有着相同的人类学亲缘——这就是我们的克里奥尔性"[3]。

这些作者后来逆转了两种语言之间的力量平衡。他们在《赞歌》中宣称：我们已经将法语占为已有。我们扩展了一些词的意义。我们改变了另一些词的意义。并且变化了很多词形。我们丰富了它的词汇和语法……简言之，我们已经住在它身上。**我们的文学将见证这一征服**"。

简而言之：一门统治性的语言（langue dominante）被被统治语

1　*Éloge de la créolité, op.cit.*
2　*Ibid.*
3　*Ibid.*

言（langue dominée）的想象所征服、所丰富。克里奥尔语声称自己是民间故事人的语言，是神话的语言；讲述民间故事的克里奥尔人竟然是文学话语的奠基人。夏穆瓦佐说自己不是作家而是“记录言语的人”（«marqueur de paroles»）：他是收集祖先那些向历史（Histoire）与故事（histoires）敞开的口述遗产的人。他想用写作来描绘一个马赛克式的、多重的且多样化的世界，在这个世界中，写作被认为是将那些被统治关系搁置的、尚未“被置于关系之下”（non «mise-sous-relation»）的文化“产生联系”（«mise-en-relation»）的过程：创造一种语言和文学，它们是整体的、世界的、多元的文化的一部分，是“世界之石”（la pierre-monde）[1]。

我们看到，这种愿景与格里桑认为全世界处于克里奥尔化之中的想法彼此相对，它重新关注到一种文化和共同的归属感，即克里奥尔性，反对在政治上归属法国和欧洲。一个超越语言的、最主要是地缘政治的共同体，它的建立基于共享某些人类学的特征，《赞歌》作者们仍然宣称，通过被克里奥尔语征服、更新的法语，他们想象力才能实现自己的命运。

*为法语世界文学（Pour une littérature monde en français*[2]*）*（2007）

2007 年，格里桑和夏穆瓦佐联名签署的《为法语世界文学》宣言，作者们迈出了新的一步，他们希望将法语从与民族的契约中解放出来，并且允许“一个向世界开放的、跨民族的、标志着法语国家共同体消亡的文学”出现。他们采纳了新的解辖域化（déterritorialisation）进

1 Chamoiseau Patrick, *Écrire en pays dominé,* Folio Gallimard, 1997.
2 «Pour une littérature monde en français», *Le Monde*, 15 mars 2007.

程：不再以法国作为参照，而将法语国家共同体作为民族的或象征的领域，世界因而成为一个不再受国界所限的开放空间。

他们的呼吁面向黑色小说的继承者、漫画作者、“为了更自由地呼吸转向广阔世界”的、用英语写作的年轻作家，面向所有“这些喧闹的、色彩缤纷的、用罕见的力量和新的词来描写飞速增长的宗主国的喧嚣的小说，不同文化和所有大陆在这些国度碰撞、交融、混杂”。

如果这份宣言看起来像一个政治机会主义的举动，因为一些法国或法语作家被排除在外，并被认为是海外作家（écrivains d'outre-mer），即它是否意味着会构成一个读者共同体呢？可以肯定，前殖民地、英国帝国的继承人们提出的新联盟，它在抨击法语国家共同体时一个关键立场在于：法语为少数语言构成了一道对抗英语世界的屏障。然而，有些人可能会注意到，很多重要元素并未出现：除了卡洛斯·富恩特斯（Carlos Fuentes），没有提到西班牙语或葡萄牙语作家，这与格里桑或《赞歌》作者们寻求的联盟并不一致。诚然，这个宣言足以推倒业已建立的共同体，并能提出一个全球层面的“文化交汇的团结联盟”，但是由英语和法语前殖民地这两个集团组成的联合体似乎有待商榷，因为其中缺了很多人、很多语言。

《为法语世界文学》宣布了中心统治和巴黎文学的终结，法语国家共同体的凋零被称为“殖民主义的最后一个化身”。法国被称为“艺术、武器和法律的母亲……她是普遍施恩的国家，忧心为生活在黑暗中的人们带来光明。”宣言宣布跨民族的、世界文学的诞生，世界文学汇聚了法国和英国前帝国的继承者，旨在“从其与民族之间的契约中解放文学”。

夏穆瓦佐在《语言交汇处的法语作家》（*L'Écrivain francophone à la croisée des langues*）中指出：

“在我看来，当今的孩子们已经将语言问题相对化，语言已经与身份的概念拉开了距离，也就是说，语言不再被用来定义一种文化、一种身份。对于这几代人而言，法语国家共同体看上去不再像一个文化共同体。在同一种语言下，人们可以拥有不同的文化和人类学现实。与讲法语的非洲人或讲法语的魁北克人相比，我更接近讲英语的圣卢西亚人、讲西班牙语的古巴人。你会看到，今天的语言已经失去了渗透力，失去了对身份、对文化、对世界观的深度构建能力。”[1]

作为结语，我们可以看到，这些作家和思想家在探索过程中，反复重构了大写共同体的概念，这与他们追寻身份的复杂性是一致的。基于一个被压迫的民族、黑人性的普遍共同体，经格里桑再度拓展为一个身处并行的、有关联的不同文化碰撞之中的共同体世界，它在不同地方构建出克里奥尔化的文化，安的列斯与加勒比的经验早已预知克里奥尔化的过程。克里奥尔性在地缘政治和人类学层面的共同体，其建立有赖于在法语被征服的情况下对抗对法国、对欧洲的附属关系。在这个过程中，共同体集群中已经形成共识的结构产生了裂痕，包括重回一个空想的非洲、法语国家共同体的“结盟潮”。这些作家不断描绘出“一些偶然出现的共同体（communautés aléatoires），它们有助于形成质疑角色、领域、言语活动分布的陈述集体（collectifs d’énonciation）”[2]。可以看到朗西埃所说的“词的权力”,或是“通过书写,作家们有能力瓦解既定身份框架下的秩序”[3]。由此不断显现出来的，是文学的颠覆力。

1 Gauvin Lise, *L’Écrivain francophone à la croisée des langues*, Éditions Karthala, 1997.
2 *Le partage du sensible, op. cit.*
3 *Ibid.*

# 十

## 非洲和西方：仍需一次相遇？

雷米·阿斯特吕克

值得我们注意的是，非洲历史学家阿希尔·姆本贝在《走出黑夜：论去殖民化的非洲》(*Sortir de la grande nuit. Essai sur l'Afrique décolonisée*)一书的“前言”中宣称殖民主义最终呈现的不过是“不可能的共同体的景观”[1]。这个原本是相遇和共同生活(co-habitation)的过程，结果却走向分离。不合常理的地方在于，殖民主义没有给一个“共同”的时代留下任何痕迹：相反，各民族和文化尽管被置于密切的接触之中，彼此之间却更加疏远而不是越来越近。

尽管看起来没有必要，但目前的后殖民状况延长了这种分离的状态。正如姆本贝所言，后殖民时代的特点之一便是“似乎没有能力根据一个共同体的过去书写一段共同的历史”。当去殖民化将已经接触却彼此分离的事物再次拉近的时候，它便让这种阻隔状态(cloisonnement)一直延续下去，甚至为此将非洲保持在一个不稳定的状态之中。

今天，我们可以发现，对法语国家共同体仍然存在并不断提出狭隘的、具有特殊化功能(particularisante)的构想—感知(conceptions-perceptions)，这些构想—感知相互对立，妨碍了关于分享共同过往(passé commun)的运动与和解，而这个共同过往无法成为创造共同

1　Achille Mbembe, *Sortir de la grande nuit. Essai sur l'Afrique décolonisée*, Paris, La Découverte, 2013, p. 9.

未来（futur commun）的因素：

——一方面，对“中心”（Centre）的殖民观念一直延续，我们可以从 francophone 这个词的用法中体会这种感知。Francophone 指只用法语表达的非法国人。同样，“法语作家”（écrivain francophone）指的是大家感觉其与法国之外的国家保有联系的作者。在这个词的接受过程中，francophone（表示“法语的”）排除了 français（表示“法国的”）一词的全部含义，而不是为了一个更广阔、与今日世界现实相互融洽的整体，将其囊括在一个或将消解领土概念（notion territoriale）、共同的广阔整体之中。

——另一方面，“边缘人”（périphériques）的感知也助长了将 francophone 看作区别而非桥梁的做法：矛盾的是，今天用 francophone 一词来表达各种共同体身份带来的推崇效应（包含原籍身份，甚至包含殖民之前的身份：法籍塞内加尔人、法籍喀麦隆人、柏柏尔人、塞雷尔人，诸如此类）。因为尽管强调彼此的共同命运，尽管当前全球化的背景接近了他们之间的距离（他们被认为是前殖民帝国的子民，移民到西方大城市，并形成后殖民身份），但这种标签再次表明了他们与法国殖民者之间的分离。对于在前殖民地出生、在西方宗主国生活的人来说，只有加深他们与“土生土长”的（de souche）西方人生活经验的鸿沟，将二者明确地区分，才能让这群人感受到彼此分享着一段共同的经历。

恰恰相反，法语国家共同体或许可以被视为一个集合的平台，基于共同过往，聚集那些以某种方式生活在一个共同当下（présent commun）的个体。换言之，凸显法语国家共同体的共同组成和集合的维度，这么做似乎完全可能，甚至非常可取，而非以轨迹各不相同为名推崇“离心力”（forces centrifuges），不同轨迹之间的差异不经过本质化（essentialisée）则无法辨认。法语国家共同体是作为美式多元文化共存（multiculturalisme）的温床，还是延续并拓展法式普及性（universalité）传统，差别就在这里，而法式普及性传统一直默然立于二者的对立之后。

为了确保与上述法国传统的连续性，更重要的是为了**回应**普遍意义上人类的**共同体使命**（répondre à la vocation communautaire de l'homme en général），后殖民世界成为后身份世界（post-identitaire）看来合乎大家的期望。这种后身份世界有一个名字，即哲学家乔治·阿甘本给予这个"来临中的"的共同体的名字，这个共同体只能倚靠个体（individualité）的联合，这些个体发现彼此、互相理解的基础是他们"没有可以将他们认作这个或那个集体、这个或那个阶级（革命党、法国人、穆斯林）成员的属性"这个事实[1]……**这是"任意的"法语国家共同体**（C'est la francophonie «quelconque»），也就是说，"没有预设、没有归属条件、没有身份"。2009年，最负盛名的"法语"文学奖龚古尔奖获得者玛丽·恩迪亚耶的个人情况或许能作为样本来说明这一点。

从法语国家共同体的角度来看，阿希尔·姆本贝提出的"非洲都市主义"计划可以做如下理解：（无论是在欧洲还是非洲）推进去殖民化，也就是要拆解去除连接（déliaison）的力量，以便重新找到"'共同体的积极意志'（volonté active de communauté），就像其他人之前谈论过的权力意志（volonté de puissance）。这种共同体意志是我们所说的生命意志（volonté de vie）的另一个名字：它的目标是实现一个共同的事业——通过自身保持自立（se tenir debout par soi-même）、构建一种遗产"[2]。

---

1 G. Agamben, *La Communauté qui vient. Théorie de la singularité quelconque*, Paris, Seuil, p. 10.

2 *op. cit.*, p. 10.

然而，艺术家显然处于想象、创造新的共同生活的第一线，因为只有从想象的源泉中才能生出共同的思想，从而对抗导致分离的过去和现实。这个有待创造的“共同”，首先是一种语言，是一种最终分享共同经验的语言，而这个共同的经验一直以来只能通过分离被思考：殖民的事实，换句话说，也就是过去（虽然是暴力的过去，但并不一定要分离——它也可以汇集）以及它留下的最主要的痕迹：以法语为唯一语言的国家组成的集体对于法语的共享。殖民的事实——尽管十分悲惨——似乎在今天应当被看作是共同的标志。

正如姆本贝预见的那样，在未来，对于命运共同体的感受只能与对过往的历史性共同体的感受联系在一起：换句话说，我们所有人（即我们的时代本身）都是殖民、奴隶制、大西洋贸易的继承者。这就是我们——无法逃避的——共同神话：伟大的奠基性叙述（récit fondateur）中发生的事件被书写、被刻在我们身上，我们要做的是纪念这些事件，当然不是为了庆祝，而是提醒这些事件就在那里，它们是共同的，既为了所有人，又在每个人身上。或许这就是**作品的首要任务：**说出共同的缠扰（hantise）——“缠扰”指的是“寄住”（habitation），或者是共同寄身于这个过去和这个当下、身处其中也就是在自己家（y être donc chez soi）、介于自我（entre soi）、和家人在一起、身边围绕着灵魂并与他们同在的事实。

这便是法语国家共同体问题面临的主要政治挑战：管理一个共同过往的在场与缺席。这是共同体的要求，它拉我们走向这个共同的过往。当然，可以在没有这个共同体的情况下尝试，探索其他否认这个共同过往的方向，但无论发生什么，它都会以不在场的方式在场，并且能做的只有继续缠扰我们……

# 附录　作者简介

**雷米·阿斯特吕克**（Rémi Astruc），法国塞尔吉-蓬图瓦兹大学法语文学与比较文学教授，人文与社会科学研究中心（Agora）“共同体”项目负责人。2015年12月出版《我们？——对于共同体及艺术的向往》（*Nous? L'aspiration à la Communauté et les arts*，后记由让-吕克·南希撰写）。创立了“共同体研究学者共同体”（CCC, Communauté des Chercheurs sur la Communauté），并负责运营相关博客。

**伊夫·西顿**（Yves Citton），法国格勒诺布尔-阿尔卑斯大学的法国文学教授，文学与艺术（*LITT&ARTS*）研究中心成员、《诸众》（*Multitudes*）杂志共同主编。近期出版专著《构建一种关注的生态学》（*Pour une écologie de l'attention*，巴黎：瑟伊出版社，2014年）。

**克里斯蒂安娜·肖莱-阿舒尔**（Christiane Chaulet-Achour），1946年生于阿尔及尔，1967至1994年任阿尔及尔大学教授，1997至2015年任塞尔吉-蓬图瓦兹大学比较文学与法语文学教授。目前任名誉教授。

**阿卜杜拉耶·伊莫鲁**（Abdoulaye Imorou），南非夸祖鲁-纳塔尔大学博士后研究员。主编文集《非洲法语文学：一个于世界中存在的度量》（*La Littérature africaine francophone. Mesures d'une présence au monde*，第戎：第戎大学出版社，2014年），与贝尔纳·德梅耶（Bernard De Meyer）、菲利普·阿维扎耶（Philip Awezaye）共同主编

《南部非洲法语研究》（*French Studies in Southern Africa*）第 44 卷第 2 期“在非洲书写与出版——问题与展望”专号（*Écrire et publié en Afrique. Enjeux et perspectives*，2014 年 9 月出版）。

**摩根·拉巴尔**（Morgan Labar），法国巴黎第一大学（先贤祠大学）艺术文化史与社会史（HiCSA）研究中心特别研究员，在巴黎文理研究大学（PSL）讲授 19–20 世纪艺术史相关的本科课程。毕业于巴黎高等师范学校，目前师从菲利普·达让（Philippe Dagen），博士论文主要研究 60 年代末期至今的各类白痴艺术（art bête）形式。近期发表文章“小丑与杂耍：当代艺术与大众娱乐面对面”，并被收入《穷人的笑声》（*Le Rire du pauvre*）国际研讨会论文集，主编《幽默曲》（*Humoresques*）杂志第 42 期“笑声与愚蠢”专号（2016 年出版）。

**安娜–玛丽·珀蒂让**（Anne-Marie Petitjean），鲁昂大学法国语言与文学副教授，参与建设慕课“线上创意写作实践”（Pratiques d’écriture créative en ligne）。与维奥莱娜·乌达尔–梅罗（Violaine Houdart-Merot）共同主编《数字与文学写作》（*Numérique et Écriture littéraire*，巴黎：赫尔曼出版社，2015 年）。

**卡林娜·鲁凯–布吕丁**（Karine Rouquet-Brutin），法国巴黎狄德罗大学–巴黎索邦联合学院博士生职业规划发展培训中心教师。出版了《阅读的治疗炼金术：从泪水到阅读》（*L’Alchimie thérapeutique de la lecture : Des larmes au lire*，巴黎：阿尔马丹出版社，2000 年），主要研究作家与青年学者在两种语言与两种文化之间放逐与迁移问题。现任法语非洲–美洲文学与文化研究中心（NELCFAAM）成员。

**克莱尔·苏桑**（Claire Soussen），中世纪史博士，获历史学教资。法国塞尔吉–蓬图瓦兹大学副教授，人文与社会科学研究中心（AGORA）成员。中世纪末期犹太人与基督徒关系史专家，主要研究这段关系史的知识与文化层面，以及权力对于犹太身份的态度带来的社会-政治议题。

**蒂埃里·特朗布莱**（Thierry Tremblay），马耳他大学高级讲师。曾在塞浦路斯大学、布拉格查理大学、捷克英美大学（Anglo-American University）讲授文学与哲学。出版《既往史：论皮埃尔·克罗索斯基》（*Anamnèses: Essai sur Pierre Klossowski*，巴黎：赫尔曼出版社，2012 年），主编《欧洲》（2015）杂志"皮埃尔·克罗索斯基"特别专题（2015 年）。他的"内心对话"——专著《主体的边界：一种衰落的美学》（*Frontières du sujet: Une Esthétique du déclin*）近期于法国阿尔马丹出版社 Eidos 丛书出版。